ROMEON
VERLAG

## Die Marionettenfrau

1. Auflage, erschienen 7-2020

Umschlaggestaltung: Romeon Verlag

Text: Vivian Heck
Layout: Romeon Verlag

ISBN: 978-3-96229-175-4

**www.romeon-verlag.de**

**Bibliografische Information der Deutschen Nationalbibliothek:**
Die Deutsche Nationalbibliothek verzeichnet diese Publikation in der Deutschen Nationalbibliografie; detaillierte bibliografische Daten sind im Internet über *http://dnb.dnb.de* abrufbar.

# Die Marionettenfrau

Ein Kampf um das eigene ICH
und gleichgültige Zeit

# Vivian Heck

# Die Marionettenfrau

Ein Kampf um das eigene ICH
und gleichgültige Zeit

Seit ihrer frühen Kindheit träumt Sophie von der großen Liebe. Ihr größter Wunsch sind eigene Kinder. Sie heiratet einen Mann, von dem sie genau weiß, dass sie nicht dessen Traumfrau ist. Er ist nett, macht einen ehrlichen Eindruck und ist seinem despotischen Elternhaus absolut hörig. Sophie hat „null" Erfahrung. Zwanzig Jahre glaubt sie seinen überzeugenden leeren Versprechungen von einer besseren Zukunft und setzt alles daran, ihn für sich zu gewinnen. Sie scheitert und geht an seiner herablassenden, höflichen Gleichgültigkeit fast zugrunde. Um sie in Gesellschaft loszuwerden, vermittelt ihr der eigene Ehemann einen interessanten Gesprächspartner …

# Inhalt

# Vorwort ... eine wahre Geschichte

Als alles vorbei war, brachte mir mein Sohn meine Tagebücher, einfache glatte A5-Schulhefte. Ich suchte nach den Stellen, wo ich über meine ersten Eindrücke nach seiner Geburt schrieb und fand noch viel mehr. Ein vor mehr als zwanzig Jahren geschriebener Brief fiel heraus. Ich las ihn und war erschüttert.

Es ist alles wahr und ich verspreche Max, den diejenigen, die weiterlesen, später kennenlernen werden, dass kein böser Buchstabe zu viel ist. Max, verzeih, wenn hier Themen angesprochen werden, die du vermutlich peinlich findest, aber du bist alt genug dafür! Meinen Eltern wird nicht alles gefallen, was sie hier zu lesen bekommen, aber vielleicht tragen die Zeilen doch zum letztendlichen Verständnis bei.

Meine Tochter ist die Einzige, die mich immer verstanden hat, ohne die ich einzelne Phasen nicht durchgestanden hätte – und Fritz kennt die Geschichte; ich habe sie ihm so oft erzählt, dass ich ihm damit wahrscheinlich manchmal furchtbar auf die Nerven gegangen bin. ER war der Einzige, der sie wenigstens (teilweise) lustig gefunden hat.

Der Vorwurf, dass ich „nachtragend" bin, weil ich mich noch an so vieles erinnere, das vor mehr als zwanzig Jahren passiert ist, muss entkräftet werden. Man sollte dies nicht mit einem guten Gedächtnis verwechseln und so manches brennt sich im Herzen ein. (Oder bin ich ein schlechter Mensch, weil ich mich noch erinnern kann, meiner Großmutter in nicht alphabetisiertem Kleinkindalter unabsichtlich Salz, statt Kristallzucker zum Tee gereicht zu haben?) Außerdem leide ich (noch) nicht an Alzheimer! So manches ist NICHT redundant, es hat sich nur einfach sehr oft wiederholt.

Eine gute Freundin hat mir heftige Vorwürfe gemacht, warum ich ihr nicht früher davon erzählt habe. Ich habe deshalb niemandem etwas erzählt, weil ich genau gewusst habe, was mir Freundinnen und Ärzte raten würden und genau das wollte ich nicht tun, solange ich noch die geringste Hoffnung hatte. Eine andere Person hat mir geraten, einzelne Szenen meines Lebens an ein Kabarett zu verkaufen. Sie seien so skurril und jeder würde glauben, dass man so etwas nur mit sehr schrägem Humor erfinden könne.

Früher wollte ich nicht reden. Erst jetzt kann und will ich darüber schreiben. Jetzt sind die Formulierungen in meinem Kopf.

Meine Erinnerungen sind von den Erzählungen einiger Personen um Szenen, die ich nicht selbst miterlebt habe, die aber von Bedeutung sind, angereichert und dadurch komplettiert worden. Es ist dies ein durchgängig objektiver Bericht aus meiner subjektiven Sicht. Der besseren Lesbarkeit halber wird die Chronologie einige Male durchbrochen.

Jeder mag selbst beurteilen, ob er/sie die Geschichte traurig oder lustig, anstrebenswert oder nicht findet. Über Gefühle zu schreiben ist nicht immer leicht. Die dritte, „unpersönliche" Person schafft größere Distanz und somit wird es einfacher.

Jeder Korrekturlesedurchgang kostete noch einmal viele Tränen. Beim dritten dachte ich: Wie blöd kann ein Mensch eigentlich sein!? Und damit bin ICH gemeint.

## „Als Gott die Zeit schuf, schuf er viel davon"
### (aus Irland)

Wer sich in einer Romanfigur wieder erkennt, ist selbst schuld!

# SOPHIE

## ... irgendwann in den 70er Jahren ...

Als Kind sieht Sophie jedes Jahr zu Weihnachten „Drei Hasel-
nüsse für Aschenputtel" im Fernsehen und ist begeistert. Wenn
sie groß ist, möchte sie auch einen Prinzen haben (am besten
natürlich mit weißem Rösslein), der sie ganz lieb hat und mit
dem sie zwei Kinder haben wird, denn eines allein würde sich
so langweilen wie sie. Sie ist ein Einzelkind, stets dazu angehal-
ten, sich ruhig, unauffällig und angepasst zu verhalten. Von ihrer Mutter wird sie immer hübsch angezogen und vom Friseur
erhält sie bis in ihr zehntes Lebensjahr einen kurzen Pagen-
schnitt. Sie hasst ihn von Anfang an und protestiert dagegen.
Aber Protestieren, Anderer-Meinung-Sein wird von ihren Eltern als unangemessen und „Spinnen" eingestuft. Also schweigt
sie meistens. Sie wird ein schüchternes, verschlossenes, sehr
vorsichtiges Kind. Sie möchte nicht einmal allzu bunte Farben
tragen. Das könnte auffallen und das ist ihr unangenehm. Später wird ihre Zurückhaltung oft mit Arroganz verwechselt.

Alles, was nicht den Erwartungen ihrer Mutter entspricht,
wird als schlechtes Verhalten kritisiert. Traut sie sich in der
Volksschulzeit beim Einkaufen nicht, ihre Lehrerin zu grüßen
und versteckt sich hinter ihrer Mutter, hört sie noch Jahre später, wie ungezogen sie sei und wie sehr sich ihre Mutter für
das unerhörte Benehmen der Sechsjährigen schämen musste.
Als sie auf einem Pfadfinderlager von der Gruppenführerin gezwungen wird, in ein Stockbett zu übersiedeln, da ein Mädchen
einen Gips am Fuß bekommen hat, beginnt sie zu weinen, da
sie panische Angst davor hat, aus dem hohen ungesicherten
Bett zu fallen. Drei andere Kinder sind ganz „gierig" darauf,

im oberen Bett zu schlafen. Die Pfadfinderführerin beharrt auf Gehorsam und erzählt später Sophies Mutter von deren „unkollegialer Weigerung" (oder zumindest dem Versuch davon). Sophie hört nun regelmäßig und noch Jahrzehnte später, dass sie absolut unsozial sei, dass man sich für sie genieren müsse, dass es vor anderen Leuten peinlich sei. Und so geht es mit jeder Kleinigkeit, in der sie nicht der „Norm" entspricht, die von der geheimnisvollen Macht „alle" vorgegeben wird.

Sie schwört sich, es als Erwachsene einmal besser zu machen. Wenn jemand IHRE Kinder schlecht behandeln, ihnen Angst einflößen oder sie ungerecht beurteilen werde, würde sie für Gerechtigkeit sorgen. Niemand wird IHREN Kindern Böses tun. Sie wird sich für ihre Kinder einsetzen. Sie wird immer hinter ihnen stehen. Sie wird ihren Kindern ein schönes Lebensumfeld schaffen. Kinder sind das Wichtigste für sie. Und sie WIRD einmal Kinder haben. Doch dafür muss sie erst einmal groß werden!

Das Spielen mit anderen Kindern im Hof wird von ihrer Mutter nicht gerne gesehen. Sie stammen aus einer sozial tieferen Schicht. Freundinnen darf Sophie nur selten einladen. Diese könnten zu laut werden. Damit sie schön leise ist, bekommt sie schon sehr früh ein Buch in die Hand gedrückt. Ihre Mutter geht mit ihr manchmal ins nahe gelegene Buchgeschäft und sie darf sich ein Jugendbuch aussuchen. Das sind für die kleine Sophie Sternstunden! Meist sucht sie sich Geschichten von Elfen und Kobolden oder von Mädchen in Internaten aus, die, wenn sie groß geworden sind, ihren Traummann finden und mit ihm und ihren Kindern unendlich glücklich werden.

Ihr Großvater, der sehr belesen ist, gibt bei seinen Besuchen nach dem frühen Tod der Großmutter sein Wissen sehr gerne zum Besten. Während Sophies Mutter gelangweilt in die Küche verschwindet, was sie sonst überhaupt nicht gerne tut, und Sophies Vater friedlich im Sofa vor sich hindöst, was Sophies Großvater in seinem Redefluss gar nicht auffällt, ist Sophie die Einzige, die ihm zuhört, bis er selbst einschläft und Sophie leise das Pfeif- und Blaskonzert ihrer männlichen Vorfahren verlässt. Sie ist begeistert von den alten Sagen und ihren hehren Idealen bis hin zum alten Goethe. Ist der große, rot eingepackte Geheimratskäse, den die Mutter oft im Supermarkt kauft, gar nach ihm benannt? Ihr Vater macht mit ihr haufenweise Intelligenztests. Sophie findet diese zwar nicht sonderlich spannend, erledigt sie aber schnellstmöglich, da sie weiß, dass ihr Vater mit ihr nach absolviertem Bildungsprogramm Barbiepuppen spielt. Sophies Vater versucht, Bildung und Intelligenz seiner Tochter in vielfältiger Weise zu fördern. Er liest ihr Stellen aus der „Sprachpolizei" und einfachen philosophischen Werken vor. Oft führt er an, dass die Argumentation „alle sagen" auf jeden Fall immer falsch sei. Sophie saugt das Wissen ein und versucht, alles richtig zu machen. Pflichterfüllung und Leistung werden als selbstverständlich erachtet und daher nicht einmal erwähnt, „Normabweichungen" werden mit manchmal ziemlich verletzender Kritik und Liebesentzug geahndet. (Erst vor wenigen Wochen hat Sophie in alter Gewohnheit wieder einen IQ-Test gemacht, der sich zufällig auf ihrem Handy geöffnet hat, und einen Wert von 142 erzielt. Ihr erster Gedanke war, dass ihr Vater jetzt „eine Freude hätte". Es war ihr dann aber doch nicht wichtig genug, es ihm mitzuteilen. Publicity in eigener Sache zählt nicht zu ihren Hauptanliegen.)

Oft kann Sophie nicht einschlafen. Ihr Vater sitzt lange bei ihr am Bett, liest ihr vor oder plaudert mit ihr. Er rät ihr, spannende Geschichten zu erfinden oder an etwas Schönes zu denken. Irgendwann werde sie dann so müde, dass der Schlaf von ganz alleine komme. Das funktioniert auch wirklich. Meist stellt sie sich das Weihnachtsfest vor, den erleuchteten Christbaum, die Weihnachtslieder, den Duft von Kerzen und Keksen (und auch die Geschenke). Später denkt sie sich Abenteuer mit Märchenprinzen oder Helden aus den Romanen aus, die sie gerade gelesen hat. Unfair findet sie allerdings, dass alle Märchenprinzessinnen blond sind. Nur Schneewittchen ist dunkelhaarig wie sie selbst.

Besonders gerne träumt sie romantische Liebesgeschichten. Jede endet mit Hochzeit in schönem weißen Kleid und zwei Kindern, einem Buben und einem Mädchen. Sie weiß auch schon genau, wie ihr Märchenprinz aussehen muss: Groß, schlank, dunkelhaarig wie ihr Vater und er soll auch möglichst alles können wie ihr Papa …

**Stellenprofil „Märchenprinz"**

**groß/klein:** groß (wie Papa)

**dick/dünn:** schlank (wie Papa)

**Haarfarbe:** dunkelhaarig (wie Papa)

# 80er-Jahre ...

Sophie liebt ihre Bücher, über das Interesse für alte Sagen gelangt sie zur klassischen Musik, welche diese als Vorlage haben. Musikhören, aber bitte leise, am besten mit Kopfhörer! Zu laut könnte es Mitbewohner/innen stören, Sophies Mutter beim Telefonieren und Sophies Hasen, den die ersten Akkorde von Richard Strauss' „Elektra" einmal zum Sprung durch den geschlossenen Käfigdeckel veranlassen.

Immer wenn Sophie langweilig ist, greift sie zu einem Buch. Ihre Bücherregale füllen sich, als Kind mit Jugendlektüre, später mit klassischer Literatur, historischen, theologischen und pädagogischen Schriften. Das Alleinsein wäre leichter, wenn sie jemanden zum Kuscheln hätte. Der große gelbe Plüschteddy hat irgendwann einmal ausgedient und Sophie hätte gerne einen lebendigen Spielgefährten. Nach jahrelangem Bitten bekommt sie mit elf Jahren zu Weihnachten einen Zwerghasen. Eigentlich hat Sophie jahrelang um eine Katze „geraunzt". Katzen mit ihren sehr ausgeprägten individuellen Persönlichkeiten haben ihr immer schon besser gefallen als unterwürfige Hunde, die nur zum Gehorsam trainiert werden. Außerdem sind Katzen süß und können herzerweichend schnurren. Nach dem frühen Tod von Hase „Hopsi" im Jahr darauf darf sie im Tierheim die heiß ersehnte Katze auswählen. Diese wird das für Stubentiger astronomische Alter von fast 19 Jahren erreichen und begleitet Sophie sehr lange. Sie spielt mit ihr Barbiepuppen, wenn sie auch meistens nur die Babybarbies und Kopfbedeckungen der Puppen wie Fußbälle durch die Gegend schießt oder verstohlen zwischen die Zähne nimmt und danach in einem anderen Raum auf die Jagd geht, als wisse sie genau, dass das verboten ist. Sie wartet am Fensterbrett, wenn Sophie von der Schule nach Hause kommt, setzt sich beim Aufgabenmachen oft auf den Schreibtisch und legt sich zu ihr ins Bett. Bewegt Sophie unter der Decke die Zehen, geht Katze Suzy ambitioniert auf „Mäusejagd". Als Sophie später Nachhilfestunden gibt, kommt es ihr vor, als würde die Katze die männlichen Schüler selektieren: Die kleinen mit der hohen Stimme werden ignoriert. Die älteren Burschen, die den Stimmbruch schon hinter sich haben, werden überwacht, manchmal deren Unterlagen durch einen gezielten Sprung vom Schreibtisch gefegt. Einem lauert sie sogar hinter der Tür auf und springt ihm entgegen.

Sophie ist Vorzugsschülerin, was von ihren Eltern erwartet und nicht besonders honoriert wird. Droht ihr ein Zweier (meist in Turnen), wird sie als Versagerin hingestellt, die sich zu wenig angestrengt oder sich mit „Unsinn" beschäftigt hat. In der Schule ist sie stets ruhig und unauffällig, so wie sie es gelernt hat. Sie erledigt ihre Aufträge sofort und genau. Sophie gehört nicht zu jenen, die den Drang haben, ihr Wissen „jedermann an die Nase zu binden". Manche Lehrerkräfte brauchen Monate, bis sie Sophies wahre Qualitäten herausfinden und ihre schüchterne, aber stets verlässliche Art zu schätzen wissen, ebenso wie ihre Schulkolleg/innen, die bald wissen, dass ihre Hausübungen zum Abschreiben sehr brauchbar sind und für die Vorbereitungen von Geschichte- und Geografie-Wiederholungen Sophies von ihrem Vater kopierte Mitschriften heranziehen. In der Oberstufe sitzen oft bis auf zwei oder drei Kolleg/innen alle mit ihren Skripten in den Bänken. Sie beklagen nur Sophies teilweise schwer leserliche Handschrift.

In ihrer Freizeit – und das sind sehr viele Stunden, denn sie arbeitet ihr ganzes Leben lang rasch und effizient nach dem Grundsatz „Minimaler Einsatz, maximales Ergebnis" – liest sie. Ihre Bücherregale sind stets zu klein. (Sophies Devise muss allerdings relativiert werden. Meint sie, wenig oder gerade ausreichend gelernt zu haben, ist das an den Maßstäben der meisten Mitschüler/innen gemessen viel, denn „ihr" Maßstab ist das Optimum, das „Sehr Gut" mit allen Punkten.)

Mitte der 80er-Jahre beginnt Sophie, Tagebuch zu schreiben. Oft schreibt sie täglich, dann fasst sie die Ereignisse mehrerer Tage, manchmal sogar einiger Wochen, zusammen. Sie wird dies ungefähr zwanzig Jahre lang tun.

Sie beginnt auch zu kochen und mit Freundinnen Rezepte auszutauschen. Sie sammelt alle Kochrezepte, die sie gekocht hat, und schreibt sie händisch in ein Kochbuch, später zeichnet sie diese zusätzlich in elektronischer Form auf. In der Küche hat sie sich immer wohlgefühlt. Ist das Sand- und Plastilinspielen bei ihrer Mutter nicht erwünscht gewesen, da es Schmutz hinterlässt, kochen darf sie. Da Sophies Mutter dies nicht gerne tut und ihre Tochter größtenteils mit Tiefkühlgerichten ernährt, ist es bald sehr gerne gesehen, wenn Sophie auch Besuche ihrer Eltern mit mehrgängigen Menüs bekocht. Ist ihre Mutter schlecht aufgelegt, nennt sie Sophies Arbeit herabwürdigend „kocherln", während sie als Hausfrau mit dem Aufwärmen eines Iglo-Packerls schwer gestresst ist. Die Beurteilung von Sophies Leistungen und Verhalten durch ihre Mutter schwankt täglich: Ist sie Montag ein „faules ungezogenes Trumm", weil sie die Mistkübel nicht zu dem von ihrer Mutter geforderten Zeitpunkt unverzüglich ausleeren geht, werden ihr am Dienstag zu ihrer Überraschung alle Arbeiten abgenommen, weil sie ja „so fleißig ist und so viel zu lernen hat". Wechselnde Laune oder schlechtes Gewissen? Sophie weiß nie, wie sie gerade dran ist. Sie versucht, es immer richtig zu machen und macht es doch scheinbar meistens falsch. Das wird auch noch in vierzig Jahren so sein.

In der Oberstufe besucht Sophie mit ihren Schulkolleginnen und -kollegen die Tanzschule im Ort. Traumpartner findet sie keinen. Die Tanzprüfung macht sie mit einem Schulkollegen, der zwar ausgezeichnet tanzt und sehr lustig ist, aber kaum größer ist als sie und ihren Vorstellungen eines idealen Partners in keinster Weise entspricht. Da er den ersten Ball nicht eröffnen will (Ist ihm Sophie mit ihrer Standardgröße zu groß?), sucht sie Ersatz. Ihr bleibt nur der tollpatschige, hässliche Balduin, der aus jedem Walzer eine Bauernpolka macht und vor dessen etwas komischer, angeberhafter Art alle Mitschülerinnen flüchten (Gesprächsthema in der Mädchenturngarderobe). Besser als gar nichts. Sie kommt zu ihrer ersten Balleröffnung und ist ein bisschen neidisch auf die anderen Mädchen, die hübschere Tanzpartner erwischt haben, die außerdem noch besser tanzen können. Balduin bemüht sich redlich, macht ihr ein nettes Kompliment zu ihrem schönen Kleid – Sophie ist klar, dass ihm das seine Eltern eingetrichtert haben – und tanzt sogar mit ihr. Für Balduin ist Tanzen Schwerstarbeit. Merkt Sophie höflich an, dass sie nicht nur gerne annähernd richtige Figuren, sondern diese auch möglichst in annähernd richtigem Takt tanzen möchte, stöhnt Balduin: „Du kommst mir vor wie eine englische Lady, die beim Weltuntergang seelenruhig zu ihrem Butler sagt: ,Könnte ich bitte eine Tasse Tee haben'?"
Durch ihn lernt sie andere Burschen kennen, die besser tanzen können, hübscher und netter sind, von Balduin und Sophies Tanzschulpartner aber immer von ihr ferngehalten werden. Sie lernt auch Balduins fünf Jahre älteren Bruder Meinrad kennen.

Sie kennt Meinrad vom Sehen. Balduin hat ihn ihr in der Unterstufe einmal am Schulgang gezeigt. Meinrad studiert Jus und hat bereits den Führerschein, was Sophie als sehr praktisch empfindet, da er die Schulkollegen seines jüngeren Bruders und Sophie nach Tanzveranstaltungen öfters nach Hause fährt. Dass er mit ihr ziemlich herablassend und gönnerhaft spricht, stört Sophie nicht, schließlich ist er ja fünf Jahre älter als sie und damit eine Respektsperson. Sie überlegt sogar, ob sie zu ihm „du" sagen kann oder ihn siezen muss.

Balduin wird ziemlich aufdringlich. Auf der Schullandwoche begrapscht er ihr Hinterteil und bekommt von ihr eins auf die Finger. Sophie, die von Anfang an weiß, dass sie mit Balduin nie ein Verhältnis anfangen würde, auch wenn ihre Mutter ihr manchmal erklärt, bevor sie keinen finde, solle sie doch DEN nehmen, stellt klar, dass er sich keine unnötigen Hoffnungen machen solle. Sie finde ihn nett, nicht mehr. Sie will niemanden hinhalten. Sie hätte ein schlechtes Gewissen, wenn jemand sinnlos Zeit für sie opfert. Das hält sie für unfair. Balduin erwidert: „Wir werden ja sehen!" Als Deutschmaturantin fällt Sophie dazu die Bemerkung des Fleischhauers Oskar aus Ödon von Horvaths „Geschichten aus dem Wienerwald" ein. Das „Du entkommst meiner Liebe nicht" hat sie immer schon erschaudern lassen. Balduin versucht es weiter. Er meint, als angehende Historikerin müsse es für sie doch eine Ehre sein, wenn er als Adeliger sich zu ihr als primitiver Bürgerlicher in niederer Minne herablasse. Sophie hält die Aussage schon für ein wenig präpotent, fragt aber scheinbar belustigt nach, was das für ein Quatsch sei. Balduin prahlt mit einem Familienwappen, das neben dem Kamin im Wohnzimmer hinge. (Bei Sophies erstem Besuch in Balduins Elternhaus gilt ihr Blick natürlich besagtem Wappen. Sie entdeckt es auch sofort samt begleitender Urkunde, gezeichnet im Jahre 1939 mit „Heil Hitler!" Dass auf der Urkunde eindeutig von einem „bürgerlichen" Wappen die Rede ist, wird von der Familie scheinbar übersehen. Sophie lässt über einen befreundeten deutschen Archivar Kontakt zur deutschen heraldischen Gesellschaft herstellen und bekommt die schriftliche Antwort, dass sich jeder ein bürgerliches Wappen kaufen könne. Der bezahlte (leistbare) Betrag wird angeführt. Balduin will Sophie das Schreiben aus der Hand reißen und zerstören. Sie entkommt, fertigt mehrere Kopien an und versteckt sie an unterschiedlichen Orten. Jahre später findet ihr Sohn eine davon.)

Sophies Vorstellungen von ihrem Traummann sind erweitert worden: groß, schlank, dunkelhaarig UND: Er muss tanzen können und wenn möglich ein abgeschlossenes Studium haben (bzw. der Abschluss desselben in realistischer Aussicht sein).

Für Sophies Vater ist Sophies Werdegang klar: Schulabschluss, akademische Berufsausbildung. Das werde von jemandem mit Sophies Fähigkeiten erwartet. Dann können Partnersuche und Eheschließung folgen. Sie solle sich auf keinen Fall frühzeitig mit einem Mann einlassen, der ihr vielleicht ein Kind anhängen und damit ihre Ausbildung stören könne. Das vermittelt er ihr ziemlich deutlich. Als sie in der 7. Klasse mit einem Schulkollegen ins Kino geht, wird dieser von ihren Eltern als möglicher Sexualverbrecher hingestellt. Wenn sie nichts anderes als Burschen im Kopf habe, werde sie Friseurin werden. Der erste Schularbeitsdurchgang naht. Sophie steht unter enormem Druck, schläft schlecht, hat Angst nicht zu entsprechen. Sie absolviert alle Schularbeiten mit „Sehr Gut".

Sophies Mutter fragt regelmäßig nach, ob sie schon endlich jemand hätte. Sie solle schauen, dass sie nicht überbleibt. Jemand, der wie sie keine Plakatschönheit sei, dürfe nicht allzu wählerisch sein.

Sophie maturiert mit Auszeichnung und wird als beste Maturantin der Schule geehrt. Während andere Kinder, welche die Reifeprüfung gerade noch „gepackt" haben, von ihren Eltern überschwänglich gefeiert werden, kommentieren Sophies

Erzeuger ihre lauter „Sehr Gut" mit „Hast du etwas anderes erwartet?!"

Sie absolviert ihr Lehramtsstudium in weniger als der Mindeststudienzeit. Sie muss bei den Universitätsbehörden um Verkürzung der Studiendauer um zwei Semester ansuchen, was den dafür Zuständigen, die ihre Statistiken gefährdet sehen, die demonstrieren sollen, dass kein Studium so schnell zu schaffen sei, gar nicht gefällt. Ausreichende Gründe wären nur Auslandsaufenthalt oder Schwangerschaft. Sophie hat nicht vor, ihre gewohnte Umgebung zu verlassen. Sie will zwar so schnell wie möglich ein Kind, aber von wem? Nicht von irgendeinem Dahergelaufenen zum Zweck der Studienverkürzung! Sie geht mit dem Ansuchen zum Präses der Prüfungskommission, ihrem Zweitprüfer, einem eher ungezwungenen Professor, der bei der Durchsicht ihrer Diplomarbeit schon einige Fettflecken darauf hinterlassen hat und während ihrer Prüfung sehr zur Verwunderung einer eintretenden Sekretariatskraft fröhlich eine Opernsopranarie trällern wird. Er ist nicht der Bürokratentyp. „Geben's den Wisch her!", sagt er und unterschreibt.

Nach bestandener Diplomprüfung beginnt Sophie sofort mit der Dissertation, beendet diese zugleich mit dem Unterrichtspraktikum.

Kurz vor Ende ihres Studiums übersiedelt Sophie mit ihren Eltern in ein neu gebautes Haus in einem anderen Stadtteil. Die Wohnung wird ihr überschrieben und vermietet. Ihr Vater hat die vergangenen Jahre zum Großteil auf der Baustelle verbracht. Alle Installationen und auch vieles bei der Innenausstattung hat er, der vor der HTL-Matura eine Elektrikerlehre absolviert hat, selbst gemacht. Sophie ist gar nicht so begeistert vom Umzug. Sie hat sich in der Wohnung im Stadtzentrum wohlgefühlt. Die öffentlichen Verkehrsverbindungen vom neuen Wohnort sind zwar ausreichend vorhanden, aber nicht so optimal wie früher. Der Garten ist Sophie egal und was die Einrichtung ihres Wohnbereichs anbelangt – sie hat ab nun Wohnzimmer, Schlafzimmer und eigenes Bad samt eigenem Eingang zur Verfügung – wird sie sparsam bedacht. Als Alleinverdiener hat ihr Vater nicht unbegrenzt Geld zur Verfügung. Also macht er für Sophie Schiebekasten und Bücherregal selbst mit dem Hinweis: „Du bleibst ja eh nicht ewig da."

Sophie fühlt sich nur geduldet und will so schnell wie möglich aus dem Elternhaus weg, da ihre Eltern scheinbar nur darauf warten, sie loszuwerden und sie von ihrer Mutter nach wie vor ständig kritisiert wird. Für ihr „eigenes" Leben fehlt ihr nur der geeignete Partner, der sich noch immer nicht gefunden hat. Sie braucht jetzt möglichst schnell einen Mann, damit sie ausziehen und ENDLICH Kinder bekommen kann, bevor sie zu alt wird. Daran muss sie immer denken. Der Gedanke, ohne Kinder alt werden zu müssen, lässt sie leicht panisch werden.

**Stellenprofil „Märchenprinz"**
**erweitertes Anforderungsprofil I**

**groß/klein:** groß (wie Papa)

**dick/dünn:** schlank (wie Papa)

**Haarfarbe:** dunkelhaarig (wie Papa) und bitte ordentlich rasiert

**Alter:** etwas älter (damit die Gefahr, gegen eine Jüngere ausgetauscht zu werden, möglichst minimiert wird; Höchstgrenze: biologische Vaterschaft möglich)

**Beruf:** Akademiker, wenn möglich Techniker (wie Papa) oder Jurist; KEIN versponnener Geisteswissenschaftler

**Qualitäten:** Er muss tanzen können.

# MEINRAD

## 1995

Während ihrer Studienzeit war Sophie einige Male mit Burschen aus. Die meisten haben ihren Vorstellungen nicht entsprochen, waren ewige Studenten, zu klein, zu dick, haben geraucht oder sich nicht mehr gemeldet. Die wenigen, mit denen sie ein oder zwei Mal ausgeht, werden vor der Haustüre verabschiedet. Einer hätte ihr gefallen. Er war drei Jahre jünger, noch nicht mit der Schule fertig. Also beendet sie das Abenteuer, bevor es begonnen hat, auch wenn es ihr schwerfällt. Ein geeigneter Ehekandidat und potenzieller Vater ihrer Kinder muss nicht nur äußerlich passen, kulturell halbwegs interessiert sein, tanzen können, sondern sollte auch ein abgeschlossenes Studium und einen halbwegs vernünftigen Beruf haben. Sophies Eltern war bisher keiner der angedachten Herren recht. Schon in ihrer Schulzeit ist jeder Kollege, mit dem sich Sophie länger unterhalten hat, heruntergemacht worden. Schwärmerei für Burschen wird als Gefahr für Sophies Werdegang betrachtet. Für die Eltern, die beide nach der Matura nicht studiert haben, ist klar: Ihre Tochter muss etwas Besseres werden. Studium und Doktorrat. Eine ungewollte Schwangerschaft könnte diesen Plan stören. Die Angst davor ist so groß, dass sich Sophie vornimmt, sich mit keinem näher einzulassen, den sie nicht heiraten und mit dem sie Kinder bekommen wird. Sie hält diesen Plan durch, obwohl der Druck ihrer Eltern, vor allem ihrer Mutter, immer größer wird. Sie solle schauen, dass sie nicht überbleibt. Der Erwählte müsse aber schon standesgemäß sein, sodass man sich nicht für ihn genieren müsse. Was „die Leute" sagen, scheint ihrer Mutter sehr wichtig zu sein, seltsam. Sophie ist unglücklich, wenn sie eine Freundin heiraten, die andere mit Freund, noch schlimmer, wenn sie eine mit Kinderwagen sieht. Frauen können sich im Gegensatz zu Männern nicht ewig Zeit lassen! Wenn sie alleine aus war (meist im Theater oder in der Oper), wird sie von ihrer Mutter peinlich gefragt. War sie mit einem Burschen weg, wird dieser ausstalliert. Einmal stellt sie ihren Eltern eine Testfrage, was ihnen lieber wäre, ein von „allen" respektierter Schwiegersohn im Ausland oder einer in ihrem Heimatort, der vielleicht doch nicht ganz ihren Vorstellungen entspricht. Die Antworten ihrer Eltern könnten unterschiedlicher nicht sein. Ihr Vater möchte nicht, dass sie fortgeht. Ihrer Mutter ist das öffentliche Ansehen des Schwiegersohnes wichtiger.

In ihrem Freundeskreis gibt es wenig junge Männer, die „zu haben" sind. Diejenigen, die für Sophie vielleicht infrage kommen, zeigen kein Interesse. Zum Tanzen und ins Theatergehen bleibt Meinrad, der ältere Bruder ihres Schulkollegen Balduin. Sie hat ihn das erste Mal in der Unterstufe gesehen, als Balduin seinen Schulkolleg/innen den am Gang vorbeischlurfenden älteren Bruder gezeigt hat. Er ist groß, schlank und dunkelhaarig wie ihr Vater und trägt eine überaus dicke, ziemlich hässliche Hornbrille. Sein Haaransatz lichtet sich schon etwas, dafür sind seine Unterarme stark behaart. Es stellt sich heraus, dass er dasselbe Sternzeichen wie Sophies Vater hat. Meinrad vermittelt den Eindruck des Großen, Über-den-Dingen-Stehenden. Er redet gerne viel und gescheit vor Publikum, wiederholt sich dabei oft und unterbricht alle, die auch etwas sagen möchten. Da Sophie eher schüchtern ist, hört sie andachtsvoll zu und sagt kein Wort, also die ideale Zuhörerin für Meinrad. Meinrad ist langatmig und langweilig, aber er macht einen verlässlichen und ehrlichen Eindruck. Er ist zu allen Leuten freundlich und höflich, auch zu Sophie. Sie kann ihn sich als

Vater ihrer Kinder vorstellen. Schließlich dürfe sie ja keine allzu hohen Ansprüche stellen, hat ihre Mutter schon öfter gesagt. Ohne männliches Wesen kommt sie ja schließlich nicht zu Kindern.

Meinrads Vater würde seinen Sohn gerne als Jungpolitiker sehen. Zu diesem Zweck wird eine Jugendparteiorganisation reaktiviert. Meinrad sucht nach arbeitswilligen Mitgliedern und lädt Sophie dazu ein. Da ihr langweilig ist und sie außerdem hofft, vielleicht dort jemand Spannenden kennenzulernen, macht sie mit. Bei einer Tanzveranstaltung blickt Meinrad sich suchend um, wendet sich schließlich Sophie zu und meint etwas herablassend: „Na dann könnten wir ja einmal mit dem Fräulein Sophie tanzen." Es wirkt auf Sophie so, als ob er sich gnädig opfern würde, weil nichts Besseres da ist. Da auch für sie niemand anderer da ist, tanzt sie mit ihm. Sie, die in ihrer Schulzeit die Gold-Tanzprüfung gemacht hat und leidenschaftliche Tänzerin ist, kann durch gute Tänzer, die sie in die kompliziertesten Figuren führen, schwer beeindruckt werden. Meinrad macht Grundschritt, nicht im Takt, aber er wirkt dabei recht elegant. Meinrad führt überhaupt nicht, Sophie fürchtet manchmal, ihm vollkommen zu entgleiten, da er sie beim Tanzen kaum angreift. Sie tanzt „ihre" Figuren, Meinrad tapst in der Zwischenzeit im Grundschritt und es sieht für die Zuschauer gut aus.

Meinrad hat sich den Appetit eines Pubertierenden bewahrt. Er kann Unmengen verschlingen, ohne zuzunehmen. Seine Begeisterung für Essen und Trinken gilt als sehr liebenswert, vor allem da er sich bei allen Essensproduzent/innen stets in wohlgesetzten Worten überschwänglich bedankt. Da wird auch über allfällige Gier großzügig hinweggesehen, schließlich freut sich doch jeder über Lob.

Sophie ärgert sich zwar jedes Mal, wenn sie mit Meinrad ausgeht, da er sie meist eine halbe Stunde oder sogar noch länger warten lässt, findet ihn mit seiner riesigen, dicken Brille auch nicht besonders hübsch und wenn er bei öffentlichen Veranstaltungen eine Frage stellt, geniert sie sich für seinen predigerhaften überheblichen, manchmal aufbrausenden Tonfall. In der Öffentlichkeit hofft sie stets, dass er keine peinlichen Bemerkungen macht, keine Ausländer- oder Judenwitze oder in Anwesenheit von Rothaarigen erklärt, dass diese auf den Scheiterhaufen gehören. Meinrad hält sich dann für besonders witzig. Aber sonst ist keiner da. Sonst kann keiner tanzen. Außerdem ist Meinrad nett und man soll ja realistisch bleiben. Sophie ist eindeutig Realistin. Sie plant alles genau, erledigt alles peinlichst und pünktlichst und hat damit immer Erfolg. Dass sie nur mäßig schön ist, hat sie von ihrer Mutter seit der Pubertät oft genug gehört, vor allem dann, wenn sie mit ihrem „Monatspickel" – ohnehin schon unglücklich darüber – in der Küche gesessen ist.

Im Sommer vereinbaren Meinrad, Sophie und eine Freundin Sophies einen gemeinsamen Kurzurlaub in Südmähren. Die Freundin überlegt es sich dann doch anders und Sophie weiß: Sie hat fünf Tage Zeit. Das ist IHRE Chance, einen Ehemann und damit endlich Kinder zu bekommen. Sie hat zwar nie Schwierigkeiten gehabt, irgendetwas zu erlernen und Leistungen zu erbringen, aber sie weiß überhaupt nicht, wie man einen Mann beeindruckt, ihn für sich gewinnen kann. Sie versucht, mit Meinrad zu scherzen, was bei seinem nicht sonderlich ausgeprägten Humor eher schwierig ist. Sie versucht, ihm nahezukommen. Er weicht nicht aus. Bei einem Abendspaziergang nähern sich ihre Hände. Nimmt er ihre oder sie seine? Am Abend dreht er sich weg.

Am nächsten Tag stehen sie bei strahlendem Sonnenschein in einem alten Pfarrhof hinter einer renovierungsbedürftigen

Kirche. Sophie versucht, Meinrad wieder einmal anzustrahlen und wartet auf irgendeine Reaktion. ENDLICH küsst er sie, einmal und noch einmal und meint: „Ja was würde denn jetzt der Herr Pfarrer sagen?" Sophies Lebensplanung ist abgeschlossen. Sie hat es geschafft. Der Rest sind ihrer Meinung nach nur in angemessener Zeitabfolge eintretende Ereignisse: Hochzeit in weißem Kleid, 1. Kind, 2. Kind, liebender Ehemann und ewig während Familienidylle, alles perfekt.

Am Tag danach sitzen sie in einem kleinen südmährischen Kaffeehaus. Während sie auf das Eintreffen ihrer Bestellung warten, sieht Meinrad Sophie, die ihm gegenübersitzt, abschätzend an und meint: „Na ja, die Traumfrau bist du nicht gerade, aber wir können es ja versuchen." Sophie spürt einen heftigen Stich in der Herzgegend, einen Stich, den sie noch Jahre später spüren wird, wenn sie daran denkt. Sie kennt die Traumfrau, eine Schulkollegin ihrer ältesten Freundin, welche die Matura mit Ach und Krach geschafft hat, blond (wie Meinrads Mutter), lockig, wohlgeformt, mit 20 Jahren in Männerangelegenheiten bereits ausreichend erfahren, immer freundlich und weltoffen, ganz anders als sie mit ihrer schüchternen und zurückhaltenden Art, die oft nicht weiß, was sie sagen soll, für Meinrad der Inbegriff der Weiblichkeit, wie er Jahre später zugibt. Ihr Gefühl sagt ihr, dass sie an dieser Stelle den Versuch, Meinrad für sich zu gewinnen, beenden sollte. Die Verletzung ist groß und tief, aber sie schluckt die aufsteigenden Tränen hinunter. Weinen wäre ihr in der Öffentlichkeit peinlich und wie sollte sie ohne Auto aus dem hintersten Südmähren nach Hause kommen? Wo sollte sie außerdem einen anderen ehetauglichen Kandidaten herbekommen, damit sie nicht das gebärfähige Alter überschreitet?! Sie wird doch deswegen nicht ihre Lebensplanung gefährden! Ihre Eltern haben ihr oft gesagt, sie solle nicht „angerührt" sein.

Vielleicht kann sie Meinrad ja doch lieb gewinnen und ihre Qualitäten schätzen lernen. Sie wird sich mit aller Kraft darum bemühen. Außerdem muss sie ihr Hauptziel im Auge behalten: Kinder!

Sophie hält durch. Gewohnt, dass Höchstleistungen von ihr erwartet werden und für sie selbstverständlich sind, erbringt sie diese. Also schluckt sie diese erste von vielen Demütigungen und Verletzungen hinunter und bemüht sich unter höchstem Energieeinsatz um Meinrad – mehr als zwanzig Jahre lang.

### Ende August trägt Sophie in ihr Tagebuch ein:

*Die letzte Woche war sehr ereignisreich, sehr schön und vielleicht/ wahrscheinlich/hoffentlich für meine Zukunft entscheidend: Ich war mit Meinrad auf Urlaub: Station in Retz, Ausflüge nach (Süd-) Mähren … Schöne Bauwerke, interessante Ausführungen, gutes Wetter und … ja … Meinrad würde sagen „endlich habe ich es geschafft" (mit „ich" bin ich gemeint!) Ich habe wohl schon das Meinige dazu beigetragen, obwohl Meinrad das meines Erachtens etwas überbewertet. Ich wusste nicht, dass ich ihm bis vor Kurzem völlig gleichgültig war; er den Gedanken mit mir „etwas anzufangen" ablehnte, da er – wie ich – ständig von seinen Eltern traktiert wurde.*

*Eigentlich habe ich gar nicht gewusst, wie diese Woche ablaufen würde. Die Besichtigungen waren für mich nicht der einzige Grund fortzufahren; aber was jetzt mit Meinrad werden würde, wusste ich damals noch nicht, musste ein Risiko auf mich nehmen; da ich nicht wusste, wie er reagieren würde (mit nur 5 Tagen Zeit) und da ich mir sehr wenig Vorstellungen von ihm als „jugendlichem Liebhaber" machen konnte.*

*Mittlerweile denke ich fast ständig an ihn, geht er mir ab, wenn er nicht da ist.*

Sophies Eltern sind begeistert. Endlich hat sie einen akzeptablen Heiratskandidaten, wird nicht als alte Jungfer enden.

Sophie kennt Meinrads Familie schon lange, ist sie doch mit Meinrads jüngerem Bruder in die Klasse gegangen. Der pummelige Balduin war mit seiner etwas protzigen Art und seinem sehr altmodischen Kleidungsstil oft Gespött der Klasse. Ein Highlight war beispielsweise ein Pullover mit rosa Paisley-Muster, ausgewählt von Mutter und Tante. Auch Balduins Mutter war oft Gesprächsstoff der anderen Mütter, einerseits ebenfalls wegen ihres Kleidungsstils, der an jenen der Großmütter der Klassenkolleg/innen erinnert, andererseits weil sie offenbar absolut gierig darauf war, das wichtige Amt der Elternvertreterin auszuüben, während alle anderen versuchten, sich davor zu drücken. Sophies Mutter ist nach dem Ausscheiden einer Mutter vom Klassenvorstand dazu verdonnert worden mit der Begründung, er wolle diesmal jemanden, dessen Kind garantiert nicht durchfällt. Seitdem hat Sophies Mutter jährlich von den absolut langweiligen Jahresversammlungen berichtet, die Meinrads Vater, Meinrads Elternvertreter, geleitet hat. Auch Meinrads Vater punktet mit gepunkteten und geblümten Unterhemden, die unter seinem weißen, schlecht sitzenden Hemd hervorschimmern. Die Kleidung der gesamten Familie scheint aus irgendeinem Altkleiderfundus zu sein, zu groß, nie passend, billig. Jahre später meint ein Bekannter Meinrads, als eine „worst dressed"-Party veranstaltet wird, Meinrad brauche sich gar nicht zu verkleiden. Meinrad erklärt stets, Kleidung sei ihm im Gegensatz zu höheren Werten nicht wichtig. Kauft ihm Sophie einen gut sitzenden modernen Anzug, präsentiert er sich damit allerdings stolz wie ein Gockel im Büro.

Meinrads Vater hat als Wertanlage mit Meinrad ein baufälliges Haus im selben Ort gekauft. Meinrad hat ein Viertel mitfinanziert unter der Bedingung, dass er so schnell wie möglich von seinem dominanten Elternhaus ausziehen kann. Er drängt Sophie, mit ihm zusammenzuziehen. Sophie, welche die Bevormundung durch ihre Eltern auch satt hat, will ohnehin so schnell wie möglich weg in ein besseres Leben, dorthin, wo sie jemanden hat, der sie liebt, seine Zeit, sein Leben mit ihr verbringen will.

Recht bald zeigt Meinrad ihr die neue Wohnstätte. Im Schlafzimmer steht bereits ein Doppelbett. Es ist von Meinrads Tante ausgesucht worden. Sophie gefällt das Blümchendesign zwar überhaupt nicht, sie will aber nicht unhöflich sein und schweigt. – Blümchen und Blumen, egal in welcher Form, sind nicht „ihres". Meinrad preist die Wahl der Tante als idealen, günstigen Schnäppchenkauf, ganz ökologisch, nur geleimt, kein Nagel. (Bald werden die handwerklichen Fähigkeiten von Sophies Vater ins Spiel kommen. Einer seiner ersten „Patienten" wird das Superbett sein, nicht etwa wegen Überbeanspruchung, sondern infolge bloßen Liegens zerfallen!)

Nach einigen Tagen versucht Meinrad sein Glück. Das Straßenlicht dringt durch das Schlafzimmer im Erdgeschoß, es gibt keine Vorhänge, aber Meinrad bemüht sich redlich und mit angestrengtem Blick, Sophie zu entjungfern. Es gelingt ihm nicht. Sophie ist ein bisschen verwundert. Sie hat zwar gelesen, dass es für Frauen beim ersten Mal kein Vergnügen sein soll, aber dass es für Männer auch so anstrengend ist, hat sie noch nie gehört. Der zweite Versuch scheitert ebenfalls. Meinrad erklärt Sophie fachmännisch, dass das bei Frauen immer so sei. Sophie glaubt ihm, schließlich ist er ja fünf Jahre älter und ist von seiner reichlich erfahrenen Traumfrau sicher ordentlich eingeschult worden. – Meinrad hat drei Beziehungen hinter sich, die von den jeweiligen Damen nach wenigen Monaten beendet worden sind.

Der dritte Versuch nach einer Veranstaltung in Sophies Elternhaus glückt. Sophie muss auf Drängen Meinrads nachhelfen. Es ist ihr nicht angenehm, aber das ist für Frauen doch so, oder? Meinrad bleibt über Nacht. Sophie ist zufrieden, endlich eine ordentliche Beziehung zu haben, Sophies Eltern sind auch zufrieden und Sophie ist glücklich, dass ihre Eltern endlich einmal mit ihr zufrieden sind.

Meinrads Tante (die mit dem Blümchenbett) bemerkt als Erste, dass zwischen ihrem Neffen und Sophie etwas läuft. Sie lächelt verschmitzt: „Ihr braucht's euch nicht zu verstecken. Ich hab' es ja schon bemerkt. Na endlich! Ihr passt ja soooo gut zusammen!"

Die Tante, ehemals Schuhverkäuferin, gilt als Stilikone, beschenkt ihre Verwandten gerne mit selbstgestickten Decken, hat Meinrads Mutter bei der Heimkehr aus einem Urlaub einmal sogar mit neuen Vorhängen beglückt und war sehr enttäuscht, dass diese Meinrads Mutter nicht gefallen haben und sie ihr Werk wieder abnehmen musste. Als Sophie die Tante herausgeputzt für eine Veranstaltung mit rotem Kostüm und rosa Lippenstift antrifft, kommen ihr leise Zweifel. (Oder hat sie vom Ausgang nichts gewusst wie ein anderes Mal, als sie beklagt, dass man ihr vom geplanten Veranstaltungsbesuch nichts gesagt hat, sie daher in der einfachen Hausstrickweste hingehen müsse, während ihre Schwester im Kostüm gestylt neben ihr steht?! Meinrads Mutter meint daraufhin freundlich, dies sei überhaupt kein Problem.)

Sophie geht Meinrad ab, wenn er nicht da ist. Meinrad scheint damit weniger Probleme zu haben.

Zwei Mal pro Woche findet Meinrad Zeit, Sophie zu besuchen. Meist kommt er zwei oder drei Stunden später als angekündigt. Sophie hat Angst. Angst, dass ihm etwas passiert. Angst, dass er sie nicht mehr mag und sie wieder alleine ist,

Angst, dass ihre Aussicht auf baldige Kinder schwindet. Sie erwähnt höflich, dass sie sich Sorgen gemacht hat. Meinrads etwas präpotentes Lachen gefällt ihr nicht: „Sei froh, dass ich überhaupt komme!", erwidert er.

In der Folge lernt Sophie, Meinrad immer frühere Termine anzugeben als anderen, damit er zumindest annähernd pünktlich kommt. In ihrem Freundeskreis ist Sophie das ständige Zuspätkommen, das niemand von ihr gewohnt ist, extrem peinlich. Meinrad hat keine Bedenken. Die anderen haben ja mit dem Essen auf ihn gewartet, also bekommt er noch genug davon. Springt er auf den abfahrenden Zug auf, hält er das für „perfektes Timing", ebenso wie das Betreten eines Theaters, wenn die Lichter gerade ausgehen und die Vorstellung beginnt. Oft muss eine halbe Sitzreihe von Theaterbesuchern aufstehen, damit Meinrad und Sophie ihre Plätze einnehmen können. Meinrad findet das absolut in Ordnung. Schließlich hat er ja seine Karte bezahlt und Anspruch darauf. (Haben die infolge seiner Unpünktlichkeit gestörten Personen ihre Karten nicht bezahlt?)

Nach Hause fährt meist Sophie, damit Meinrad genug trinken kann, aber das stört sie nicht. Schließlich muss man ja was für den geliebten Mann tun. Sie tut gerne etwas für Meinrad. Irgendwann wird er bestimmt auch etwas für SIE tun. Bisher hat sie noch nichts davon gemerkt. Meinrad hat immer so viel zu tun. Aber er ist nett, genauso wie zu allen anderen auch, und über kleine Eigenheiten kann man schon hinwegsehen.

Da Sophie ebenso wie Meinrad von den Eltern wegziehen will, willigt sie ein, in das alte, in einigen Räumen feuchte Haus zu übersiedeln. Das nicht unterkellerte Wohnzimmer riecht nach abgestandener Feuchtigkeit. Als sie ein paar Schuhe aus dem Vorzimmerkasten holt, sind diese nicht – wie sie im ersten Moment glaubt – nicht geputzt, sondern angeschimmelt.

In den ersten Nächten, die sie alleine verbringt, da Meinrad bei Abendveranstaltungen außer Haus ist, steht sie Todesängste aus, weil ihr das seltsame Knarren der Heizungsrohre, die offen durch das Schlafzimmer gehen, noch unvertraut ist.

Meinrad ist jedes Mal begeistert, wenn er heimkommt und Sophie auf den Knien den Boden schrubbend vorfindet. So hat er sich das vorgestellt. (Jahrzehnte später besucht Sophie eine Aufführung im Kabarett „Simpl". In einem Sketch werden zwei Männer von der Puff-Mutter in das „50er-Jahre"-Zimmer geführt, da sie meint, dies würde ihnen bestimmt gefallen. So ist es auch. Die Herren zucken vor Begeisterung aus, als ihnen zwei nicht emanzipierte Damen mit Schürzerl und Lockenwickler gegenübertreten, deren einziges Vergnügen scheint, alles für die Männer schön zu putzen, diese zu bekochen, ihnen das Essen zu servieren und ihnen alles recht zu machen. Als der eine sich noch die Schuhe ausziehen lassen will, läutet der Wecker. Die Zeit ist um. „Jetzt kostet's extra!" (Na gehhh!) Bei Sophie läutet kein Wecker, noch lange nicht.

Meinrad legt größten Wert darauf, als moderner Mann zu gelten, der einen Teil der Hausarbeit übernimmt. Er tut dies auch, auf seine Weise. Er kündigt ungefähr eine Woche vorher eine Tätigkeit an, die er durchführen wird und die Sophie in diesem Zeitraum meist schon drei Mal erledigt hat. Wenn Sophie beispielsweise also drei Mal unbemerkt und unerwähnt Fenster geputzt hat, putzt er einmal – mit Zeitungspapier. „Weil das meine Mutter auch immer so macht, also macht man das so", wischt er Sophies Zweifel weg, ob Papier nicht das Glas zerkratzen könnte und ein Putztuch vielleicht geeigneter wäre. Sophie reinigt Fenster regelmäßig, weil sie der Schmutz stört, denn das Haus liegt direkt an einer stark befahrenen Hauptstraße. Meinrad putzt Fenster, bevor der Nachbar von Sophies Eltern ins benachbarte Gasthaus essen geht, „damit wir nicht ausgerichtet werden". Eigentlich sind Sophie die Nachbarn – auch wenn dieser spezielle Nachbar sehr nett ist – egal. Sie putzt und räumt auf, damit Meinrad und sie es schön haben und sich wohlfühlen können.

Im Wintersemester übernimmt Meinrad die Funktion des Obmanns seines Vereins. Dies ist schon einige Monate vor Beginn seines Verhältnisses mit Sophie vereinbart worden. Meinrad hat ja Zeit (und kommt sich in der Rolle des „wichtigsten Mannes" auch sehr gut vor). – Moment, hat er jetzt Zeit oder nicht? Sophie sagt er immer, er habe kaum Zeit für sie, da er im Büro so viel zu tun habe, aber für die Vereinstätigkeit hat er Zeit? Aber wenn er nicht mehr Vereinsobmann ist, wird er bestimmt für sie Zeit haben. Meinrad verspricht dies und Sophie glaubt es.

Sophie ist schon ein bisschen beeindruckt, vor allem wie der große, schlanke Mann bei einer Veranstaltung in der Uniform seines Vereins mit der riesigen bunten Vereinsfahne in den Wiener Rathauskeller einzieht.
Im Herbst lädt Meinrad einige Vereinsfreunde ins „neue" alte Haus. Sophie darf groß aufkochen, Meinrad veranstaltet seine erste Hausführung und weist stolz auf das Blümchenbett der Tante. Meinrad wird von seinen Freunden bestaunt und beneidet. Er kommt sich sehr gut vor. Sophie ist stolz, so einen bewunderten Freund zu haben.

Seit Einsetzen der Monatsblutung, was bei Sophie sehr früh passiert ist, kommt diese sehr unregelmäßig, manchmal in Abständen von drei, manchmal dauert es bis zu sechs Wochen. Als es diesmal besonders lange dauert, wird Sophie nervös. Sie erzählt Meinrad von der ausständigen Regel. Das scheint diesem ziemlich gleichgültig zu sein. Abtreibung komme nicht infrage, stellt er fest. Dann meint er gönnerhaft, er werde schon dafür sorgen, dass sie eine gute Abfindung bekomme. Sophie ist unangenehm betroffen, verletzt. Die herablassende Art Meinrads stört sie. So hat sie sich das eigentlich nicht vorgestellt. Sie erklärt Meinrad, dass sie kein uneheliches Kind zur Welt bringen will. Auch das scheint ihm egal zu sein. „Na gut, wir können auch heiraten." Sophie ist zwar beruhigt, aber die gleichgültige Reaktion gefällt ihr nicht. Eine romantische Liebesbeziehung sieht anders aus. Oder?

Meinrads Vater, höherer Beamter, Fußballfan eines abgestiegenen Provinzvereins und Lokalpolitiker mit äußerst ausgeprägtem Selbstbewusstsein, der es versteht, alle möglichen Zusatzgeschäfte, und seien sie noch so windig, aufzugabeln, ist gewohnt, die Unterhaltung zu führen und überall den Ton anzugeben. Das Leben der Familie hat sich um die kommunalpolitischen Events und seine Fußballplatzbesuche zu drehen. Meinrad hat als Kind stets geglaubt, dass eine Wallfahrt (Er hat damals „Wahlfahrt" geschrieben.) ein gemeinsamer Dankspaziergang für einen Wahlsieg der eigenen Partei sei.

Meinrads Eltern bemühen sich nach Kräften, ihren Sohn als „Superman" zu präsentieren. Bei seinen früheren gescheiterten Beziehungen könne man froh sein, dass sie nichts geworden sind. Die erste, Tochter eines Bekannten und namhaften Politikers, hätte ihnen schon gut gefallen. Sie hat die Beziehung nach wenigen Monaten beendet, als Meinrad nach einem Kinobesuch von „Das Leben des Brian" in einem Tobsuchtsanfall das Programm zerfetzt und den Film als furchtbare „Blasphemie" bezeichnet hat. Um die zweite sei es eh nicht schade, die wäre eh hässlich und schiele, meint Meinrads Vater. – Sophie kennt die Betreffende seit ihrer frühen Kindheit, ihr ist noch nie eine Sehstörung aufgefallen. Nur über Meinrads Traumfrau wird geschwiegen. Niemand sagt ihr, dass Meinrad tagelang um sie geheult hat, dass für ihn das Thema Frauen eigentlich abgeschlossen ist. Dass Meinrad Theologie studieren und Priester werden wollte, wird en passant erwähnt. Für den Vater ist klar, dass er als Stammhalter für die Fortsetzung der Familienlinie sorgen müsse. Meinrad hat dann auch einen Grund gefunden, warum sein Vater recht hat und er lieber doch das vom Vater vorgeschlagene Studium, Rechtswissenschaften, einschlagen müsse. (Zwanzig Jahre später erfährt Sophie von Meinrads Bruder Balduin, dass auch er zum Jusstudium, dem einzig „gescheiten", da der Vater dies gewählt hat, gezwungen werden sollte. Er konnte seine Wahl nur mit größten Schwierigkeiten durchsetzen und der Auflage, den ersten Studienabschnitt in kurzer Zeit mit Bestnoten abzuschließen. Sophie hat bisher nur die Auswirkungen bei ihrem Schulkollegen gekannt: überhöhter Alkoholgenuss bereits in der Schulzeit, mehrere Spitalsaufenthalte deswegen, mehrmals Führerscheinentzug, Alkoholikertherapie, manisch-depressiv, akute Suizidgefährdung und starke Medikamente dagegen). Meinrads Vater preist die Fähigkeiten seines Sohnes, angehender erfolgreicher Jungpolitiker, Dissertation … (Meinrad hat zu diesem Zeitpunkt noch keine Zeile seiner Dissertation geschrieben und wird es auch später nicht tun. Dass Meinrad sein Studium in Wien fast nicht geschafft hat und schon nach Salzburg, dem leichtesten Jus-Studienort Österreichs, übersiedelt war, erfährt Sophie erst viel später.)

Irgendwann im Herbst besucht das junge Paar mit Meinrads Eltern gemeinsam eine Veranstaltung in ihrem Heimatort. Beim Verabschieden wird sie von Meinrads Mutter erstmals umarmt und geküsst, einmal linke Wange, einmal rechte Wange, oder umgekehrt? Sophie findet das eigentlich sehr nett, aber irgendwie kommt ihr etwas dabei komisch, unecht vor, ein bloßes Bauchgefühl.

Meinrads Mutter hat zwei Jahre Handelsschule besucht und

bis zur Geburt von Meinrads jüngerem Bruder als Schreibkraft gearbeitet. Sie versteht es sehr gut, beispielsweise durch Studieren von Theaterkritiken bei Menschen, die davon auch nichts verstehen, einen gebildeten Eindruck zu hinterlassen. Sie ist erstaunt, als sie einen Vortrag über gesunde Ernährung hört, dass in Fett herausgebratene Augsburger kein „leichtes" Essen sind und legt großen Wert darauf, zur Oberschicht zu gehören. Bei der Hochzeit von entfernten Verwandten betont sie, ganz vorne sitzen zu müssen, schließlich „sind wir ja nicht irgendwer".

Von ihr hat Meinrad einiges, vor allem sein Ordnungssystem. Während im Büro von Meinrads Vater peinliche Ordnung herrscht, wirft Meinrad Post, Akten, Prospekte in Kästen, in denen Platz ist, oder häuft sie stoßweise im Büro an und in mehreren Zimmern zu Hause, bis der Stoß umfällt. Sehr oft ist er stundenlang mit Suchen beschäftigt. Manchmal ruft er Sophie an und gibt eine Beschreibung, wo das Gesuchte sein könnte. Sie möge doch bitte suchen. Sie hätte ja eh nichts zu tun. Sophie hat ihr persönliches Schlüsselerlebnis, als Meinrad ein Geschenk seiner Eltern umtauschen will und die dazugehörende Rechnung erbittet. Seine Mutter erklärt: „Kein Problem, ich habe alles in bester Ordnung!", kehrt daraufhin mit einem Brotkörbchen wieder, das mit Zetteln gefüllt ist und beginnt zu wühlen …

Sophie bemüht sich wirklich sehr, Meinrad Ordnung beizubringen und ist dabei sehr kreativ, aber leider nicht sehr erfolgreich. Eine Idee ist beispielsweise, einen Teil der seit Monaten angehäuften Zeitungen und Prospekte loszuwerden und Meinrad gleichzeitig Pünktlichkeit beizubringen. Für jede zu spät gekommene Minute dürfe Sophie eine Zeitung wegwerfen. Meinrad, der weiß, wie sehr Sophie unter seiner Unpünktlichkeit leidet, willigt ein. Er wird aber weder pünktlicher, noch werden die Zeitungen weniger. Das Zuspätkommen ist ihm egal, die „Zeitungslücke" füllt er rasch mit neuen Schnäppchenprospektchen und Werbungen. Später entdeckt Sophie, dass er einen Teil des Weggeworfenen aus dem Müll gefischt und unter dem Bett versteckt hat. Er kommt sich dabei sehr gewieft vor. Beim nächsten Mal leert Sophie Spülmittel über die entsorgten Zeitungen.

Mit den Prospekten hat es eine eigene Bewandtnis und es entwickelt sich gewissermaßen ein Ritual. Sophie ist für Einkäufe und Erstellung der Einkaufsliste für das von ihr Gekochte zuständig, außerdem meistens als Erste zu Hause. Um dem vielbeschäftigten Meinrad das Studieren der Post zu erleichtern, sortiert sie die Post, sieht die Werbungen durch und wirft die Prospekte weg, in denen sie nichts Brauchbares findet. Meinrad holt jeden einzelnen Prospekt wieder aus dem Papiermüll, legt ihn Sophie vor, ob sie etwas darin finde. Sie merkt an, dass sie den Prospekt schon durchgesehen hat, blättert ihn aber höflich ein zweites Mal durch und wirft ihn wieder weg. Spätestens am nächsten Tag ist der Prospekt wieder da. Sophie betont, sie habe ihn nun schon zwei Mal durchgesehen und nichts gefunden. In Bestzeiten kann sich das Spiel fünf Mal wiederholen. Schließlich gibt Sophie nach – man will ja nicht wegen Kleinigkeiten streiten – und kreuzt einige Produkte an, die Meinrad bei seiner wöchentlichen Schnäppchentour mitnehmen könnte. Darauf bricht Meinrad in herzbewegendes Lamentieren aus. Schon wieder so viele Dinge müsse er kaufen, wie teuer das sei!

Nach kurzer Zeit beschließen Meinrads Eltern, dass die jungen Leute Meinrads Verwandtschaft ins „neue" Haus einzuladen haben. Die beiden sind schon etwas eingerichtet. In der Wohnküche sind die dunkle, alte Holzeckbank und ein großer, massiver Tisch des Vorbesitzers vorhanden, im Wohnzimmer eine grell orangefarbene Sitzgarnitur im Stil der 60-er Jahre.

Sophies Vater fertigt ein Bücherregal für Sophies Bücher an. Sophie hat zwar viele Bücher, einige Stellen im Regal bleiben aber leer. Meinrads Mutter und Tante finden, diese Stellen müssen gefüllt werden und bringen einige Gläser, Tiere und andere (ziemlich kitschige) Gegenstände ihrer Wahl, die sie in die Regale stellen. Sophie gefällt dies überhaupt nicht. Sie würde ihre Wohnumgebung gerne nach ihrem Geschmack einrichten. Als sie ihrer Mutter gegenüber eine diesbezügliche Bemerkung macht, wird sie sofort rüde gestoppt. Sie soll die Dinge dort lassen, wohin sie Meinrads Verwandtschaft gestellt hat, und kein Theater machen. Beim ersten Abstauben nach dem Verwandtenbesuch ist Sophie sehr ungeschickt und eines der schönen Geschenke zerbricht.

Der Vorstellungsbesuch verläuft übrigens zur großen Zufriedenheit von Meinrads Eltern. Meinrads Vater hält eine Rede, bei der er seine Großzügigkeit anklingen lässt und die Tatsache, dass er Dreivierteleigentümer ist, Meinrad und Sophie also schön brav sein müssen, weil er sie ja jederzeit hinausschmeißen kann. Hahaha! Sophie hat groß aufgekocht, also sind auch die Verwandten, die übrigens sehr nett sind, zufrieden.

Für Sophie ist Meinrad außer ein paar Rendezvous die erste Beziehung. Da Sophie Meinrad seit ihrer Unterstufenzeit kennt, ist sie natürlich über seine „Vergangenheit" bestens informiert. Alle drei Verflossenen sind nette, durchaus konservative Damen. Sie versteht nicht so recht, warum kein Verhältnis länger als ein paar Monate gedauert hat. Meinrad hat zwar seine Eigenheiten, aber er ist doch nett. Meinrad ist eine absolut seriöse Erscheinung, der gut reden kann, manchmal etwas weltfremd ist, ein richtiger „Gutmensch". Sophie glaubt Meinrad alles, was er ihr erzählt. Sie glaubte ihm auch, dass ihr Zusammenleben bald besser funktionieren und er ihr mehr Zeit schenken wird, er nur „gerade jetzt" eben vielbeschäftigt sei und sich nicht um sie kümmern könne. Er verspricht es, er verspricht es ihr oft und immer wieder. Sophie glaubt es. Schließlich ist Meinrad ja höflich und ehrlich. Er ist zu allen Menschen nett und kommt überall gut an. Er sieht ein, dass er Sophie ständig vernachlässigt. Als äußeres Zeichen seiner Einsichtigkeit und seines Besserungswillens bringt er nach Klagen Sophies am nächsten Tag stets eine Rose. Manchmal variiert er und bringt einen Gutschein für gemeinsame Zeit. Sophie sammelt sehr viele davon und wartet auf ihre Einlösung.

Sophie macht zahlreiche Vorschläge, wie sie die Zeit gemeinsam verbringen könnten. Einer davon sind Gesellschaftsspiele. Meinrad bezeichnet diese als langweilig und primitiv. N ach mehrfachem Bitten Sophies opfert er sich augenscheinlich und lässt diese das auch deutlich spüren. Nun gut, nicht jeder muss Brettspiele mögen. Sophie macht nie wieder einen diesbezüglichen Versuch. Kurze Zeit später gibt es einen Spieleabend der Jugendparteiorganisation. Meinrad ist „live dabei" und findet Gesellschaftsspiele höchst unterhaltsam!?

Sophie leidet extrem unter der Vernachlässigung durch Meinrad. Sie ist meistens allein. Ist er da, isst er und verschwindet dann wieder (meistens zur Gartenarbeit.) Für Zärtlichkeiten, Umarmungen, Küsse hat er keine Zeit. Als Sophie Meinrads ständige Abwesenheit zu viel wird und sie keinen Sinn in einer gemeinsamen Zukunft mehr sieht, bricht sie in völlige Verzweiflung aus. Sie weint die ganze Nacht durch, will zu ihren Eltern zurück. Meinrad erzählt seinen Eltern von Sophies für ihn sehr ungelegenen Ausbruch. Diese berufen ein „Familienkonzil" ein.

Konzilien dieser Art sind in Meinrads Familie sehr beliebt. Gibt es ein Problem, wird darüber gesprochen, d. h., Meinrads Eltern sprechen darüber, seine Mutter präsentiert ihre Meinung und Meinrads Vater gibt selbige als „Entscheidung mit drohenden Konsequenzen bei Nichteinhaltung" bekannt. Sophie sieht nicht ein, warum sie andere Leute über ihre Probleme mit Meinrad reden (und vor allem entscheiden) lassen soll. Außerdem zeigt die Art der Einladung, dass sie als Angeklagte vorgeladen ist. Sie verweigert die Teilnahme. Ihre Eltern finden die Vorgangsweise zwar höchst seltsam und unangenehm, fahren aber ihrer Tochter zuliebe mit Meinrad zu dessen Eltern, da sie meinen, man müsse weitere Unannehmlichkeiten vermeiden, wenn Sophie „schon wieder einmal spinne". Meinrads Mutter urteilt, dass Sophies Bedürfnis nach Nähe vollkommen unbegründet sei. Man könne nicht dauernd „zusammenpicken". Zum Zug könne man alleine gehen und jeder Mensch habe ein Recht auf eigenständige Freizeitgestaltung. Sophie solle froh sein, „einen Akademiker gefangen zu haben, in Ruhe putzen und a Rua gebn"!"

Es folgen später mehrere Veranstaltungen jener Art, an denen sich Sophie stets weigert teilzunehmen. Sie nennt sie „Tribunale".

Geht Sophie mit Meinrad essen, – was nicht oft vorkommt, da Meinrad es für praktischer und billiger hält, wenn Sophie zu Hause kocht. Da könne er um viel weniger Geld wesentlich mehr essen und außerdem ungestört trinken, weil er nicht mehr mit dem Auto nach Hause fahren muss – steht er jedes Mal vor einer schwierigen Wahl. Er kann sich nie entscheiden. Er liest die Speisekarte zwar von rechts nach links (also vom Preis beginnend), aber auch das erleichtert das Problem nicht. Selbst wenn nur zwei Gerichte auf der Speisekarte zur Wahl stehen, wird es nicht leichter. Hat er gewählt, erklärt er flugs enttäuscht und grantig: „Ich hätte doch das andere nehmen sollen!"

Zumindest für die Zwei-Gerichte-Speisekarte findet Sophie bald eine Lösung. Sie bestellt das „andere" Gericht und sie tauschen Teller. Meinrad kann von jedem Gericht mindestens zwei Drittel essen und ist zufrieden. Nur der Preis macht ihm zu schaffen. Es ist alles so teuer!

Sophie würde ihr erstes Weihnachtsfest gerne gemeinsam mit Meinrad verbringen. Dieser lehnt ihre Einladung ab. Den Weihnachtskarpfen bei seinen Eltern könne er sich nicht entgehen lassen. Sophie meint, dass es bei ihren Eltern zwar nicht den traditionellen Karpfen gebe, aber jedes Jahr etwas besonders Gutes. Sie zählt auf, was sie dieses Jahr kochen wird, ein kaltes Buffet mit erlesenen Speisen. Meinrad bezeichnet das kalte Essen bei Sophies Eltern als „substandardmäßig". Sophie ist tief enttäuscht, dass ihrem Freund das Essen wichtiger als das Zusammensein mit ihr ist, sagt aber nichts. Sie möchte die Beziehung nicht des Essens wegen gefährden. Als Meinrad nach dem Essen bei seinen Eltern kommt, verbirgt sie, wie sehr er sie verletzt hat. Meinrad inspiziert das substandardmäßige Essen. Da keine der ausgewählten Speisen im Repertoire seiner Mutter vorkommt, kostet er sich durch und schmatzt gewaltig. Sophies Eltern, die über Meinrads Präferenzen nur den Kopf geschüttelt haben, belächeln seinen Appetit und seine liebenswürdigen Schrullen. Die Gestaltung des Weihnachtsfestes wird zum jährlichen Problemthema. Meinrads Vater will nur mit Karpfen feiern, Sophies Eltern mögen keinen Karpfen. Sophie ist klar, dass Meinrad nur mit ihr feiern wird, wenn sie das Weihnachtsmenü seiner Mutter toppen und ihn gleichzeitig mit Karpfen erfreuen kann, auf den er unter keinen Umständen verzichten will. Ohne Karpfen kein Weihnachten. Also kocht sie ab sofort „doppelt". Neben allen Weihnachtsvorbereitungen, die sie alleine durchführt, Gestaltung der Weihnachtsfeier, Auswahl des mehrgängigen – warmen – Menüs, Design und Druck einer würdigen Speisekarte, Tischkarten, Tischschmuck, passender musikalischer Umrahmung etc. serviert sie am 24. Dezember zu Mittag Karpfen für Meinrad und veranstaltet am Abend ein opulentes Weihnachtsspektakel. Meinrads Vater ist anfänglich noch skeptisch, ob man tatsächlich Weihnachten ohne Karpfen am Abend feiern könne. Er isst ein paar Jahre „doppelt", vor der Weihnachtsfeier als Sicherheit Karpfen, falls Sophies Weihnachtsmenü doch nicht seinen Ansprüchen entspricht. Die Folge ist jahrelang ziemliche Übelkeit in der Nacht danach, die sehr zur Erheiterung von Meinrads Mutter und Tante beitragen, die mehrere Jahre Überzeugungsarbeit leisten müssen, dass zwei ausgiebige Weihnachtsmenüs innerhalb weniger Stunden nicht ratsam sind. Dann hat auch Meinrads Vater kapiert, dass er bei Sophie ein wesentlich reichlicheres Mahl bekommt und außerdem den Französischen Salat, den Meinrad aus der weihnachtlichen Küche seiner Mutter gewohnt ist und auf den er natürlich auf keinen Fall verzichten will und selbstverständlich auch bekommt, zum Karpfen und am Abend, egal ob er dazu passt oder nicht, nur nie ganz so fett wie nach dem Rezept seiner Mutter. (Da ist nämlich Sophie schlecht geworden, als sie zum ersten Mal zur Verkostung eingeladen war.)

Ab nun wird jährlich gemeinsam Weihnachten gefeiert, zwar nie ohne dass Meinrads Eltern im Vorfeld erklären, sie wissen nicht, ob sie eigentlich kommen wollen, nicht vielleicht einer ihrer zahlreichen anderen Verpflichtungen am Heiligen Abend nachkommen müssen (welcher?), ob der Zeitpunkt passe, also ideal für Planungen und auf jeden Fall gute Stimmung hinterlassend. Wenn Meinrads Eltern dann eingetroffen sind – meist verspätet, man muss ja demonstrieren, dass man wichtig ist und vor allem wer anschafft, wird einträchtig liebe Familie gespielt. Während Meinrads Vater selig schlummert, manchmal von seinen weiblichen Angehörigen angerempelt wird, trägt Meinrad in seltsam akzentuiertem Predigertonfall, der Sophie bereits beim ersten Mal komisch, fast lächerlich erscheint, zwanzig Jahre lang das Weihnachtsevangelium (manchmal auch etwas mehr, da er nicht weiß, wo Schluss ist, und das bei seinem theologischen Interesse!) vor. Es werden zwei oder drei Weihnachtslieder gesungen wie in Sophies Kindheit. Sophie liest eine Weihnachtsgeschichte vor, einmal eine Kurzform von Dickens' „Weihnachtslied", aber keiner checkt, warum sie die Geschichte vom geldgierigen Scrooge ausgewählt hat. Die erste von ihr vorgelesene Weihnachtsgeschichte handelt von den Hirten, die dem Jesuskind huldigen. Ein dicker, protziger Reicher drängt sich vor und überhäuft das Neugeborene mit einem Haufen an lieblos ausgewählten Gaben. Das Christuskind lächelt einem kleinen, armen Hirtenbuben zu, der nichts zu geben hat, der sich aber als Einziger wirklich für das Kind interessiert und sich begeistert über die Krippe beugt. Keinem fällt auf, dass die nette Erzählung NICHT von Karl Heinrich Waggerl stammt, sondern von Sophie selbst.

Hat Meinrads Vater genug gegessen, erklärt er: „Mutter, wir haben genug gegessen, wir können gehen." Er möchte meistens noch ein Abschlussgläschen Wein, was Frau und Tante manchmal fast handgreiflich, aber meist erfolglos, zu verhindern suchen, aber dann geht's los. Die Gastgeber bedanken sich beim höflichen Besuch und alle sind glücklich. Perfekt, oder? –

Als Sophie bei einer Weihnachtsveranstaltung in einer weihnachtlichen Küchenschürze serviert, kommt dies bei der lieben Familie besonders gut an.

Am nächsten Weihnachtsfeiertag wird Sophie zum traditionellen Putenessen der Familie Meinrads eingeladen. Das Tier ist riesig, die Zubereitung konventionell (also ziemlich fett). Nach dem Essen geht Meinrads Vater schlafen und lässt den Besuch allein. Später setzt er sich vor den Fernseher und schaut Sport. Sophie findet das ziemlich langweilig (und unhöflich), sagt aber nichts. (Später wird man ihr vorwerfen, ihre Unzufriedenheit über diese Verhaltensweise sei unhöflich. Sie solle sich gefälligst selbst beschäftigen ???!!!)

Am übernächsten Tag wird Sophie zum traditionellen Familien-Weihnachtstreffen der Großfamilie Meinrads eingeladen. Diese findet in der kleinen Wohnung von Meinrads Stiefgroßmutter in Wien-Meidling statt, wo Meinrads Vater mit Schwester und jüngerem Stiefbruder aufgewachsen ist. Die alte Dame freut sich sehr, ihre Lieben um sich zu sehen. Vor dem Weihnachtstreffen herrscht jährlich gewisser Unmut in der Familie. Wird doch um Termin und Buffet gestritten. Schließlich wird aber problemlos Einigung erzielt. Meinrads Vater gibt den Termin vor (25. oder 26., abhängig vom Sportprogramm, das er gerade sehen möchte), die Arbeit wird aufgeteilt. Sein Stiefbruder und dessen Frau bereiten liebevoll Brötchen für ca. 25 Personen vor, das im Vorfeld von Meinrads Vater kritisiert wird (zu viel fette Mayonnaise!). Meinrads Mutter stellt jährlich eine Topfentorte her. Meinrads Vater gestaltet das Rahmenprogramm: Er hält eine Weihnachtsansprache. Um seine umfassende Bildung zu demonstrieren, liest er ein „nettes Gedichterl" vor, das der Zimmervermieter, bei dem seine Familie seit Jahren Urlaub gemacht hat, gedichtet habe:

*Markt und Straßen stehn verlassen,*
*Still erleuchtet jedes Haus,*
*Sinnend geh ich durch die Gassen,*
*Alles sieht so festlich aus.*
*An den Fenstern haben Frauen*
*Buntes Spielzeug fromm geschmückt*
*Tausend Kindlein stehn und schauen,*
*Sind so wunderstill beglückt.*
*Und ich wandre aus den Mauern*
*Bis hinaus ins freie Feld,*
*Hehres Glänzen, heilges Schauern!*

*Wie so weit und still die Welt!*
*Sterne hoch die Kreise schlingen,*
*Aus des Schnees Einsamkeit*
*Steigts wie wunderbares Singen –*
*O du gnadenreiche Zeit!*

Sophie und die Partnerin eines der sechs Cousins Meinrads, die Literaturwissenschaft studiert hat, werfen sich belustigte Blicke zu. Selbst Meinrad wird unruhig. Auch er kennt das Werk Joseph von Eichendorffs aus seiner Schulzeit und aus Kinderbüchern.

Meinrad ist extrem sparsam, aber das ist gut so, schließlich wollen sie ja ein Haus bauen. Besser also als einer, der sein Geld für Alkohol, Zigaretten oder teure Autos ausgibt. Da muss man schon manchmal über Kleinigkeiten hinwegsehen.

Meinrad schenkt Sophie meist ein paar Buch-Sonderangebote, schließlich liest sie ja gerne. Dass einige Bücher schon im Bücherregal stehen, sie über manche Themen mehrere Werke besitzt und sie der eine oder andere Titel schlichtweg einfach nicht interessiert, spielt dabei keine Rolle. Die Bücher sind BILLIG! Sophie möchte Meinrads Gefühle nicht verletzten und schweigt. Erst nach vielen Jahren übergibt sie Meinrad zur Erleichterung seiner Einkäufe eine Buchliste mit den Titeln ihrer Wahl bzw. gibt einige Wochen vor pflichtgeschenkerfordernden Anlässen Winke „mit dem Zaunpfahl". Meinrad fragt dann immer nach „Ah, möchtest du das?"

Ihre Abende verbringt Sophie meistens mit Warten auf Meinrad, mit Kochen, Putzen und Lesen. Oft geht er alleine zu Partei- oder Männerveranstaltungen.Sophie fühlt sich vernachlässigt, ungeliebt, versucht, Meinrad häufig darauf hinzuweisen. Er reagiert nicht. In ihrer Verzweiflung schreibt sie ihm Anfang 1996 einen Brief:

*Lieber Meinrad!*

*Mein derzeitiges Leben, so wie ich es sehe und wie ich es mir ganz sicher nicht vorgestellt habe: Beginn am Morgen mit ohrenbetäubender Musik und täglichem Alleine-zum-Zug-Gehen, so als ob wir nicht zusammengehörten (und trotz wiederholten Versprechen, mit mir gemeinsam zu gehen); abends Essen richten, waschen, putzen etc., so wie es sich für eine brave Hausfrau gehört, die mit ihrem Pascha seit 20 Jahren verheiratet ist, der ihr dann auch gnädigerweise seine kurze Aufmerksamkeit schenkt (Willkommenskuss – wenn man dem Gestressten nachläuft, „zu wenig Gemüse beim Abendessen", „Die Sachen werde ich meiner Mutter geben, die wäscht das ordentlicher", „Das Obst/Gemüse u. a. Kochutensilien müssen selbstverständlich geprüft werden; denn über die richtige Anwendungsart entscheidest du.) Nach dieser intensiven Beschäftigung mit mir gehst du meist wichtigeren Beschäftigungen nach, sei es nun Zwetschgen, Fenster zum dritten Mal streichen, Partei oder Sonstiges.*

*Habe ich einen Tag in der Woche keine Zeit (Theater o. a.), so kommst du nicht auf die Idee, deine Planung vielleicht auf die wenige abzustimmen, auch wenn meine Termine seit Monaten im Kalender stehen. So ist es auch nicht verwunderlich, dass ich mich nicht mehr daran erinnern kann, wann du das letzte Mal einmal für mich alleine Zeit hattest (ohne Verein, ohne Besuch …) – nur für kurze „Zwischeneinschaltungen", wann du wieder einmal keine Zeit hast und mich Abende/Tage alleine verbringen lässt!*

*Kannst du dich noch erinnern, dass du vor einem Jahr – trotz Verein und trotz Umorganisationsgesprächen im Amt und obwohl wir nicht zusammenlebten, mindestens zwei- bis dreimal in der Woche alleine für mich Zeit hattest (und das*

*Wochenende natürlich sowieso – von wenigen Ausnahmen abgesehen)? Sollte das nun auf einmal schwieriger geworden sein? Oder findest du es komisch, wenn ich mir darüber Gedanken mache und meine Schlüsse daraus ziehe? Ich weiß derzeit nur, dass ich mir das nicht so vorgestellt habe und nicht vorhabe, den Rest meines Lebens auf jene Art und Weise zu verbringen. Wie deine Mutter das gemacht hat, weiß ich nicht. Aber wahrscheinlich hatte dein Vater, als sie ihn geheiratet hat, noch mehr Zeit, sonst kann ich mir das nicht vorstellen.)*

*Da ich meine weitere Zukunftsplanung aber zumindest gedanklich vorbereiten möchte, bitte ich um deine Gedanken zu diesem Thema – falls du es der Mühe wert findest, ohne den abendlichen Alkoholgenuss, zehn Minuten dafür aufzuopfern.*
*Sophie*

*PS.: Übrigens, die gefaulten Tomaten habe ich dort hingegeben, wo sie hingehören, als derzeit einzige Möglichkeit, mich abzureagieren und dir zu demonstrieren, dass mir nicht recht ist, was mit mir geschieht!*

Meinrad meint, er hätte sich mehr um Sophie kümmern können. Er verspricht Besserung, bringt am nächsten Tag eine Rose, vielleicht schenkt er sogar einen Zeitgutschein – und macht weiter wie bisher.

Sophie weiß, dass es SO nicht passt. Aber hat sie die Chance, etwas Besseres zu bekommen? Sie will nicht überbleiben, nicht als alte Jungfer enden. Sie will Kinder haben, und zwar bald, bevor es zu spät ist. Die biologische Uhr von Frauen tickt. Männer haben es da leichter. Sie bemüht sich weiter um Meinrad und Meinrads Zeit. Außerdem verspricht der redliche Meinrad ja, dass alles besser wird. Und sie glaubt es.

# 1996

Sophie lässt sich permanent etwas einfallen, wie sie Meinrad dazu motivieren könnte, mehr Zeit mit ihr zu verbringen. Da Meinrad öfters erwähnt, dass er nicht so werden möchte wie sein Vater, der in Meinrad schon den künftigen Bürgermeister der Stadt sieht und diesen zur politischen Arbeit nötigen will, versucht Sophie ihren Freund, der ständig mit Zeitproblemen zu kämpfen hat, davon zu überzeugen, dass es sinnvoller sei, die von den Eltern gewünschte Dissertation zuerst abzuschließen und sich dann einer ernsthaften politischen Tätigkeit zu widmen. Meinrad stimmt zu. Er schreibt keine Zeile einer Dissertation, geht weiterhin zu politischen Veranstaltungen, aber nicht als „aktiver Politiker", also hat er sein Versprechen eingehalten. Oder?

Sophie versucht unermüdlich, Meinrad alles recht zu machen, alles das zu tun, was er mag. Schließlich erwartet sie eine Gegenleistung, ein bisschen Zuwendung, ein paar Stunden Zeit. Sie kocht und putzt und strahlt ihn an, wenn er nach Hause kommt. „Wieso schaust du mich so an?", fragt er nicht nur ein Mal. Meinrad ist mit dem Essen zufrieden und auch mit seinem Leben. Nur dass Sophie regelmäßig jammert, dass sie Zeit mit ihm verbringen will, ist echt lästig. Um sie ruhigzustellen, verspricht er ihr jedes Mal, dass er sich ab sofort mehr Zeit für sie nehmen wird. „Ich hätte mir mehr Zeit für dich nehmen sollen!" Er gibt zu, dass das keine Beziehung ist, wenn man kaum Zeit miteinander verbringt – und er erzählt ihr, wie er mit den penetranten elterlichen Ratschlägen umgehe, um wunderbar leben zu können. Er zeigt auf das eine Ohr: „Da rein", dann auf das andere „da raus!", lächelt er altklug und bringt

Sophie am nächsten Tag eine Rose mit, die sie wie alle anderen sorgfältig trocknet und dann in eine Bodenvase steckt. Im Laufe der Jahre werden zwei übervoll damit. Meinrad verspricht ihr, dass alles besser werden wird. Sophie glaubt ihm und hofft, denn schließlich ist Meinrad nett und ehrlich. Meinrad ist zu allen nett und höflich, zu ihren Eltern, zum Briefträger, zu Billa-Verkäufer/innen ... nur nicht zum Schaffner, wenn der Zug Verspätung hat und Meinrad pünktlich ist. DEN flegelt er im vollen Zug an.

Meinrads Vater hätte schon immer gern einen Nussbaum gehabt. Diesen plant er, in Meinrads Garten zu setzen. Sophie hasst Nussbäume. Im Garten ihres Großvaters hat es einen riesigen gegeben. Das Auslösen der Nüsse aus den grünen Schalen, das Knacken und die überall herumspringenden Nussteile hat Sophie aus ihrer frühen Kindheit als äußerst unangenehm in Erinnerung. Sie will auf keinen Fall diese „Patzerei" in ihrem Haushalt. Meinrads Mutter ist verwundert, das sei doch viel billiger. Sophie meint, die wenigen Pakete Nüsse fürs Backen könne sie sich leisten. Meinrads Vater ruft sie an: ER wolle einen Nussbaum, zu drei Vierteln gehöre IHM das Haus, Nüsse seien gesund und überhaupt. Sophie gibt nicht nach. Einen Nussbaum würde sie eigenhändig ausreißen. Es kommt kein Nussbaum, dafür ein Kirschbaum nach der Wahl von Meinrads Vater, mit weißen Kirschen, eher geschmacklos. Der Nachbar fragt „Sind die nicht reif?" Meinrad antwortet: „Mein Vater wollte die haben." Erst nach Jahren gelingt es Sophie, ein kleines Bäumchen mit vollroten Herzkirschen zu bekommen. Dafür bleibt Meinrad in der jahrelang diskutierten Frage der Hecke am Gartenzaun stur. Sophie würde gerne uneingesehen ruhige Stunden im Garten verbringen, was bei einer undichten Hecke, die zudem ihre Blätter im Herbst verliert, schwer möglich ist. Der Nachbar fragt: „Ist die Hecke kaputt?" Aber

das stört Meinrad nicht (ER will sie haben.), ebenso wenig wie Sophies Einwände, dass sie sich auf einer Terrasse mit mehr als zwanzig Blumen- und Gemüsetöpfen, die im Sommer von Wespen und anderem Ungeziefer umschwirrt werden, nicht wohlfühlt. Sophie hätte gerne einen romantischen Rosenbogen. „Wozu?", fragt Meinrad, „Das ist zu teuer, das braucht kein Mensch!"
Später wird Meinrad der Einzige im Garten sein.

An Meinrads Desinteresse und offensichtlichen Zeitproblemen ändert sich nichts. Sophie ist tief unglücklich. Sie möchte ihr Leben mit einem Mann verbringen, der sie liebt, der seine Freizeit mit ihr verbringen möchte, der sie umarmt und küsst, keinen, der nach Hause essen kommt, sich dafür höflich bis überschwänglich bedankt und sich anschließend mit sich selbst beschäftigt. So manches Verhältnis eines Pfarrers zu seiner fleißigen Köchin ist wohl intensiver. Mehrmals flüchtet Sophie zu ihren Eltern, will sich bei ihnen ausweinen. Doch das gelingt ihr kein einziges Mal. Sie muss hören, dass sie „spinnt", sich mehr bemühen solle und Meinrad eh nett und vor allem geduldig sei, weil er sich ihre Launen gefallen lasse. Jedes Mal bringen sie Sophie mitten in der Nacht wieder zurück, wenn sie die Beziehung beenden will. Meinrad verspricht, dass alles gut wird, er eh weiß, dass er sich in den letzten Wochen ein bisserl zu wenig um Sophie gekümmert habe, er hätte das besser machen können, sie sei halt diesbezüglich sehr empfindlich, habe vielleicht ihre Tage etc. Sophies Eltern ärgern sich über ihre launenhafte Tochter, lassen sich dieses auch durch wochenlangen Liebesentzug anmerken – selbst am Telefon sind sie wortkarg und kühl, wenn Sophie ihren Vorstellungen nicht entsprochen hat – und freuen sich, dass sie so einen verständnisvollen Freund hat.

Meinrad verspricht Besserung. Sophie glaubt ihm und hofft.

Meinrad ist ja ein ganz Lieber und immer ehrlich. Er ist zu allen nett, sogar zu Fremden, genauso wie zu ihr. Meinrad bringt am nächsten Tag eine Rose, merkt an, wie sehr er sich dadurch in Unkosten gestürzt hat und alles läuft weiter wie bisher.

Der Personalreferent für den Schulbereich, der wenige Stunden an jener Schule unterrichtet, an der Sophie gerade eine Karenzvertretung hat, weiß, dass ihr Vertrag bald auslaufen wird, da er seinen Arbeitsplatz im Konferenzzimmer neben dem Sophie zugewiesen hat. Er fragt Sophie, ob sie eventuell eine Vertretung in der Zentralstelle annehmen würde, der Arbeitsstätte, in der auch Meinrads Vater seit Jahrzehnten arbeitet. Ihr ist das völlig egal. Hauptsache, sie muss nicht stempeln gehen. So kommt es, dass sie mehrere Jahre ein Stockwerk über Meinrads Vater arbeitet. Die unpersönliche Bürotätigkeit gefällt ihr dort fürs Erste gar nicht, liebt sie doch ihre Arbeit mit Kindern in der Schule, dennoch bleibt sie, als ihr zwei Jahre später ein Fixposten angeboten wird (ideal für eine Karenz?!).
Sophie ist begeisterte Lehrerin. Sie bereitet ihre Stunden sorgfältig vor, verlangt zwar viel von ihren Schülerinnen und Schülern, was von diesen und auch deren Eltern aber anerkannt wird, da sich meist recht bald Erfolgserlebnisse einstellen. Sie erzählt Meinrad am Abend oft von ihren Erlebnissen in der Schule oder sie versucht es zumindest. Doch Meinrad interessiert das nicht. Er unterbricht sie und erzählt von seiner Dienststelle. Sophie kennt bald alle Namen und die diesen zugewiesenen Tätigkeiten, weiß, wen Meinrad mag und wen nicht, weiß, wer ihn schätzt und wer sich darüber beklagt, dass er oft zu spät kommt oder seine Akten nicht erledigt, erfährt fast täglich, mit wem er zusammengekracht ist. Meinrad vermittelt ihr das Gefühl, dass ihre Tätigkeit minderwertig ist. Dieses Gefühl bestätigt sich, als Sophie in der Zentralstelle wie Meinrads Vater zu arbeiten beginnt. Er unterbricht ihre Berichte zwar immer

noch oft und erzählt lieber selbst, aber zumindest ein paar Büroanekdoten darf sie ab jetzt zum Besten geben. Das Einzige, was ihr an der Arbeit an der Schule nicht gefallen hat, sind die oft langweiligen Konferenzen und Stunden am Samstag. Aber mit Letzteren hat Meinrad kein Problem: Er geht gerne alleine in den Garten. Sophie geht ihm nicht ab. Sie ist ja rechtzeitig da, um ein Mittagessen zu kochen.

Zu ihrem Einstieg ins neue Amt überreicht Meinrads Vater Sophie eine Geschäftseinteilung, in der die wichtigen Personen mit Plus, Minus oder Doppelminus bezeichnet sind. Mit Plus werden Parteiangehörige bezeichnet, mit Minus die der gegnerischen Fraktion, mit Doppelminus diejenigen der Gegenfraktion, die es bereits gewagt haben, Meinrads Vater zu widersprechen. Sophie wundert sich über die Auswahlkriterien. Im Schuldienst ist die Parteizugehörigkeit der Kolleginnen und Kollegen unerheblich. Sie denkt, dass es im Büro um sachliche, engagierte Arbeit geht – und wird eines Besseren belehrt. Sie lernt im Laufe der Jahre allerdings viele „Minus"- und sogar „Doppelminus"-Personen kennen, die sie sehr sympathisch findet und mit denen sie ausgezeichnet zusammenarbeitet. Es begegnen ihr aber ebenso Personen, die sie nicht mehr grüßen, als sie schließlich Meinrads (und damit auch dessen Vaters) Namen trägt.

Im Frühling veranstaltet Meinrads Verein eine mehrtägige Fahrt nach Deutschland. Abends erhält sie von Meinrads angeheiterten Freunden einige eindeutige Angebote, die sie lächelnd überhört. Einmal wird sie im Bus ziemlich bedrängt. Da sie an der Fensterseite sitzt, kann sie nicht flüchten, will Meinrads betrunkenem Freund aber auch keine „schmieren". Alle im Bus bekommen es mit, auch Meinrad. Die eher unerquickliche Lage seiner Partnerin ist ihm allerdings vollkommen gleichgültig. Er plaudert gerade angeregt mit einem Bekannten. Als es seinen Freunden zu viel wird, weist ihn einer darauf hin, dass er seiner Freundin doch aus dieser unangenehmen Situation helfen soll. Er redet ungeniert weiter und meint: „Die kann sich schon selbst helfen!" Schließlich befreit ein anderer Sophie von dem Betrunkenen. – Ist sie für Meinrad eine Fremde, dass er ihr nicht helfen will?

Obwohl Sophie Frühaufsteherin und am Abend oft todmüde ist, nimmt sie sich immer Zeit, wenn Meinrad über seine Probleme im Büro klagt. Er ist überfordert, bringt zu wenig weiter, Beschwerden über unerledigte Akten häufen sich, oft kracht er deshalb oder aus anderen Gründen mit Bürokolleg/innen zusammen. Nächtelang führen sie Gespräche, oft bis zwei Uhr nachts, Sophie ist dann am nächsten Tag total erschöpft. Aber Meinrad ist ihr wichtig. Er tut ihr leid. Sie will ihm helfen. Sie empfiehlt, mit den wichtigsten Agenden zu beginnen, erst dann Radio zu hören, Kaffee zu trinken und zu tratschen. Doch Meinrad WILL die stündlichen Nachrichten hören ebenso wie das Ö1-Morgenjournal. Meinrad WILL die tägliche Wiener Zeitung lesen, die per Umlauf an alle Mitarbeiter/innen geschickt wird. Hat er keine Zeit dafür, lässt er sie einfach liegen. Der Stoß wird immer größer – und die nach ihm auf der Liste stehenden Kolleg/innen bekommen die Zeitung nie oder Monate verspätet. Ihr Ärger darüber ärgert Meinrad und er weist diese zurecht: Er habe keine Zeit, also könne er die Zeitungen nicht früher lesen. Er werde sie dann lesen, wenn ER Zeit habe und dann ordnungsgemäß weiterleiten. Also Schluss mit dem lästigen Querulieren! Alle Jurist/innen, die innerhalb der nächsten zwanzig Jahre mit ihm zusammenarbeiten, werden nach wenigen Jahren die Abteilung verlassen. Einer versucht, Ordnung in Meinrads Chaossystem zu bringen. Er „entsorgt" während Meinrads Urlaub Akten, die noch von Meinrads Vorgänger stammen und seit mehr als zehn Jahren unerledigt sind.

Meinrad tobt. Meinrad hört Sophies Ratschlägen zu und gibt ihren Vorschlägen recht, „So hätte ich das machen sollen", ändert Verhalten im Büro und Arbeitsweise jedoch nicht. In der Nacht ist es im Schlafzimmer finster, also sieht Sophie das Gesicht ihres Partners nicht, wenn sie sich stundenlang bemüht. Wendet er die altbewährte Technik an? Da rein – da raus?

Sophie bemüht sich sehr um ein gutes Verhältnis zu Meinrads Familie, besonders um seinen Bruder Balduin, der wiederholt in psychische Krisen verfällt, Alkoholprobleme hat und starke Antidepressiva bekommt. Sie kennt den etwas angeberischen, aber prinzipiell netten Sonderling, seit er in ihrer Schulzeit von allen belächelt worden ist. Aber in ihrem Freundeskreis ist er ihr doch peinlich. Bei einem „Spanischen Fest", das sie im Garten ihrer Eltern gibt, springt er hypernervös über die Terrasse, schießt mindestens hundert Fotos vom Buffet und mindestens ebenso viele von den Gästen. Sophie hat sich schon Mühe gegeben und ihre Einladungen sind bekannt dafür, dass keiner verhungert – die meisten frühstücken davor sogar extra wenig – aber SO spannend ist es nun wieder auch nicht. Jedes Foto kommentiert Balduin mit einem rasch sprudelnden Wortschwall. Sophies Eltern können dem gar nicht folgen. Sophies Freundinnen werfen ihr befremdliche Blicke zu.

Ist Balduin in der manischen Phase, kauft er für alle teure Geschenke, was er sich als Student nicht leisten kann. Er hat zwar in derselben Klasse wie Sophie maturiert und ist für das Bundesheer für untauglich erklärt worden, studiert aber bis 30, verfügt also über kein geregeltes Einkommen. Also überzieht er sein Konto. Sein Vater will das Konto sperren lassen, was die Bank verweigert. Schließlich ist Balduin volljährig. Meinrads und Balduins Vater tobt, bricht in wüste Beschimpfungen über die „gemeinen Verbrecher" von der Bank aus – und bezahlt Balduins Schulden.

Sophie will Meinrad alles recht machen, also fragt sie ihn auch während eines Rom-Aufenthalts mit Bekannten, wie viel Geld sie beim Bankomaten abheben soll. Klar, dass SIE das machen muss. Meinrad hat ja kein Geld und außerdem (noch) keine Bankomatkarte. Er ist sich unschlüssig, überlegt, stellt fest, dass alles sehr teuer ist, versucht, Lire in Schilling umzurechnen und umgekehrt, solange bis Sophies Bankomat-Karte vom Gerät eingezogen wird und die beiden fast eine Woche gar kein Geld haben, sich dieses von Meinrad Bekannten ausborgen müssen und einige geplante spannende Aktivitäten nicht mitmachen können. Stattdessen verbringen sie einen ganzen Tag in den Kapitolinischen Museen. Es ist drückend schwül. Sophie hat ihre Tage und spürt ihre Füße fast nicht mehr. Sie langweilt sich. Meinrad stellt am Ende des Tages fest, dass er viel zu wenig Zeit gehabt hätte, um das Museum ordentlich zu besichtigen. „Was ist ordentlich?", fragt Sophie. „So, wie ICH mir das vorstelle", antwortet Meinrad.

Meinrad schätzt nicht nur Sophies Qualitäten als Köchin sehr. Er hat auch gerne viele Leute um sich, denen er sich als stolzer Hausherr präsentieren kann, denen er gerne kluge (meist politische) Kurzreferate hält und denen er vorführt, wie gut es ihm mit so einer guten Köchin wie Sophie als Partnerin geht. Sophie, die Meinrads Vorlieben kennt, möchte alle seine Wünsche erfüllen, da sie sich im Gegenzug auch die Erfüllung ihres einzigen Wunsches, ein bisschen Zeit für Partnerschaft, erwartet. Also veranstaltet sie das erste einer Reihe groß angelegter „Mottofeste", ein Römerfest. Das Wohnzimmer wird aufwändig rundherum mit auf A4 ausgedruckten Postern von römischen Kaiserbüsten geschmückt, die sie in den römischen Museen gemacht hat, während Meinrad versucht hat, mit hochgehaltener Brille einige Beschriftungen zu lesen (oder auswendig zu lernen?). Man verkleidet sich mit Leintüchern und Weinlaub aus dem Garten als Römer. Sophie sorgt dafür, dass es reichlich zu essen und zu trinken gibt. Spiele werden gespielt und es ist sehr lustig. Sophie, die alles alleine dekoriert und gekocht hat, bittet Meinrad nach Ende der Party, ihr beim Wegräumen zu helfen. Meinrad ist unwillig. Er ist müde, möchte seine Ruhe haben und schlafen gehen. Sie streiten fast, ehe er Sophie mit deutlichem Grant und permanentem Lamentieren doch hilft. Sophie ist dies eine Lehre. Die nächsten Feste wird sie alleine ausrichten.

In den Sommerferien fahren sie mit dem Auto von Meinrads Mutter nach Pilsen und machen von dort aus Tagesausflüge in die Umgebung und ins böhmische Bäderdreieck. Meinrad kommt auf seine Rechnung, das Essen ist billig, es gibt genug Bier und Kirchen. Eines Morgens kommt er auf die Idee, das Hotelbett mit Sophie auszuprobieren. Da Meinrad solche Ideen sonst kaum kommen, stimmt Sophie zu. Aber es funktioniert nicht. Meinrad schafft es nicht, obwohl er es wieder und wieder probiert. Für Sophie ist das nicht sehr angenehm, aber sie beruhigt ihn höflich: „Es wird schon!", und lässt weiter an sich herumwerken. Ist das wirklich so schwierig? Sie hat ja keine Vergleiche, aber wenn das tatsächlich so kompliziert und unangenehm ist, wäre die Menschheit doch schon ausgestorben!?

Im August hat sie ein über achtzigjähriger Großonkel Sophies eingeladen, einige Tage in seiner Wohnung in München zu verbringen. Er holt sie vom Bahnhof ab, direkt von der Hochzeitsfeier einer Bekannten, und berichtet, dass er viel mehr als sonst gegessen habe. Am nächsten Tag ist ihm übel. Am übernächsten Morgen ist er tot. Sophie merkt es sofort, als sie sein Zimmer betritt. Dennoch warten Meinrad und Sophie, ob der Onkel vielleicht doch noch aufwacht. Als dies nicht geschieht, Sophie den leblosen Körper vorsichtig berührt und feststellt, dass er kalt ist, ruft sie die Feuerwehr. So viel hat sie sich aus den Erzählungen ihres Großonkels gemerkt: Wenn etwas passiert, wird in Deutschland die Feuerwehr gerufen, welche die gleiche Telefonnummer wie die Polizei hat. Die Notrufnummer liegt beim Telefon. Die bayrische Kriminalpolizei rückt an. Zwei nette Beamte beruhigen. Das sei hierzulande so üblich, wenn jemand nicht im Krankenhaus stirbt. Als sie die Personalien aufnehmen, fragen sie, in welchem Verhältnis Meinrad zu Sophie steht. Sophie zögert, erklärt dann, dies sei ihr Freund, sie wohnen zusammen. Der mitschreibende Beamte fasst zusammen: „also Lebensgefährte." Sophie bejaht, hat aber ein extrem ungutes Gefühl dabei, fast als ob dies etwas Unanständiges sei. Das muss sie ändern!

Zum Begräbnis reist Sophies Mutter an, da der Großonkel ein Cousin ihres Vaters war. Danach schlendern sie gemeinsam durch die Münchner Innenstadt und gehen Weißwürste essen. Den Zug nach Wien sollten sie problemlos erwischen. Die Rückreise wird jedoch von Meinrad entschieden infrage gestellt. Er geht Bier kaufen. Sophie gerät in Panik, den Zug zu verpassen. Sie will weg aus der Stadt, wo sie mit dem Tod so unmittelbar konfrontiert war. Außerdem hat sie ihren Urlaub wegen des Begräbnisses ohnehin telefonisch um einen Tag verlängern lassen und will als Karenzvertretung nicht noch einmal „auffallen" und um Aufschub bitten müssen. Meinrad kommt total entspannt mit den Bierflaschen zum Bahnsteig, wo die Abfahrt des Zuges schon durchgesagt wird. Sophies Nerven liegen komplett blank. Sie heult fast die ganze Rückfahrt. Meinrad meint beruhigend: „Ich hätte mich mehr beeilen können."

Bald nach der Rückreise spricht Sophie Meinrad auf ihr Feeling beim Wort „Lebensgefährte" an. Sie würde das Verhältnis gerne legalisieren, um weitere unangenehme Erlebnisse dieser

Art zu vermeiden. Meinrad erwidert emotionslos, sie könnten schon heiraten, „wenn du meinst". Auch auf Sophies Feststellung, dass ihr größter Wunsch sei, so bald als möglich Kinder zu bekommen, kommt ein gleichgültiges „Ja, wenn du meinst." Sophie ist ihrem Ziel wieder einen Schritt näher gekommen. Alles läuft wie geplant: Heirat, Kinder, bestens.

Die ersten Vorbereitungen übernimmt Sophie, da Meinrad im Büro ja keine Zeit hat. Vom Konferenzzimmer der Schule, in der sie gerade eine Karenzvertretung hat, ruft sie beim Standesamt und in der Pfarrkanzlei an, vereinbart Termine für die standesamtliche und kirchliche Trauung, nicht ohne zwischendurch – ebenfalls vom Konferenzzimmer aus – bei Meinrad nachgefragt zu haben, ob er an diesen Terminen auch wirklich Zeit habe. Ein Schüler, den Sophie gerade mit Unterstützung des Direktors die Zeit, die er durch böswillig zu spät kommende U-Bahnen und andere Unbilden des Lebens regelmäßig von Sophies Unterricht versäumt hat, durch Grammatikübungen im Konferenzzimmer nachholen lässt, bekommt fast sichtbar längere Ohren und protzt mit seinem „Mehrwissen" in der Folgestunde sogleich bei seinen Schulkolleg/innen. Die Klasse merkt sich den Termin allerdings und überreicht termingerecht Prosecco und rote Rosen.

Sophie hat immer schon von Hochzeit im weißen Kleid und Kindern geträumt, aber sie hat es sich ganz anders vorgestellt, einen liebenden Mann, von dem sie einen Antrag bekommt. Es muss ja nicht gerade kniend sein, aber zumindest mit ein paar liebevollen Worten, die Interesse daran zeigen, weitere Zeit gemeinsam zu verbringen. Meinrad hat nichts dergleichen getan. Auf vorsichtige Kritik Sophies meint er: „Wieso sollte ich? DU willst ja heiraten. Mir ist das egal." Er hat auch weiterhin keine Zeit. Jede Bitte um Zeit, jede Bitte um kleine Änderungen (beispielsweise eine hübschere Brille) prallen an ihm ab: „Du weißt, wie ich bin, so musst du mich nehmen!"

Meinrad betont immer, dass er nichts falsch mache. Irgendwann kontert Sophie mit einem Grillparzer-Zitat:

„Die Schuld gibt denen man, die etwas taten.
Die nichts getan, die tragen keine,
wenn nicht das Nichts-Tun selber eine."

Meinrad belächelt sie. Irgendwann geht ihm das Grillparzer-Zitat ziemlich auf die Nerven, da er dieses im Laufe der Jahre relativ oft zu hören bekommt. Meinrad ist aber lieb, nett, geduldig und vor allem ehrlich. Er verspricht Besserung und Sophie muss ihm einfach glauben, so überzeugend kann er sprechen. Außerdem bringt er eine Rose, ein Zeichen guten Willens, da der so Sparsame dafür ja extra Geld auslegen muss.

Sophie trifft sich mit ihren Freundinnen und Kolleg/innen meist in der Mittagspause. Ein Zusammentreffen mit Meinrad versucht sie zu vermeiden, seit Meinrad einen gleichaltrigen Studienkollegen Sophies, einen überaus lockeren, unkomplizierten Typen, gesiezt hat und Sophie gespürt hat, dass die Chemie zwischen Meinrad und den meisten ihrer Bekannten nicht passt. Auch zu Veranstaltungen ihrer Dienststelle geht sie entweder alleine oder gar nicht, da ihr Meinrads distanziertes Auftreten und seine manchmal peinlichen Meldungen unangenehm sind. Die Erdspalten, in die sie dann stets rasch versinken will, sind nicht vorhanden.

Im November geben sie ihren Eltern ihre Verlobung „offiziell" bekannt. Sophie bekommt von Meinrad rote, von dessen Vater weiße Rosen. Sie trocknet sie und steckt alle zur Sammlung. Da sie für Meinrads Vater eine Besorgung getätigt hat, gibt er ihr das Geld (20 Schilling zu wenig) zurück und erklärt gönnerhaft: „Den Rest kannst du dir behalten!" Sophie schweigt.

Vor Weihnachten läuft Meinrad stets zu Hochformen auf. Begeistert berichtet er Mutter und Tanten am Telefon, was Sophie gerade wieder gebacken hat. Er scheint richtig stolz zu sein, dass Sophie mehr Sorten Weihnachtsbäckerei herstellt als seine Mutter, in Spitzenzeiten sogar mehr als 24. Sophie muss über Jahre eine Liste führen mit der Stückanzahl der hergestellten Köstlichkeiten, damit Meinrad nur nachzuschauen braucht, um zu erzählen, wie viel hunderte Vanillekipferl, Schoko-, Nuss- und Marzipankugeln, Linzer Bäckerei, diverse Busserln und Zimtsterne seine Verlobte produziert hat. Meistens lässt er aber Sophie nachschauen, da er selbst die Zeit dafür nicht hat. Dafür hilft er mit. Er erklärt sich mit echtem Opfermut bereit, zerbrochene Exemplare aufzuessen bzw. die Qualität des Gebäcks zu testen. Sonst ist er sehr diszipliniert beim Kekserlessen, da seine Mutter gesagt hat, man dürfe diese erst nach Weihnachten essen. Sophie findet Weihnachtsbäckerei in der Vorweihnachtszeit am spannendsten. Wenn sie Meinrad ab und zu ein kleines Tellerchen zur Verkostung hinstellt, freut er sich wie ein schlimmes Kind, das der Mutter unbemerkt einen kleinen Streich gespielt hat. Sophie macht sich bei ihrer künftigen Schwiegermutter noch in anderer Hinsicht unbeliebt: Auf Wunsch Meinrads verwendet sie nicht das Vanillekipferl-Rezept seiner Mutter, sondern das seiner Firmpatin, da ihm das am besten schmeckt!

Da Sophie regelmäßig amtlich verzeichnet über tausend Stück Weihnachtsbäckerei herstellt, bleiben für Meinrad genug Vorräte bis zum 2. Februar. Denn solange müssen Christbaum und Gebäck halten. Der glorreiche Einfall, sich als große Verehrerin des Heiligen Knut zu outen, kommt Sophie dank IKEA erst Jahre später. Die Christbaumüberreste werden dann unter Meinrads lautstarken Protesten abgeräumt, das Skelett steht als Ausgleich aber noch mehrere Wochen bis Monate dekorativ und sichtbar auf der Terrasse.

Unter dem Christbaum liegen die Hochzeitseinladungen für die Familienmitglieder. Meinrads Vater ist empört. „Warum habt ihr mich nicht gefragt, ob ihr das dürft! Wer weiß, ob ich da überhaupt Zeit habe!" Er wird von seinen weiblichen Angehörigen beruhigt. Zur Hochzeit des eigenen Sohnes wird er ja wohl doch Zeit haben.

Balduin verlässt den Raum, als er die Einladung sieht. Seltsam, er hat doch derzeit die Traumfrau, die, wie er ständig betont, viel toller als Sophie ist!?

# 1997

Bei einer Veranstaltung von Meinrads Verein erzählt Sophie stolz einem Bekannten von ihren Heiratsabsichten. Dieser stellt sein Bier ab, lehnt sich zurück und sagt mit gequältem Gesichtsausdruck: „DEN? Na, Sophie, bitte, DEN nicht!" Sophie lächelt. Was hat er denn? Meinrad ist doch nett, anständig, hat einen gesicherten Beamtenjob und Kinder wird er doch irgendwie zusammenbringen!?

Bei einer anderen Veranstaltung von Meinrads Verein sitzen sie einem Pater gegenüber, der für die Finanzen einer großen Klostergemeinschaft zuständig ist. Aufmerksam hört er dem Gespräch der beiden über ihr ausgeklügeltes Abrechnungssystem zu. – Sophie muss mehr als zwanzig Jahre jeden ausgegebenen Groschen bzw. Cent in ein Kassabuch aufschreiben. Ende des Monats muss sie (Meinrad hat keine Zeit dafür.) nach einem vereinbarten Schlüssel abrechnen und die Person, die im betreffenden Monat zu wenig gezahlt hat, muss der anderen den fehlenden Betrag geben. Meist ist dies Meinrad, da Sophie fast sämtliche Haushaltsausgaben bestreitet bzw. ihre Eltern dies erledigen. Da Meinrad deutlich mehr verdient als Sophie bzw. diese während späteren Karenzzeiten fast gar nichts, ist Meinrads Anteil ein höherer. Dennoch kommt er sich ständig arm vor und er beklagt monatlich die von ihm ursprünglich gutgeheißene und anhand der vorliegenden Gehaltsauszüge errechnete Aufteilung. Dem Pater und Bekannten, denen Sophie davon erzählt, kommt das System reichlich seltsam vor. Sind sie Fremde? Meinrad wünscht dies, also macht Sophie es. Als störend empfindet sie nur, dass er regelmäßig über das eigene System klagt und ebenso regelmäßig am Monatsende darauf vergisst, dass am nächsten Tag „der Erste" ist und die von ihm getätigten Zahlungen noch nicht eingetragen hat, da er dafür keine Zeit hat. Sophie kann dann die Monatsendabrechnung nicht machen. Sie hat dafür Zeit, würde diese aber gerne termingerecht erledigen.

Sophies Eltern erzählen Bekannten ebenfalls von den Heiratsabsichten ihrer Tochter. Einige reagieren sehr skeptisch und zweifeln, ob Sophies Entscheidung richtig ist. Eine Dame, die Meinrad seit seiner Kindheit aus der Pfarre kennt, schüttelt den Kopf, dass Sophie sich so einen Sonderling ausgesucht hat. Sophies Eltern, die zwar immer offen zugegeben haben, dass Meinrads Eltern unmöglich sind, sagen ihrer Tochter nichts von den Gesprächen. Sie wollen sich keine Vorwürfe machen, diese von der Ehe abgehalten zu haben. (Sind sie so froh, sie loszuwerden, dass sie sie ungewarnt ins Unglück rennen lassen?)

Trotz vielfacher Beteuerungen, dass er Sophies Unzufriedenheit verstehe und sich tatsächlich viel zu wenig um sie kümmere, ändert sich Meinrad nicht. Nicht einmal während des gemeinsamen Osterurlaubs in Sorrent und Capri beschäftigt er sich mit seiner Verlobten. Er stapft von Kirche zu Kirche, macht sich begeistert über sein Essen her (und den Teil von Sophie, den diese überlässt; manche Mitreisende überlassen dem sympathischen jungen Mann, der immer so hungrig ist, sogar ihre Nachspeisen.) und unterhält sich mit der Reisegesellschaft. Sophie langweilt sich und hat sich wieder einmal alles ganz anders vorgestellt. Als die Situation eines Abends eskaliert und Meinrad Sophies Befinden wieder einmal absolut gleichgültig ist, gibt sie ihm den Verlobungsring zurück. Er solle ihn irgendjemandem geben, meinetwegen der Reiseleiterin, sie wolle so nicht weitermachen. Meinrad sagt, es tue ihm leid, er wüsste eh, dass er sich viel zu wenig um sie gekümmert hätte und verspricht, dass nach der Rückkehr alles viel besser würde. Rosen kann er keine kaufen, die gibt es in Sorrent nicht. Sophie steckt sich den Verlobungsring wieder an und hofft.

Als sie einige Wochen später wieder einmal verzweifelt in der Nacht zu ihren Eltern flüchtet, erklären ihr diese: „Jetzt ist es zu spät, die Hochzeit abzusagen. Du kannst nicht mehr zurück!" Meinrad verspricht, dass alles besser wird, wenn sie verheiratet sind. Sophie muss ihm glauben. Hat sie eine andere Wahl?

Die Hochzeitsvorbereitungen führt Sophie alleine mit ihren Eltern durch. Sie hat aber Meinrads Eltern über jeden ihrer Schritte Rechenschaft abzulegen. Sophies Eltern werden zahlen, wie sich das für Brauteltern gehört. Meinrads Eltern wollen bestimmen. (Sie denken aber nicht daran, auch nur einen Schilling für die Hochzeitsreise auszugeben, wie das ebenfalls in der modernen Gesellschaft üblich ist.) Da sowohl Sophies Cousine als auch Meinrads Bruder weder verlobt noch verheiratet sind, meint Sophie, es wäre naheliegend, dass die beiden miteinander in die Kirche einziehen. (Beide haben seit Kurzem neue Partner, die selbstverständlich eingeladen werden. Der Freund ihrer Cousine ist kein großer Fan von Verwandtentreffen und lehnt ab.) Meinrads Eltern unterstellen Sophie Bösartigkeit. Sie wolle Balduins Freundin, die ja viel netter und umgänglicher sei als sie, benachteiligen. Sophie fällt aus allen Wolken. Sie kennt den „Elmayer" und andere Benimm-dich-Bücher seit zehn Jahren aus dem Effeff, strudelt sich alleine mit allen Vorbereitungen ab und jetzt das? Bei einer von Meinrads Eltern gewünschten Hochzeitsvorbereitungsbesprechung brüllen sie Sophie nieder. Sophies Eltern und Meinrad stehen stumm daneben. Keiner unterstützt sie. Keiner stellt sich auf ihre Seite. Ist sie allen gleichgültig? Sie fühlt in diesem Zeitpunkt, dass es nicht gut gehen kann, hat aber Angst vor ihren Eltern.

Sophie ist zutiefst verletzt. Stellt sich ein Mann, der seine Frau liebt, nicht immer hinter diese? Kann sie diesen Vertrauensbruch je verkraften? Kann sie so jemanden überhaupt heiraten? Sie hat keine Lust, weiß aber nicht, wie sie die Situation lösen soll, will außerdem Balduin, den sie als Drahtzieher der Aktion vermutet, nicht den Triumph lassen, ihre Beziehung zerstört zu haben.

Sie hat das Bild vor Augen, wie sie vor dem Altar steht und „Nein" sagt. Es gefällt ihr eigentlich nicht schlecht. Aber sie hat doch immer von einer Hochzeit im weißen Kleid geträumt und wie soll sie dann zu Kindern kommen?

Sie wird genötigt, sich von Meinrads Vater demütigen zu lassen. Wie seine Untergebenen in der Dienststelle zitiert Meinrads Vater Sophie in sein Büro. Sie habe unverzüglich seine Bedingungen einzuhalten, seine Befehle zu befolgen, sonst werde seine Verwandtschaft nicht zur Hochzeit kommen. Noch nie in ihrem Leben ist sie so behandelt worden. Bis an ihr Lebensende wird sie diese Szene nicht vergessen. Noch nach der Pensionierung von Meinrads Vater hat sie stets ein ungutes Gefühl, wenn sie an dessen früherem Arbeitsplatz vorbeigeht. Erst als ein netter Kollege (übrigens einer mit „Minus") dort einzieht, kann sie den Raum wieder emotionslos betreten; doch die Erinnerung bleibt. Sophie schwört sich, nie, nie wieder würde sie sich so demütigen lassen. Sie muss eine Liste des Hochzeitszugs nach dem Geschmack von Meinrads Eltern abgeben und sich eine Moralpredigt anhören. Meinrad zuliebe gibt sie nach. Er möchte doch mit seinen Verwandten seine Hochzeit feiern! Er hat zwar keine Zeit, diese anzurufen, alle Geschenke für sie besorgt Sophie und er bezeichnet sie stets als „buglade Verwandtschaft", aber er hat sie doch lieb! Meinrad zuliebe erwidert sie auch nichts, als sie erfährt, dass Balduin von seinem Vater beauftragt worden ist, einen beeindruckenden Artikel für die Lokalzeitung über Meinrads Hochzeit zu schreiben. Das Brautpaar ist nicht dazu befragt worden und Sophie kennt Balduins Stilblüten noch aus der gemeinsamen Schulzeit … Nach der Hochzeitsreise will sie klaren Tisch machen und ruft Balduins Freundin an. Diese ist betroffen, was sich alles abgespielt hat. Sie habe sich nie über die Reihenfolge beim Einzug der Hochzeitsgäste oder allfällige Benachteiligung beklagt. Also alles eine Intrige Balduins, der es noch immer nicht verkraftet hat, dass sein Bruder etwas bekommt, was er nicht bekommen hat!

Sophie hat das Gefühl, nicht sie selbst zu sein. Diese Fremdheit, das Gefühl, nicht sie selbst sein zu dürfen, ihre wahre Persönlichkeit unterdrücken zu müssen, damit alle zufrieden sind und nicht auf ihr herumhacken, begleitet sie fast zwanzig Jahre. Das ICH, das sie nach außen zur Schau stellt, ist nicht „ihr" ICH, ist nicht sie selbst. Es ist nicht angenehm, nicht man selbst zu sein, das wahre ICH verstecken zu müssen, damit die Umwelt sie in Ruhe lässt! Sie stellt sich immer vor, wie sie eine liebvolle Partnerschaft führen wird mit einem Mann, der auf ihrer Seite steht, sie bei Problemen unterstützt, gerne seine Freizeit mit ihr verbringt, mit Kindern, mit denen sie gemeinsam spielen und die sich am Liebesglück der Eltern erfreuen. Der Mann, mit dem sie verlobt ist, ist ihr fremd.

Aber was nicht ist, kann noch werden. Sie soll nicht immer so ungeduldig sein. Sie wird sich weiter bemühen. Sie wird sich noch mehr bemühen. Durch unermüdlichen Fleiß hat sie doch bisher alles geschafft! Einstweilen lebt sie weiter „gespalten", unter einer Glasglocke.

Die perfekte Hochzeit kann starten.

Am Standesamt studiert Meinrad, stets der korrekte Beamte, noch einmal ganz genau den Text, den sie bei der Anmeldung ihrer Hochzeit vom Standesbeamten vorgelegt bekommen haben. Will er jetzt oder will er nicht? Nach einiger Zeit raunt ihm einer der Anwesenden zu: „Jetzt unterschreib' schon endlich!" Schließlich räuspert er sich und tut es. Sophie fühlt sich ob des Zögerns – Sie hat keine Minute für die Unterschrift gebraucht! – eigenartig betroffen.

Danach gibt es Hochzeitsfoto auf den Rathausstiegen. Eine bekannte Rathausbedienstete hat sich spontan dazu bereit erklärt. Meinrads Mutter prunkt mit Hut. (Um Unannehmlichkeiten wegen eventuell verschiedener Kleiderwahl der beiden Mütter zu vermeiden, hat es in einer der mehreren Hochzeitsplanungsbesprechungen die selbstverständliche Einigung gegeben, dass die Mütter zum Standesamt OHNE, zur kirchlichen Trauung MIT Hut erscheinen sollen.) Sophies Mutter ist zurecht verärgert. (Sophie wird in den nächsten Jahren bei allen Hochzeiten von Meinrads Familie MIT, bei der Hochzeit ihrer eigenen Cousine zur Verwunderung aller OHNE Hut erscheinen.)

Sophie ist vermutlich die einzige Braut, die das Menü für ihre standesamtliche Trauung selbst zusammenstellt und auch selbst kocht. Sie will ihre Eltern finanziell entlasten, müssen sie doch die gesamte Hochzeit ausrichten, während Meinrads Eltern keinen Beitrag leisten. (Aber das war doch schon immer so, da braucht man ja nicht darüber zu reden! Das Nicht-Zahlen hat Meinrads Eltern jedoch nicht daran gehindert, bei den Vorbereitungen eifrig mitzureden, Vorgaben zu machen, was standesgemäß erwünscht ist.

Meinrads Vater hat bei den Lokalbesichtigungen für die Hochzeitstafel auch stets seine Visitenkarte hinterlassen und damit den Eindruck erweckt, dass eigentlich ER es sei, der die Hochzeit zahle, da sich diese Sophies arme Eltern ohnehin nicht leisten könnten.) Der sparsame Zug Sophies wird jedenfalls von den Schwiegereltern gelobt, das Essen schmeckt, ist ausreichend und alles passt.

Meinrads Tante, die offensichtlich nicht nur für Inneneinrichtung zuständig ist und das Blümchenbett besorgt hat, sondern laut ihrer Schwester, Meinrads Mutter, auch eine „Wetterhexe" ist, prophezeit für die zwei Tage später angesetzte kirchliche Trauung Schlechtwetter. Aber das sei gut so. Diese Ehen hielten besonders lang!

An Sophies Hochzeitstag herrscht strahlender Sonnenschein. Ihre Brautjungfern und Angehörigen versammeln sich bei ihren Eltern, ehe die Autokolonne zur Kirche aufbricht. Sophie fährt im letzten Auto, einem Taxi, mit ihrem Vater. (Sein Auto, ein großer Nissan, ist als nicht standesgemäß erklärt worden.) Eigentlich möchte sie mit dem Aussteigen warten, bis der sorgfältig geplante Hochzeitszug steht und in die Kirche einzieht. Aber ihr Vater ist zu nervös. Er hat sich schon beim Rasieren geschnitten, was ihm sonst nie passiert – sein Hemd ist etwas blutig. Trotz des leichten Windes, der Sophies Frisur und weißen Schleier gefährdet, drängt er, auszusteigen. Sie tut es. Meinrad kennt ihr Hochzeitskleid ohnehin schon. Er war beim Aussuchen mit. Sophie war das recht, da Meinrad in seiner berückenden Ehrlichkeit sicher vor dem Altar ins Mikrofon „Wie schaust denn du aus? Was ist denn das für ein scheußliches Kleid?" sagen würde, wenn ihm das Hochzeitskleid nicht gefiele. Sophie hat sich diese Szene oft vorgestellt: Sie würde dann „Nein!" sagen, sich umdrehen und den langen Gang bis zum Hauptportal der Kirche alleine hinausschreiten …

Vor der Kirche sieht Meinrads Vater eine entfernte Cousine, begrüßt sie und lädt sie, ohne irgendjemanden zu fragen, zur Tafel ein, die Sophies Vater bezahlt. (Sophie hat sich aus Kostengründen bei den Einladungen zur Tafel beschränken müssen und zwei ihrer liebsten Studienkolleg/innen nicht einladen dürfen, was ihr bis heute sehr leidtut.) Er bietet ihr einen Platz im Hochzeitszug an. Da sie alleine gekommen ist, fragt er den Nächstbesten aus seinem Verein, ob er nicht mit einziehen möchte. (Sophie kann sich dunkel erinnern, dass es wegen der ordnungsgemäßen Einhaltung des Hochzeitszuges vor nicht allzu langer Zeit einen ziemlichen Skandal gegeben hat.)

Die kirchliche Trauung läuft plangemäß in aller Steifheit und mit allem geplanten Prunk ab, zwei Priester – mehr wären von Meinrads Vater erwünscht gewesen –, Sängergruppe, Sopranistin mit „Ave Maria", große Festorgel zum Auszug. Meinrad ist begeistert. Sein Ziel ist erreicht: Die Kirche ist voll! Manche müssen sogar stehen. Da er hochherrschaftlich von seinen Eltern vier Vornamen verpasst bekommen hat (Sein Bruder, der nicht geplant, sondern „passiert" war, was die gemeinsame Mutter sehr gerne im Plauderton herumerzählt, also auch Balduin bewusst ist, hat nur zwei bekommen!), passiert beim Vorlesen der Namen ein kleines Missgeschick, welches aber scheinbar nur Sophie auffällt und kurz den Atem stocken lässt: Der dritte Vornamen „Friedrich" ist zu „Friederike" geworden! Ist die Ehe ungültig, wenn sie dem „Falschen" das Ja-Wort gibt? Gleich nach der Hochzeitsreise wird sie die Dokumente richtigstellen lassen.

Beim Auszug läuft Meinrad wieder einmal zu Höchstform auf. Publikumswirksame Präsentation gehört zu den Spezialitäten seiner Familie. (Meinrads Vater posiert beispielsweise sehr gerne in blauer Arbeitslatzhose bei der Überwachung der von ihm engagierten Arbeiter. Später wird er diesen Auftritt bei der Verkehrsregelung beim Hausbau Meinrads und Sophies perfektionieren. Nachbarn, die darauf achten müssen, ihn nicht niederzufahren, wenn er mitten auf der Straße im Weg steht, werden Sophie fragen: „Was macht er dort eigentlich?") Unter dem großen Kirchenportal küsst der stolze Bräutigam seine

Braut ordnungsgemäß, wie das jeder frisch Getraute mit seiner frisch Angetrauten tut, einmal, zweimal, dreimal, nein viel öfter, solange bis der Priester, der die Trauung durchgeführt hat, meint: „So, jetzt langt's aber!" Muss DAS eine Liebe sein! Sophie hat es nur dieses einzige Mal erlebt. Warum tut dies Meinrad sonst nie?

Bei der anschließenden Agape biegen sich die Tische. Vierhundert Leute wollen ja schließlich verköstigt sein! Sophie, ihre Mutter, Meinrads Mutter, sogar Sophies Firmpatin, alle haben eifrig mitgeholfen. Es gibt so viel, dass am Ende einige Kuchen verschenkt werden! Ja, es gibt viel zu viele Kuchen und ein bisschen (zu) wenig pikante Speisen. (Bei einer der zahlreichen Planungsbesprechungen ist zwar vereinbart worden, dass Meinrads Mutter für diese verantwortlich ist und Sophie hat diese Einteilung auf Anordnung von Meinrads Vater auch zusätzlich am Computer getippt und an alle verteilt – aber Meinrads Mutter hat stattdessen Kuchen gebacken, auch gut, oder?)

Die Hochzeitstafel verläuft protokollgemäß und unpersönlich. Die „offizielle" geplante Abfolge wird eingehalten vom Tischgebet bis hin zur Rede des Brautvaters. Meinrads Vater, der um sein Leben gerne gesprochen hätte, sich selbstlos sogar angeboten hat, Sophies Vater diese Bürde abzunehmen, hat von seiner eigenen Familie Redeverbot bekommen. Meinrad lässt sich das Reden allerdings nicht nehmen. Er erwähnt in seinen Ausführungen, dass alle ohne Sophies intensive Bemühungen heute nicht hier versammelt wären.

Für Sophie ist das einzig lustige, wirklich ungezwungene die Brautentführung. Während des Hochzeitswalzers wird sie der Reihe nach von Meinrads Bekannten abgelöst. Der dritte flüstert ihr zu: „Ich kann überhaupt nicht tanzen; ich soll mich mit dir nur wegen der Brautentführung zur Türe bewegen!" Der von Meinrads Trauzeugen geplante Trick klappt. Die lustige Gesellschaft geht zu einer Veranstaltung gegenüber des Restaurants. Sophies Brautstrauß verschwindet, wird aber bald wieder gefunden. Da Meinrad noch nicht auftaucht, beschließt man, zum nächstgelegenen Heurigen zu gehen. Meinrad kommt noch immer nicht. Man geht zum zweiten Heurigen, zum dritten. Meinrad ist noch immer nicht da. Die Begleiter Sophies sind verwundert: Will der seine Braut gar nicht zurückhaben? So etwas haben sie noch nie erlebt! Schließlich spaziert man zurück zum Hochzeitslokal. Einer von Sophies Begleitern trägt tänzelnd ihren Schleier. Dort erfährt man von den verwunderten Hochzeitsgästen, dass Meinrad zuerst seine Hochzeitstorte aufessen und sein Glas Wein austrinken wollte. Dann sei er – ebenfalls mit einer lustigen Gesellschaft in einem ziemlich überfüllten Auto – aufgebrochen. Irgendwann kommen Meinrad und seine Begleiter/innen zurück. Meinrad rechtfertigt sein Zögern: „Ich hab' ja eh gewusst, dass du mir nicht davonläufst. Außerdem kannst du das ja gar nicht mehr. Wir sind ja jetzt verheiratet!" Die Gesellschaft löst sich bald auf.

Sophies Hochzeitsreise findet in Kombination mit einer Dienstreise Meinrads statt, der sich zu einer zweitägigen Tagung in Florenz angemeldet hat. Sophie hat Florenz schon einige Jahre zuvor mit einer Freundin ausgiebig besichtigt. Meinrad und seine Eltern finden das sehr praktisch, wenn sich Meinrad die Hin- und Rückreisekosten sowie die Ausgaben für zwei Nächtigungen erspart. Sophie hat sich zwar eher eine „spannende", „romantische" Destination für ihre Hochzeitsreise vorgestellt. Dies ist Meinrad aber zu teuer. Das braucht man nicht, entscheidet er. Als romantische Alternative zu einer Fernreise in die Südsee oder einer kleinen Kreuzfahrt wird ein dreitägiger Aufenthalt in Verona, der Stadt Romeos und Julias, gebucht. Auch dort war Sophie schon mit einer Freundin.

An den ersten beiden Tagen beschäftigt sich Sophie brav alleine in Florenz, besucht das Palazzo Pitti, das sie noch nicht kennt, und macht einen Ausflug in eine kleine Nachbarstadt. Am offiziellen Abendessen der Tagung, das in den Hügeln der Toskana stattfindet, darf sie sogar teilnehmen.

Meinrad, der bisher im Urlaub mit seinen Eltern fast immer in Roseggers Waldheimat von einem Gasthaus zum nächsten marschiert ist, dazwischen Pilze gesammelt hat und außer einigen Städten in Südböhmen und Südmähren, die ihm wegen des günstigen Preises, des guten Essens und der vielen Kirchen gut gefallen haben, hat von der Welt noch nicht viel gesehen – im Gegensatz zu Sophie, die einige Male mit ihren Freundinnen mit Interrail-Ticket durch halb Europa gefahren ist. Er ist begeistert. Vor allem die vielen Kirchen haben es ihm angetan. Er stürzt von einer Kirche zur nächsten und Sophie muss mit – und die besichtigten Kirchen zählen. Meinrad kann eine Stunde und mehr in einer Kirche verbringen, um danach festzustellen, dass er viel zu wenig Zeit gehabt hätte, um diese ordentlich zu besichtigen. Bald freut sich die junge Ehefrau über jedes Schild am Eingangsportal, auf dem „chiuso" steht.

Die Hotels in Florenz und Verona sind günstige Mittelklassehotels mit notdürftigen Ventilatoren. In Florenz steht ein Tischventilator, der in der Nacht abgestellt werden muss, da Meinrad sich von dem Geräusch gestört fühlt. In Verona schwebt ein gewaltiges Ungetüm über dem Doppelbett, das selbst Sophie gerne abdreht, da sie sich von den Riesenschwingen bedroht fühlt. Den Küchenlärm aus dem Hof kann man nicht abstellen.

In einem Café beschwert sich Meinrad lautstark, da er die Preise für deutlich überhöht hält. Um seinen Unwillen zu demonstrieren, verwüstet er das WC mit Toilettenpapier. Die Kaffeehausbetreiber bemerken dies und folgen Meinrad und

Sophie unter wilden Beschimpfungen. Sophie fürchtet, dass ihre Ehe an dieser Stelle zu Ende sein könnte, wenn den heißblütigen Italienern das Temperament durchgeht und sie das Messer zücken. (Was wird dann aus ihren Kindern?)

Für Meinrad ist die Hochzeitsreise zufriedenstellend, über 60 Kirchen besichtigt und den Rucksack voller Chianti und Valpolicella, von ihm liebevoll „Valpolli" genannt.

Vor der Heimreise bemerkt Meinrad am Bahnhof von Verona: „Ich bin froh, dass es vorbei ist!" Sophie versetzt es einen ziemlich argen Stich. Sie schweigt, spürt den Stich aber ziemlich lange und jedes Mal, wenn sie sich später daran erinnert. Eigentlich sollte eine Hochzeitsreise doch für beide ein unvergessliches, wunderschönes Ereignis sein, das man sich nie endend wünscht, an das man sich bis ans Lebensende voll Freude erinnert?! Oder?

Nach der Hochzeitsreise möchte Meinrad landestypische Gerichte zum Chianti und zum „Valpolli". Der Chianti schmeckt Sophie nicht. Er ist ihr zu herb. Aber sie kocht wie gewünscht italienische Gerichte, schließlich möchte sie Meinrad ja Freude bereiten. Meinrad trinkt seine Flaschen leer und ist begeistert. Die leeren Flaschen hebt er als Erinnerung auf. Sie gefallen ihm. Auch andere ausgetrunkene Flaschen, Geschenkverpackungen und leere Dosen hebt er auf. Seine Sammlung wird immer größer.

Sophie beobachtet oft bekannte, befreundete Paare, die sich umarmen und spontan küssen; das passiert bei ihr nie. Meinrad tut stets verwundert, wenn sie sich ihm annähert oder er befindet sich in „naher Ferne". Er schnipselt irgendwo an Ästen in seinem Garten herum. Sophie versucht herauszufinden, was er gemacht hat, aber es sieht nachher immer genauso aus wie zuvor. Bei Bekannten oder Freunden sucht er lieber Gespräch mit anderen, als dass er sich in ihrer Nähe aufhielte. Sie sei ja eh immer da, erwidert er dann auf ihre Klagen hin. Sophie ist neidisch auf andere, die eine enge Partnerschaft leben und dies zeigen. Sie hofft, dass ihre Beziehung auch bald so wird. Sie möchte umarmt, festgehalten, geküsst werden. Jeden Tag nur ganz kurz, das würde ihr vollkommen reichen. Sie will ja nicht unbescheiden sein. Das kostet doch nicht viel Zeit?!

Als Sophie nach der Hochzeitsreise Fotos sortiert, einklebt, für ihre Eltern und Meinrads Verwandtschaft vervielfältigen lässt, beschleicht sie ein Gefühl, das sie schon einige Male gehabt hat. Ihr Vater freut sich, dass einige Kollegen IHN und nicht Meinrad für den Bräutigam halten. Er merkt an, dass er mehr Haare als Meinrad hat, mehr Liegestütze zusammenbringt, mehr liest als Meinrad (keine Kunst!), nicht so viel trinkt (auch keine Kunst) … Ist das väterliche Eifersucht, Kindischsein eines älteren Mannes oder ist Meinrad für ihn einfach nur das „geringstes Übel", dem er sein einziges Kind überlassen hat? Wünscht er sich nicht, dass seine Tochter mit einem Traummann absolut glücklich ist?!

Ende des Sommers beendet Meinrads und Balduins Vater übrigens die Beziehung Balduins zu dessen Freundin. Balduins VATER, das ist KEIN Tippfehler! Er schimpft vor Sophie über die unmögliche, unverschämte Person, will die Geschenke zurückhaben, die sie von Balduins Familie bekommen hat. Er habe schon immer gewusst, dass sie unmöglich sei. Sophie ist verwundert. War sie nicht vor Kurzem viel netter, toller, zur Familie passender als sie? Oder hat sie sich in der Aufregung der Hochzeitsvorbereitungen verhört? Balduin wird nicht gefragt und muss bald darauf seinen Führerschein infolge stark erhöhten Alkoholkonsums abgeben. Es handelt sich nicht um Promille-, sondern um Prozentüberschreitung. Meinrads Eltern verlangen von den frisch Vermählten, dass sie um Balduin kümmern, er sei arm. Nicht nur einmal sammeln Meinrad und Sophie den Betrunkenen daraufhin irgendwo ein. Manchmal entwischt er ihnen und schläft am Boden vor dem Elternhaus ein, da er den Schlüssel nicht mehr ins Schlüsselloch bringt. Einige Male entkommt er seinen Eltern, die ihm verboten haben, das Haus zu verlassen. (Erinnerung an all diejenigen, die es vergessen haben: Balduin ist so alt wie Sophie und damit seit acht Jahren VOLLJÄHRIG!!)

Da Sophie seit ihrer Kindheit von eigenen Kindern träumt, ist sie nach der Eheschließung jedes Mal deprimiert, wenn ihre Monatsblutung einsetzt. Mit jedem Monat wird ihre Enttäuschung schlimmer. Da sie vermutet, dass möglicherweise Meinrad daran schuld sein könnte, schickt sie ihn das erste Mal zum Urologen. Er geht brav hin und ist stolz, dass ihm ausreichende Samenqualität attestiert wird. (Von seinen üblichen Praktiken hat er dem Arzt wohl nichts erzählt, dass er eine Viertelstunde händische „Vorarbeit" braucht, die Sophie leisten muss, er auch dann kaum hineinfindet und lange herumprobiert und -quetscht. Es ist unappetitlich und entwürdigend.)

Für Meinrad ist der Fall klar: Sophie ist schuld, hat sie doch einen ziemlich unregelmäßigen Zyklus. Mit durchschnittlich zwei monatlichen Versuchen den richtigen Zeitpunkt zu treffen, ist wohl nicht einfach, auch bei so gesunden Männern wie ihm! Sophies Vater stoppt währenddessen die Zeit, die „sie brauchen". Sophie besorgt sich einen Eisprungtest, um den günstigsten Zeitpunkt feststellen zu können. Ab nun wird genau Maßarbeit nach Zeitplan geleistet. Sophie lässt die Prozedur über sich ergehen. Ihr ist alles recht, wenn sie nur möglichst schnell das heiß ersehnte Kind bekommt! Sie will ENDLICH ein Kind. Sie wird nicht jünger und will nicht länger nur anderen Müttern mit ihren Babys zuschauen müssen. Das hält sie nicht mehr aus! Da sich Meinrad nicht mit ihr beschäftigt, seine Zeit nur beim Essen und Nachrichtenanschauen mit ihr verbringt, ist ihr unendlich langweilig. Wenn sie nicht kocht oder putzt, schnappt sie sich ein Buch. Die Zahl der gelesenen Bücher wird immer größer. Das Lesen ist ihr schon langweilig. Sie will ENDLICH ein Kind, endlich jemanden, den sie lieben kann und der sie wieder liebt!

# 1998

Sophie bereitet auf Wunsch ihrer Mutter für ihren Vater eine Überraschungsparty für dessen 60. Geburtstag vor. Heimlich lädt sie Bekannte und Verwandte ein. Sie plant ein großes Buffet mit einer sechsstöckigen Torte, für jedes Jahrzehnt eine Stufe. Das Tortengestell soll Meinrad bauen. Er kauft Spanplatten und Stäbe, die als Säulen die einzelnen, jeweils um eine Spur versetzten Stockwerke, zusammenhalten sollen. Er geht in die kleine, unbenutzte Zweitwohnung des alten Hauses – sie ist feucht und schimmelig und wird nur als Abstellraum und für die Waschmaschine verwendet – und beginnt zu werken. Schon bald hört Sophie ihn so laut schreien und fluchen, dass sie zuerst einen gröberen Unfall befürchtet, dann, er würde das halb vollendete Stück wütend zerstören. Schließlich wird es aber doch fertig. Man sieht, dass es handgemacht ist, aber es erfüllt seinen Zweck, wird lackiert und als Prunkstück der Party serviert.

✶✶✶✶✶

Das Bauprojekt schreitet voran. Meinrads Vater drängt. Den Architekten will er aussuchen, schließlich zahlt er ja die Hälfte. Er ist Dreivierteleigentümer, bringt er bei jeder (passenden und unpassenden) Gelegenheit an. Er lässt einen Architekten seiner Wahl ein Konzept erstellen. Jener sei ganz toll und man brauche schon einen ordentlichen Architekten. Schließlich solle das Endergebnis, das er finanziere, brauchbar sein. Als er den Kostenvoranschlag des Architekten sieht, fängt er mit diesem ziemlich unangenehm zu streiten an und bricht den Kontakt ab. Der sei unverschämt, unbrauchbar!

Als Nächstes wählt er eine Firma aus, deren Inhaber beim gleichen Verein wie er ist. Das sei ein ausreichendes Qualitätsmerkmal. Der Vorschlag von Sophies Vater, einen Kostenvoranschlag der Baufirma, die er vor wenigen Jahren beauftragt und mit der er sehr zufrieden war, einzuholen, wird geringschätzig abgetan. So ein minderwertiges Fertigteilhaus wie Sophies Eltern käme ja gar nicht infrage. Für SEINE Familie wolle er schon was Herzeigbares. ER wolle hohe Qualität. Hat er nicht zugehört und mitgekriegt, dass die Baufirma auch „normale" Ziegelbauten herstellt?

Ein Mitarbeiter der von Meinrads Vater beauftragten Firma kommt mit den ersten Plänen. Der Mann scheint recht bodenständig zu sein, drückt sich auch so aus. Die Pläne sind fürs Erste nicht zufriedenstellend, aber der Preis passt. Meinrads Vater würdigt den Mann sehr unterwürfig mit der Anrede „Herr Architekt". Sophie fällt schnell auf, dass der „Herr Architekt" jedes Mal etwas anderes sagt. Fällt es nur Sophie auf? Sie lässt sich doch nicht für blöd verkaufen! Sie spricht an, dass ein Raum, der bei einer Besprechung vor einer Woche noch als zu klein bezeichnet wurde, plötzlich als „Reitschule" verkauft wird. Die vier anwesenden Männer (Meinrad, sein Vater, ihr Vater und der „Architekt") wollen ihre Meinung nicht hören. Einmal kommt es sogar zu einem richtigen Handgemenge, als Sophie wieder anderer Meinung ist. Ihr wird der Mund zugehalten, damit sie nicht sprechen kann. Sie weiß bis heute nicht, wer es war. Ihr eigener Vater? Meinrads Vater oder sogar Meinrad selbst? Hätte sie gefragt, hätte es wohl keiner zugegeben. Nach einigen Baubesprechungen stellt sich heraus, dass der „Herr Architekt" in Wahrheit der Baupolier ist, die Pläne ein Praktikant gezeichnet hat, da der „Herr Architekt" dazu nicht in der Lage ist.

Der Bauauftrag wird vom Hauptfinancier, also Meinrads Vater, erteilt. Die Pläne werden später am Bauamt ausgetauscht werden, da sie derzeit noch unbrauchbar sind. Aber der Bau kann schnell begonnen werden, so wie Meinrads Vater sich das vorgestellt hat. Das Haus wird immer größer geplant, schließlich will Meinrads Vater an der Vermietung des oberen Stockwerkes ordentlich verdienen, seine Ausgaben wieder hereinbringen. Wer soll die Räume benutzen? Irgendwann werden die noch ungeborenen Kinder wieder ausziehen. Was machen zwei Leute mit so vielen unnötigen Quadratmetern außer Heizen und Putzen? Sophie will auf keinen Fall vermieten. Doch ihre Meinung ist nicht gefragt. Sie ist offenbar nicht sprechberechtigt in der Männergesellschaft. (Ihr Geld ist aber sehr wohl und sehr schnell gefragt!)

In so einem hässlichen, ungemütlichen Klotz will sie unter keinen Umständen leben. Weinend ruft sie ihren Vater vom Büro aus an. Die mietshausähnliche Glasfassade wird in ein etwas gefälligeres Konzept mit kleinem Balkon in Richtung Garten geändert. Es ist zwar weit weg von dem, was sich Sophie als gemütlich vorgestellt hat, aber zumindest eine Spur besser. Bald nach dem Einzug ins neue Haus wird sich herausstellen, dass der „Dichtbetonkeller" feucht ist.

Meinrads Vater erklärt den Umstand, dass nicht ordentlich abgedichtet ist, damit, dass er wohl kurz das Baugeschehen nicht fachgerecht überwacht hat. Die Stiege, die vom Garten in den Keller führt, ist von der Superfirma ein bisschen falsch berechnet worden. Sie ist so steil, dass sie bald als „Todesstiege" bezeichnet wird. Im oberen Stockwerk sind laut Plan zwei Bäder und zwei WCs vorgesehen, da sich Sophie zwei Kinder wünscht und Meinrad ihrem Wunsch gleichgültig zugestimmt hat. Die Kinder sollen später zwei unabhängige Wohneinheiten bekommen. In einem davon, dem, der für das geplante, aber noch nicht einmal gezeugte Mädchen vorgesehen ist, wird eine Wohnküche eingeplant. Das WC in der kleineren, für den männlichen Nachwuchs vorgesehenen Wohnung ohne Küche – er muss ja nicht kochen – „steht" am Eck eines fensterlosen Raumes, der nur durch eine Türe zum Balkon belichtet wird und als winzige „L"-Form übrigbleibt. Sophie und ihr Vater finden, dass man mit diesem Zimmer nicht viel anfangen kann und man Bad und WC zusammenlegen sollte. Meinrads Vater lehnt polternd ab. Als Meinrads Mutter mit der Blümchenbetttante zur Baubesichtigung kommt, führt Sophies Vater jenen das „L"-Kammerl vor. Sie schütteln den Kopf. Das sei unbrauchbar. Am nächsten Tag wird die bereits stehende Mauer weggerissen, Bad und WC werden zusammengelegt.

Eine weitere Anregung zur Bauplanverbesserung, die von Sophies Chef stammt – er ist Architekt und hat in der Mitarbeiter/innen-Liste von Meinrads Vater außerdem ein Plus bekommen – wird ebenfalls umgesetzt. Zwischen Wohn- und Kinderzimmer wird eine Doppeltür eingebaut, sehr praktisch, vor allem da der Kinderbereich später als Speisezimmer benutzt werden soll.

Dafür, dass das Wohnzimmer ein halbes Jahr finster ist, da Meinrad einen dichten schattenspendenden Baum nicht abschneiden lassen will, kann die Baufirma nichts. (Auch das Zimmer ihres noch ungeborenen Sohnes ist davon betroffen und wird ohne künstliche Belichtung kaum benutzbar sein. Dieses hat zusätzlich ein „hereinspringendes" Eck an der Decke, dort, wo ein Teil des Nachbarhauses in das Kinderzimmer hineinragt, was von den Meisterarchitekten offenbar nicht rechtzeitig beachtet worden ist.)

Sophie hätte einige Vorstellungen, wie sie das Leben mit Meinrad angenehmer gestalten könnte. Sie hätte gerne ein Whirlpool und ein Himmelbett. Beides wird als unnötig kostspielig abgelehnt. Dem bescheidenen Meinrad reicht eine große Badewanne, da er ja groß ist. Sophie geht darin fast unter, weil sie sich vorne nicht abstützen kann. Ein- oder vielleicht sogar zweimal badet sie mit Meinrad gemeinsam. Doch der findet das unangenehm. Außerdem dauert es ihm zu lange. So viel Zeit hat er nicht. Meinrad lässt kostspielige Gerüste an der Mauer zum Nachbarhaus anbringen, um seine Gartenträume verwirklichen zu können.

Die Baufirma geht kurz später in Konkurs.
Die Wohnung bleibt kalt und ungemütlich. Sophie kann einrichten und dekorieren, so viel sie will. Sie wird sich nie darin wohlfühlen.


*****

Anlässlich seiner Pensionierungsfeier gibt Meinrads Vater bei seiner Schwiegertochter die Gestaltung einer gefälligen Einladung in Auftrag. Als Germanistin müsse sie ja so etwas können. Sophie schreibt ein Spottgedicht und gibt dazu ein Bild des geldgierigen Dagobert Duck auf einem riesigen Geldhaufen. Meinrads Vater – er hat im Budgetbereich gearbeitet – ist begeistert, dass jemand ein Gedicht für ihn geschrieben hat, und findet es lustig. Hat er nie Mickey Mouse gelesen, nur die Kronenzeitung?

Seinen Sommerurlaub verbringt das junge Ehepaar fünf Tage in Polen, wie die Hochzeitsreise im Rahmen einer Dienstreise Meinrads. Eineinhalb Tage darf Sophie sich wieder alleine beschäftigen. Sie erkundet Warschau. Bei der Abendveranstaltung darf sie teilnehmen. Sofort fällt ihr die hübsche blonde Gastgeberin auf. Sie trägt ein leichtes weißes Sommerkleid. Die schwarze Unterwäsche darunter ist deutlich sichtbar. Sie fragt Meinrad, ob sie diese schon bei den vormittäglichen Sitzungen getragen hat. Meinrad kann sich an nichts erinnern. Ihm ist die auffällige Kleidung der feschen Polin auch jetzt nicht aufgefallen. Sophie ist beruhigt. Wenigstens schaut er keine anderen Frauen an! (Oder sollten ihm Frauen überhaupt nicht auffallen?!). Der Rest des Abends verläuft angenehm. Da sich Meinrads Englischkenntnisse in bescheidenen Grenzen halten, führt er nicht das große Wort und ist auch nicht peinlich. Außerdem ist er mit dem vom Gastgeberland gesponserten Menü schwer beschäftigt.

Im Advent bäckt Sophie in stundenlanger liebevoller Kleinarbeit für Meinrad ein Lebkuchenhaus nach den Bauplänen. Meinrad gefällt es so gut, dass er es nicht aufessen will und mindestens 15 Jahre lang aufhebt.

Da Meinrad und Sophie im vergangenen Jahr Freunde zu Silvester eingeladen haben, sind sie heuer bei einer Freundin Sophies und deren Partner zu Gast, damit man sich bei den Vorbereitungen abwechseln kann. Die vier besuchen gemeinsam den Silvesterpfad in Wien. Dann gibt es Abendessen. Als Vorspeise vor mehreren anderen Gerichten wird Rohkost mit verschiedenen Dips serviert. Meinrad beklagt sich hinterher bitter bei Sophie. Dies sei eine Zumutung gewesen, dass er zu Silvester kein ordentliches Essen bekommen hätte. Sophie hört diese Klagen so oft und so vehement, dass sie beschließt, zu Meinrads Zufriedenheit die Silvesterfeste hinfort immer selbst auszurichten. Sie tut dies auch. Meinrad ist dies recht. Erstens schmeckt es zu Hause am besten. Außerdem kann er hier trinken, so viel er will und braucht nicht mehr heimzufahren. Die Speisekarten werden immer aufwändiger. Vom anfänglichen Fondue mit Vor- und Nachspeise geht es weiter zu einem Menü mit lauter „himmlischen Speisen" (zumindest mit sehr christlichen Bezeichnungen wie „Augustiner"-Eiern und „Kapuzinerbraten") – im Vorjahr haben sich die Gäste auf so gelehrte Weise eindringlich über Fragen des Glaubens und der Kirche unterhalten und sich an sprudelnder Weisheit nahezu überboten, dass es Sophie fast nicht mehr ausgehalten hat. Das ist ihre „Revanche" dafür. Für „Nicht-zu-Bekehrende" wird auf der Speisekarte daher folgerichtig der Scheiterhaufen als Nachspeise empfohlen, von Sophie vor der Verteilung zur Begeisterung aller auch angezündet. Es folgt das letzte Menü der „Titanic" – Meinrad findet die Auswahl etwas makaber, die elf Gänge gefallen ihm dennoch. Als Ausgleich gibt es im Jahr darauf ein „kleines Jagdfrühstück" eines englischen Königs (bestimmt nicht mehr als sieben Gänge); einmal geht's zu den Druiden und Asterix; im „Schlaraffenland" stellt Sophie einen Weinbrunnen auf, hängt Krapfen und Würste an künstliche Bäume … Die Silvestergesellschaft ist und isst begeistert, was Sophie in mehrtägiger Arbeit (nach Ende der Weihnachtskoch- und -dekorationsarbeit) an Speisen und zum Thema passenden Installationen hergestellt hat. Meinrad ist stets zufrieden, erzählt Mutter und Tanten am Telefon, was seine Frau Tolles gekocht hat. Sophie stöhnt zwanzig Jahre lang: „Für mich beginnen die Weihnachtsferien, wenn am ersten Jänner der letzte Gast gegangen ist!" Einmal serviert sie im Kostüm eines Serviermädchens. Alle finden das sehr lustig. Der Denkanstoß ist offenbar ins Leere gegangen.

Im Herbst wird das alte Haus abgerissen und der Neubau gestartet. Meinrad und Sophie sind in Sophies alte Wohnung ins Haus ihrer Eltern gezogen. (Meinrads Eltern haben ebenfalls angeboten, dass die beiden in Meinrads Dachbodenstübchen ziehen können, Meinrad hat dies allerdings sofort brüsk abgelehnt.) Meinrad frönt auch bei Sophies Eltern seinem liebsten Hobby, dem Gärtnern. Rasch wird der Blumenschmuck von Sophies Mutter nach seinem Geschmack verschönert. Er pflanzt Rosen im Eingangsbereich und vieles mehr. Oft kocht Sophie an Wochenenden für die ganze Familie. An einem heißen Sommertag schwitzt sie ziemlich, während sie alleine das mehrgängige Mittagsmenü fertigstellt, und wundert sich, warum Meinrad noch nicht zum vereinbarten Zeitpunkt am Mittagstisch ist. Doch dieser plantscht fröhlich im Swimmingpool, um sich abzukühlen, hat es aber nicht für notwendig empfunden, dies Sophie mitzuteilen, um mit ihr gemeinsam baden zu können. Wütend schneidet Sophie einige Rosen ab. Das kommt bei ihren Eltern gar nicht gut an. Der liebe Meinrad hat doch Erholung verdient, da er 40 Stunden hart arbeite. (Die liebe Sophie arbeitet auch 40 Stunden, derzeit sogar mehr, da sie mit Vertretungsstunden in der Schule auf Überstunden kommt, UND sie hat auch gekocht. Aber SIE ist nicht „lieb", sie ist „böse" und wird als Strafe auch so behandelt.)

Meinrad ist es lieber, wenn Sophie kocht, fürchtet er doch immer, dass Sophies Eltern substandardmäßiges Essen servieren. Als Sophies Mutter einmal gekaufte Leberknödelsuppe auftischt, merkt er mit angewidertem Gesicht an, dass man sofort erkenne, was gekauft und was liebevoll selbst gekocht sei. Sophies Eltern ärgern sich ziemlich, lassen sich Meinrad gegenüber aber nichts anmerken. Sophies Vater regt einige Wochen später an, wieder (dieselbe, gekaufte) Leberknödelsuppe zu servieren. Doch diesmal wird jene als „frisch vom Fleischhauer" angepriesen. Meinrad schmatzt und stellt sehr zufrieden fest, dass der Qualitätsunterschied frappierend sei. Ein ähnliches Experiment erfolgt mit Petersilienkartoffeln. Meinrad kritisiert die Küche von Sophies Mutter, in der Kartoffel mit Tiefkühlpetersilie auf den Tisch kommen. Das sei ja nahezu ungenießbar. Die kurz darauf mit als Frischpetersilie angekündigten Petersilienkartoffel (Petersilie wie gewohnt aus der Tiefkühlpackung) finden Meinrads Wohlgefallen, besonders da Sophies Vater hinzufügt, wie viel Mühe er sich beim Schneiden gegeben hätte, dass die Petersilie fast so klein wäre wie jene aus der Tiefkühlpackung.

Sophies Mutter ist von Meinrads Anwesenheit nicht sehr begeistert. Morgens stört er den Schlaf der passionierten Langschläferin, da er den Radioapparat im Untergeschoß, welches das junge Ehepaar bewohnt, so laut „plärren" lässt, dass man auch im Obergeschoß noch gut mithören kann. Das sei ärger als bei ihrem Vater, der allerdings schon über 80 und schwerhörig war! Sophie stört das auch. Sie steht zwar gerne früh auf, möchte ihren Tag aber gerne ruhig beginnen. Meinrad erwidert ihre wiederholten Klagen stets mit dem Argument, man „müsse" unbedingt Nachrichten hören, schließlich wolle man ja wissen, was in der Welt passiert. Das frühmorgendliche Radiohören hindert ihn aber nicht daran, auch im Büro fast stündlich Nachrichten zu hören – Ändert sich die Weltgeschichte wirklich so schnell? – und sich dann bitter zu beklagen, dass mit der Arbeit nichts weitergeht. Die Zahl der unerledigten Akten wird immer größer ebenso wie jene der empörten „Kund/innen", die sich beim übergeordneten Ministerium beschweren. Meinrads Vorgesetzte sind wenig begeistert und versuchen, ihn dazu anzuhalten, mehr zu arbeiten. Meinrad ist fest davon überzeugt, dass dies unmöglich sei, weil er einfach so viel Arbeit und nicht mehr Zeit habe. In den stundenlangen nächtlichen Gesprächen bemüht sich Sophie wieder und wieder, ihrem Mann zu helfen und ihm Tipps zu geben, wie er effizienter arbeiten könnte, wie beispielsweise nicht so viel Radio zu hören, zuerst die Akten zu erledigen und dann die „Wiener Zeitung" zu lesen, weniger Kaffeepausen zu machen, nicht täglich fast eine Stunde Mittag zu essen, die Klogänge zu verkürzen, was ohne Zeitung zu lesen realistisch erscheint, am Gang weniger mit Kollegen zu tratschen. Meinrad sagt dann immer „Hast eh recht!", möchte seinen Informationsdrang und seine Sozialkontakte aber nicht einschränken und macht weiter wie bisher.

Sophie ist danach oft so müde, dass sie am nächsten Tag völlig „ferngesteuert" ist, manchmal fast in die Straßenbahn läuft. Kommt sie heim, teilt ihr ihre Mutter mit, dass sie wieder einmal den „Dreck, den Meinrad beim Frühstück hinterlassen hat", entfernt habe. Sie solle ihm doch sagen, dass er seine Brösel bitte am Teller hinterlassen solle und nicht daneben. Kritik äußern Sophies Eltern nie Meinrad direkt, sondern immer über Sophie. Diese hat bereits mehrmals versucht, Meinrad die Kulturtechnik der Benutzung eines Tellers beizubringen, ist aber ohne Erfolg geblieben. Manches möchte Meinrad allerdings „ordentlich ausputzen". Er hämmert zu diesem Zweck auf das Geschirr ein (Fürchten sich die Speisen dann und springen auf seinen Löffel?). Einmal zerspringt auf diese Art und Weise sogar eine Glasschale. Meinrad ist sehr stolz, nichts übergelassen zu haben. Das wäre ja schade, wo doch „in Afrika die Negerkinder verhungern".

Ist Meinrad leicht verkühlt, schluckt er Aspro. Hat Meinrad zu viel getrunken und am nächsten Tag Kopfweh, nimmt er mehrere Aspro; hat er dann Magenweh, medikamentiert er sich ebenfalls mit Aspro.

Im Herbst bemerkt Sophie, dass sie ENDLICH schwanger geworden ist. Es ist das einzige Mal, dass ihr Vater (fast) mit Meinrad zusammenkracht, der Sophie munter zum Alkoholgenuss animieren will. Er will keine „depperten Enkelkinder". Sophie hat unendlichen Gusto auf Paradeiscreme-Packerlsuppe, löffelt diese regelmäßig und erbricht sie meist unverzüglich wieder.

*****

Sophie fehlt nach wie vor ein inniges Verhältnis zu Meinrad. Sie leben wie gute Freunde zusammen. Körperliche Nähe lehnte Meinrad weitgehend ab. Nach spätestens fünf Minuten, in denen er Sophie meist herablassend („Ich weiß eh, du brauchst das, na gut, dann kommst halt kurz!") Kuscheln „gewährt" hat, heißt es „Leg dich rüber; ich will schlafen, mir schläft die Hand ein". Er behandelt sie wie einen lästigen Hund. Selbst beim Tanzen vermeidet er weitgehend Körperkontakt und vermittelt das Gefühl, als würde er die Partnerin nicht halten. Jeder andere Tanzpartner, sogar in vielen Jahren der derzeit noch in Sophies Bauch heranwachsende gemeinsame Sohn „greift fester zu", vermittelt ein größeres Gefühl der Vertrautheit und Geborgenheit.

Aber Sophie ist ENDLICH schwanger. Ihr Traum ist erfüllt. Sie bekommt das Schönste, was sie sich immer gewünscht hat, ein Kind! Meinrad ist ja lieb und nett und ehrlich, Meinrad ist zu allen Menschen höflich – UND er hat wieder einmal versprochen, dass alles besser wird, wenn das Kind da ist. Mit einem gemeinsamen Kind muss doch alles gut werden. Sophie glaubt Meinrads überzeugenden Ausführungen. Außerdem hat er sich für sie in Unkosten gestürzt. Er hat eine Rose mitgebracht. Da kann doch keine Frau widerstehen. Sie glaubt ihm und hofft.

# MAX

## 1999

Meinrads Vater will Sophie zwingen, ihren Anteil für das Bauprojekt als Erste einzubringen. Sophie denkt nicht daran. Solange ihr Anteil nicht notariell verbürgt ist, wird sie kein Geld hergeben. Meinrads Vater telefoniert mit der Bank und will ihr Geld überweisen lassen. Ein Mitarbeiter der Bank meldet sich verwundert bei Sophies Eltern, ihrem derzeitigen Wohnort. Meinrads Mutter ruft wütend an, beschimpft Sophie. Wenn auf die Bedingungen von Meinrads Vater nicht unverzüglich eingegangen wird, werde das Bauprojekt eingestellt. Kein Problem, antwortet Sophies Vater – nur er nimmt noch die Droh-Anrufe entgegen – Sophie besitze eine Eigentumswohnung, in die das junge Paar jederzeit ziehen könne. (Die Wohnung, in der Sophie mit ihren Eltern aufgewachsen ist, ist mittlerweile ihr überschrieben worden und sie hat diese ausgezahlt.) Man lasse sich nicht erpressen. Sie seien weder auf ihre Gnade noch auf Erpressung angewiesen. Er könne einen Bericht über das Verhalten des Stadtpolitikers gerne einer Zeitung übermitteln. Meinrads Eltern müssen nachgeben. Sophies Vater begleitet die Hochschwangere zum von Meinrads Vater ausgewählten Notar. Sie muss ihren Anteil „kaufen", obwohl die Schenkungsgebühr wesentlich geringer wäre. Die Gebühr zahlt Meinrad sehr zum Ärger seiner Eltern, die im Vorfeld versucht haben, Sophies Anteil so gering wie möglich zu halten. (So wurden beispielsweise nicht mehr vorhandene Gartengerüste und Investitionen, die für das Abbruchshaus getätigt wurden, auf die Liste gesetzt, in zähen Verhandlungen mit Sophies Vater aber gestrichen.)

Meinrads Mutter hat neben ihrem Mann Platz genommen und den Stift zur Unterschrift vorbereitet. Der Notar weist sie höflich darauf hin, dass ihr nichts gehöre, sie hier daher eigentlich überflüssig sei. Sophie hat den Rotstift bereitgelegt, sicher ist sicher. Sie traut ihren Gegnern bis zuletzt jeden Trick zu. Noch wähnt sie Meinrad auf ihrer Seite.

Sophie hat ein ungutes Gefühl. Ihr ist, als könnte sie die Eigentumsklarstellung brauchen. Ihr wird nichts geschenkt. Sie ist nach wie vor eine Fremde für Meinrads Familie (und für Meinrad? Wer steht ihm näher? Seine Eltern oder die Ehefrau?). Meinrads Eltern hassen sie, da sie die Niederlage nie verzeihen werden. Keiner im Familienkreis hat bisher gewagt zu widersprechen und jetzt eine junge Person, noch dazu eine Frau! Unfassbare Unverschämtheit! Oder?!

Beim Verlassen der Notariatskanzlei bemerkt Meinrad zum Notar, es sei eigentlich eine Sauerei, dass er mit dem gleichen Studium wie er so hohe Gebühren verrechnen könne und so viel verdiene. Der Notar lächelt freundlich, ebenso Sophie, als sie möglichst schnell ins Stiegenhaus tritt – Erdspalte hat sich leider wieder keine aufgetan. Die gegnerischen Parteien verlassen getrennt die Lokalität. Sie fährt mit ihrem Vater mit der U-Bahn nach Hause, Meinrads Familie geht zum in der Nähe abgestellten Wagen.

Die Namensgebung für den künftigen Nachwuchs stellt sich als nicht so einfach heraus. Es muss natürlich etwas Besonders, nichts Gewöhnliches sein. Darauf, dass der Erstgeborene einen Namen mit dem gleichen Anfangsbuchstaben wie der Vater, also „M" bekomme, das allfällig zweite ein „S" wie Sophie, hat man sich schnell geeinigt. Sophie hat aber größte Mühe, Meinrad auszureden, dass „Marbod" für ihren Sohn ein geeigneter Name sei und dass er für diesen seinen Eltern nicht dankbar sein werde. Ihrer Tochter bleibt das Schicksal des „Siegfried" später erspart, einfach deshalb weil sie weiblich geworden ist. („Wieso, das verstehe ich nicht. Du hast doch in Altgermanistik dissertiert und interessierst dich für Wagneropern?" – Ja schon, aber …)

Max hat es sehr eilig, auf die Welt zu kommen. Sophies Muttermund ist eine Woche vor dem prognostizierten Geburtstermin einige Zentimeter weit offen und ihr Gynäkologe überlegt, ob er sie von der Kontrolle überhaupt noch alleine nach Hause fahren lassen soll. Sophie überredet ihn, schließlich hat sie überhaupt keine Wehen gespürt und will noch ihre Sachen packen. Die Geburt wird für den nächsten Tag vereinbart. Kaum zu Hause angekommen, ruft sie Meinrad an. Dieser zögert. Er überlegt, ob die Geburt am nächsten Tag möglich sei. Er müsse erst nachschauen, ob er überhaupt Zeit habe. Sophie kann es nicht fassen. Ist ihm das Leben seines Kindes, eine komplikationslose Geburt, nicht wichtiger als alles andere? „Wenn du keine Zeit hast, gehe ich alleine!" Ihre danebenstehenden Eltern schütteln den Kopf.

Meinrad hat doch ein Zeitfenster für die Geburt seines Sohnes gefunden. Sophie stellt klar, dass sie Meinrad des Geburtszimmers verweisen wird, falls er Arzt, Hebamme oder Krankenschwester unflätig angehe, schließlich hat sie schon einiges mit ihm erlebt.

Bei der Geburt ist Sophie so diszipliniert wie immer. Sie ist ja dazu erzogen worden, alles planmäßig optimal zu erledigen, nicht aufzufallen, ruhig zu sein. Sie wird an den Wehentropf angehängt und glaubt zu platzen. Der Gynäkologe sieht ihre Schmerzen und meint: „Sie können ruhig schreien, Frau Doktor!" Sophie erwidert in einer Wehenpause: „Und was soll das bringen?" Max wird am Ende mit der Saugglocke geholt, Sophie genäht. Wenn sie davon auch nichts mehr spürt, so sieht sie an Meinrads Gesicht, was passiert.

Kaum ist Max auf der Welt und in Sophies Armen, sind alle Unannehmlichkeiten und Schmerzen vergessen. Für ein Kind würde sie es sofort wieder auf sich nehmen. Max liegt an ihrer Brust und schnappt für so ein kleines Baby ihren Daumen erstaunlich fest. Sophie freut sich „wie ein Schneekönig". (Später erfährt sie, dass der Klammerreflex bei Babys normal ist.) Max ist natürlich das liebste, schönste und herzigste Baby auf der ganzen Welt.

Nach der Geburt ihres Sohnes Max trägt Sophie begeistert in ihr Tagebuch ein:

*Mit Max' Eintritt in die Weltgeschichte – ich glaubte, das Becken würde platzen, als sein Kopf durchstieß – waren alle Schmerzen vergessen. Er fing gleich zu schreien an, wurde mir auf die Brust gelegt – ich streichelte nur seine kleinen Händchen, die mich fest umklammerten. Max ist wirklich ein liebes Baby, mit vielen Haaren und einem glatten, runden Gesichtchen.*

Noch im Spital muss Sophie auf Drängen Meinrads einen Haufen Gutscheine ausfüllen, um alle möglichen Babyprodukte und Geschenke gratis erwerben zu können. Sie ist hundemüde und will eigentlich nicht, tut es aber, weil er so lästig ist und sich kein einziges Geschenk entgehen lassen will. (Kann Meinrad nicht schreiben?). Als ein Vertreter einer Bank, von dem sie ein Babyalbum geschenkt bekommen haben, daraufhin einen Besuch in Sophies Elternhaus abstattet, erklärt Meinrad, es gehöre sich schon, dass sie mit ihrem Karenzgeld einen Bausparvertrag für Max abschließe, SIE habe ja schließlich den Gutschein unterschrieben. – Zu Meinrads Ehrenrettung muss man allerdings sagen, dass für ihr zweites Kind ER einen Vertrag abgeschlossen hat, bei der Meinl-Bank, schließlich weiß er ja immer, was gut und richtig ist (Dass das Geld verloren ist, hat er mittlerweile von seinem Nachwuchs schon öfter gehört.)

Wieder zu Hause bei ihren Eltern, muss sich Sophie mit den Vorstellungen ihrer Mutter zur Säuglingspflege und Taufgestaltung herumschlagen. Dieser schwebt ein Spitzenstecksack für Max' Taufe vor, so wie er Anfang der Siebziger Jahre bei Sophies Taufe üblich war. „Was sagen die Leute, wenn das Kind nicht ordentlich präsentiert wird. Ich lasse mich doch nicht ausrichten!" Sophie sind „die Leute" egal, das Wohl ihres Kindes ist ihr wichtiger. Sie will ihr Kind nicht einschnüren lassen, streitet fast mit ihrer Mutter und wird wieder einmal als „spinnad" bezeichnet. Um eine höhere Instanz die Streitfrage entscheiden zu lassen, startet Sophies Mutter eine Umfrage bei dem Fleischhauer, bei dem sie jede Woche einkauft. Als ihr die dort anwesenden Damen bestätigen, dass Spitzenstecksäcke für Täuflinge seit Jahrzehnten nicht mehr in Gebrauch sind, gibt sie nach. Max bekommt ein eineinhalb Meter langes Taufkleid, das die Blümchenbetttante aus einem alten Vorhang genäht hat.

Sophie hat infolge eines Milchstaus hohes Fieber bekommen. Ihre Mutter redet ihr ständig ein, dass Muttermilch schlecht ist. Die junge Mutter hat so viel Milch, dass stets zwei abgepumpte Flaschen davon „als Vorrat" im Kühlschrank lagern. Meinrad würde gerne Profit daraus schlagen und will Sophies Mutter dazu überreden, diese gewinnbringend zu verkaufen. Hat sie dieses bei seinen überzähligen Zwetschgen noch getan, nun verweigert sie und Max verweigert die Flasche von Sophies Mutter!

Meinrad ist etwas verärgert, dass Sophies Mutter so wenig geschäftstüchtig ist. Also probiert er die übrige Muttermilch in seinem Kaffee, um sie wenigstens irgendwie nutzen zu können, bleibt künftig im Gegensatz zu seinem Sohn allerdings doch lieber bei teurer, gekaufter Milch.

Bittet Sophie Meinrad in Auseinandersetzungen mit ihren Eltern um Unterstützung, hält er sich stets heraus. „Mach' dir das mit ihnen aus, ich halte mich da heraus!" Er bleibt der Gute!

Sophies Vater schlägt sich in der Zwischenzeit mit Meinrads Fähigkeiten als handwerklicher Helfer herum. Mal schüttelt er nur den Kopf über so viel liebenswürdige Tollpatschigkeit, mal ist er echt am Verzweifeln, weil nichts weitergeht. Er beklagt sich aber nur bei Sophie, nie bei Meinrad. Der sparsame Meinrad hat zu wenig Küchenfliesen eingekauft. Beim Nachkauf gibt es nicht mehr die passende Größe. Die Unterschiede können nur mühsam mit einem Teppich überdeckt werden. Verschiebt er sich, werden diese sichtbar, ebenso wie das ziemlich große Cut, das Meinrad in die Fliesen schlägt, als er Sophies Lieblingsauflaufform bei einem der häufigen Streite wegen des selbstherrlichen Verhaltens seiner Eltern zertrümmert. Die zerstörte Fliese erinnert Sophie täglich schmerzlich daran, wie sehr Meinrad in der Abhängigkeit von seinen Eltern steckt. Für sie hat er keine Zeit. Nur ihr Essen ist ihm nicht gleichgültig.

Sophies Eltern sind froh, dass Meinrad und Sophie ausziehen. Ihre Mutter zeigt sehr deutlich, dass es ihr nur um Baby Max leidtut. „Baba, Baby!", sagt sie mit Tränen in den Augen. Ab jetzt lebt Sophie in einem gläsernen Turm, kalt, steril, von beiden Elternteilen beobachtet, ob sie alles richtig macht. Sie brauche nur zu tun, was alle erwarten, erklärt ihr Vater. Wer diese geheimnisvollen „alle" sind, versucht Sophie zwanzig Jahre lang herauszufinden. Trotz ihrer Bitten werden ihr nie Namen genannt. Sie vermutet, dass es „alle" gar nicht gibt. Spricht sie ihren Vater darauf an, dass er ihr als Kind beigebracht hat, dass „alle" immer eine unzulässige Verallgemeinerung ist, wird er wütend. Von Meinrad hat sie keine Unterstützung zu erwarten. Dem ist das egal. Hauptsache, sie putzt und das Essen steht auf dem Tisch, wenn er heimkommt.

Sophie ist alleine. Ihre einzige Freude ist Baby Max. Wenn er sie anlacht, ist sie glücklich. Sie widmet ihm ihre ganze Zeit. Wenn er groß ist, wird er bestimmt dankbar sein, wie sehr sich seine Mutter um ihn gekümmert, wie sehr sie ihn verwöhnt hat. Er wird auch verstehen, wenn sie traurig ist, dass Meinrad sie vernachlässigt. Dann wird er sie trösten.

Um sich die Zeit zu vertreiben, in der Max schläft und sie alleine ist, bestickt Sophie Babylätzchen, Handtücher und Tischtücher. In der Vorweihnachtszeit strickt sie ein rotweißes Weihnachtsmannkostüm für Max mit Jacke, Hose und Zipfelmütze. Max ist das süßeste Weihnachtsbaby der ganzen Welt, wird in seinem Kostüm von jedermann bestaunt und Sophie zerfließt jedes Mal vor Rührung, wenn sie auf CD „Baby's first Christmas" hört.

Weihnachts- und Silvesterbesuche werden von Sophie wie immer in großem Stil ausgerichtet. Wenn Max zu Mittag schläft, würde sie sich gerne kurz ausruhen. Diese Zeit nutzt der fleißige Meinrad, um staubzusaugen. Sophie weist Meinrad darauf hin, dass Max' Schlaf sehr leicht ist und er bei den leisesten Geräuschen aufwacht, aber Meinrad erklärt, dass Staubsaugen ganz leise sei und werkt vor dem Kinderzimmer. Nach wenigen Minuten brüllt Max. An Schlaf ist nun nicht mehr zu denken. „Hast doch recht gehabt", meint Meinrad, „das hätte ich nicht machen sollen!", schwacher Trost und späte Einsicht.

Wenige Wochen nach der Übersiedelung ins neue Haus fügt Meinrad der Küchenarbeitsfläche einen Schnitt zu. Sophie hat immer gesagt, dass für die Tätigkeit des Brotschneidens ein Schneidbrett empfehlenswert sei. Meinrad weiß es besser, muss nun zugeben „Du hast recht gehabt; ich hätte ein Schneidbrett verwenden sollen." Meinrad lässt sich nicht so leicht belehren. Er weiß es besser (weil er älter und daher natürlich erfahrener ist? Weil ein Jusstudium zu höherer Meinung qualifiziert als ein

Germanistikstudium? Sophie weiß es nicht. Am Intelligenzquotienten kann es jedenfalls nicht liegen, da sind sich beide einig. Das gibt Meinrad sogar überraschend offen zu, dass er diesbezüglich seiner lieben Gattin weit unterlegen ist.). Einige Jahre später erklärt sich Meinrad bereit, den Badezimmerteppich „ordentlich" zu putzen. Offensichtlich macht es Sophie mit Teppichschaum nicht ordentlich genug. Er bearbeitet den Teppich im Garten mit einer Reißbürste. Danach hat der Teppich Löcher, die Hälfte der Fransen fehlt und er wird weggeworfen. Meinrad muss ums EIGENE Geld einen neuen kaufen und jammert, dass er teuer ist. Aber er ist nett und einsichtig und gibt zu: „Ich hätte es so machen sollen, wie du gesagt hast!" Sophie ärgert sich über den Schaden, den Meinrad anrichtet. Aber er meint es ja gut und wenn er auch ein bisschen Zeit mit ihr verbringen würde, wäre eigentlich alles perfekt. Sie wartet noch immer und hofft, dass sich der Konjunktiv in den Indikativ, in die Realität, verwandelt, doch bisher ohne Erfolg.

*****

Da Sophies Karenzvertretung mit manchen komplizierten Teilbereichen nicht klarkommt, wird sie gebeten, einiges – unentgeltlich – zu Hause zu erledigen. Sie macht dies gerne, ist ihr doch trotz Max manchmal langweilig – er schläft seit seiner Taufe durch und auch untertags hält er seine gewohnten Schlafzeiten fast auf die Minute ein, außer er fürchtet, etwas zu versäumen. Ein PC mit Mailfunktion wird angeschafft mit einer gemeinsamen Mailadresse von Meinrad und Sophie. Endlich hat sie mit Meinrad etwas gemeinsam, die einzige Gemeinsamkeit, abgesehen von Haus- und Telefonnummer.

# 2000

Das obere Stockwerk des Hauses muss vermietet werden. Den Profit wird Meinrads Vater einstecken. Schließlich gehört ihm das Haus zur Hälfte, also kann er auch über die Hälfte bestimmen. Sophie ist nicht begeistert. Sie hätte eigentlich gerne Ruhe für ihre Familie und sich. Da sie nach Ansicht von Meinrad und seinem Vater in der Karenz nichts zu tun hat, muss sie die zahlreichen Interessenten, welche die von Meinrads Vater beauftragten Realitätenbüros anliefern, empfangen und herumführen. Max ist weniger begeistert, wenn er von seiner Mutter durch das im Winter eiskalte, riesige Stiegenhaus und durch eine fast genauso kalte, leere Wohnung mit fremden Menschen getragen wird, schon gar nicht, wenn sich dadurch seine Futterzeit verschiebt!

Schließlich werden Mieter gefunden, eine englische Familie, die im IT-Bereich arbeitet, samt einem vierjährigen Sohn, der oft von seiner Mutter im Stiegenhaus deponiert wird, wenn sie zu Hause arbeitet oder sich gerade stylt. Sie macht das echt gut und schaut super aus. Die lange Zeit dafür lohnt sich also absolut. Mutter und Sohn sind der Meinung, dass sich Sophie eigentlich um den süßen Kleinen kümmern könnte, schließlich hat sie ja nichts zu tun. Der kleine Engländer formuliert seine Vorstellungen auch ziemlich direkt: „Put the baby to bed and play with ME!" Sophie denkt nicht daran. Max ist für sie das Wichtigste. Sie ist weder Babysitterin noch Hausmeisterin für andere Leute! Selbiges scheint die hübsche Engländerin mit indischem Hintergrund allerdings anzunehmen. Um ihrer zarten Gesundheit und ihrem Schwindelgefühl nicht zu schaden, lässt sie Sophie auf die Leiter steigen, damit diese ihr die aus ihren Beständen geborgten Vorhänge aufhängen kann. In dieser Zeit hält sie sogar großzügig Max, der seiner Mutter sehr interessiert beim Klettern zusieht. Die Vorhänge schneidet die Mieterin später ab, weil sie ihrer Meinung nach nicht über die Heizung hängen sollen. Gefragt hat sie nicht. Der menschenfreundliche Meinrad bietet der Familie ohne Sophies Wissen an, den Dachboden nutzen zu dürfen, um ihre Koffer dort zu deponieren. Sophie wird nicht gefragt, das Angebot angenommen und auch oft mitten in der Nacht genutzt. Jedes Mal wacht Max plärrend auf. Einmal rastet Sophie aus und läuft kreischend ins Stiegenhaus. Meinrad beruhigt, seine Frau spinne mal wieder, alles halb so wild. Nur einmal greift Meinrad ein, als der kleine Sohn der Mieter vom Balkon mit einer Spritzpistole auf Meinrads Kuchen auf der Terrasse zielt.

Sophie ist froh, als der Dienstvertrag des Mannes gekündigt wird und der Mietvertrag vorzeitig aufgelöst wird. Sophies abgeschnittene Vorhänge packt die Frau einfach ein. Sie haben ihr gefallen. Sophie handelt mit dem Vermittlungsbüro einen großzügigen Entschädigungsbetrag aus.

Sophie hat genug. Sie will nicht mehr vermieten, wollte das nie. Aber sie wird auch weiterhin nicht gefragt. Meinrad erklärt, sein Vater wolle das so, also geht es nicht anders. ER sei Eigentümer, also bestimme ER allein. Meinrad könne sich das außerdem nicht leisten. Wieder muss Sophie die Interessenten in Empfang nehmen, weil sie ja nichts zu tun hat. Doch halt, mittlerweile arbeitet sie wieder drei Tage in der Woche. Egal! Meinrad hat keine Zeit. Sein Vater will das Geld. Bei jedem Besucher, der absagt, freut sich Sophie diebisch. Wieder Aufschub! Den meisten gefällt die Raumaufteilung nicht, stört das Kleinkind oder die von Meinrads Vater geforderte Miete ist ihnen zu teuer.

Sophie will Ruhe für ihre Kinder und sich; sie droht erstmals mit Scheidung, Meinrad sagt, er müsse kellnerieren gehen, weil sie sich das nicht leisten können.

Nach fast einem Jahr geben sie auf. Sophie hat Meinrad vor die Alternative gestellt, entweder Nicht-Vermieten oder Trennung. Es ist das einzige Mal in ihrer Ehe, dass er sich für Sophie entscheidet. Aber wahrscheinlich hat auch er bereits eingesehen, dass die Wohnung unvermittelbar ist. Er muss seinem Vater einen angemessenen Betrag als Ersatz für die entgangene Miete zahlen.

Bei einem Besuch von Bekannten beklagt Sophie, dass Meinrad den Biomüll nie ausleert. Das Mistkübelausleeren ist eine der wenigen nicht zeitintensiven Aufgaben im Haushalt für den vielbeschäftigten Meinrad. Er ist verärgert, leere er doch den Biomüll aus, wenn es seiner Ansicht nach notwendig sei. Eine Bekannte stimmt Sophie zu, dass übler Geruch schon nach wenigen Tagen entstehe und sie Sophies Verärgerung nachvollziehen könne. Meinrad erklärt trotzig: „Ich rieche nichts" und merkt an, dass wahrscheinlich alle Frauen so übertriebene Geruchsempfindungen hätten.

Der kleine Max kann sich übrigens ebenso wie sein Vater sehr dafür begeistern, wenn er Sophie den Boden aufwaschen sieht. Verschwindet der Kopf seiner Mutter in Richtung Boden, juchzt er in seinem Hochstuhl quietschend auf, verbiegt seinen Oberkörper so weit er kann, um das lustige Treiben seiner Mutter besser beobachten zu können. Sein Lieblingskunststück ist, wenn Sophie mit einem Pinsel die Öffnungen der Kühlschranklüftung knapp über dem Boden säubert. Da lacht er so hell auf, dass auch Sophie das Putzen Freude macht.

Als Sophie und Meinrad erzählen, wie ihr Alltagsleben abläuft, fühlt sich eine andere Bekannte veräppelt. Sie kann nicht glauben, dass in einer modernen Beziehung die Frau alleine fürs Kochen „zuständig" sei, dass Meinrad vom Bahnhof aus anruft und seiner Frau erklärt, dass er gleich zu Hause sei und sie das Essen wärmen könne – und Sophie das auch protestlos tue. Für Meinrad ist das selbstverständlich. Nach Ende des Besuchs erklärt Meinrad, jetzt wisse er, warum die Bekannte single sei. Mit dieser Einstellung könne sie ja keinen Partner finden!

In diesem Jahr bekommt Sophie den Beziehungsratgeber für Kinder „Die 5 Sprachen der Liebe" des amerikanischen Autors Gary Chapman von Meinrads Mutter geschenkt. Das Buch gefällt ihr sehr gut. Sie entdeckt, dass es auch eine Version für Erwachsene gibt, genau das Richtige für Meinrad und sie! Sie besorgt das Buch, liest es, fühlt sich bestätigt. Sie erzählt Meinrad über das Buch. „Zeit für einander" wird als einer der fünf wichtigsten Faktoren für eine funktionierende Beziehung genannt. Wer hätte das gedacht! Sie bittet Meinrad, das Buch zu lesen. Sie empfiehlt es dringend. Sie bettelt darum. Es wäre wichtig für ihre Ehe! Meinrad verspricht, es zu lesen, wenn er Zeit hat. Er legt es auf sein Nachtkästchen. Dort liegt es ungelesen noch zehn Jahre später. Jedes Mal, wenn Sophie Meinrads Nachtkästchen abstaubt, wird sie traurig.

Jedes Mal, wenn sie Meinrad darauf hinweist, erklärt er: „Ich hätte es schon lesen sollen, aber ich habe bisher keine Zeit gehabt."

Sophie leidet noch immer an Einschlafproblemen und erfindet wie in ihrer Kindheit Geschichten, bis sie endlich entschlummert. Ihre männlichen Partner in den Geschichten sind immer ganz anders als Meinrad, den sie sich nicht als Märchenprinzen vorstellen kann. Aber er ist groß, schlank, dunkelhaarig, umarmt und küsst sie – ganz oft und sehr lang, ganz anders als Meinrad, der seine Frau nett und höflich wie alle Leute behandelt.

Anfang September verspürt Sophie extremen Gusto auf Pfirsiche. Sie spaziert mit Max' Kinderwagen zum nahe gelegenen Obstgeschäft und ist so gierig darauf, dass sie diese noch am Rückweg verspeist. Kaum ist sie zu Hause, erbricht sie die Früchte. Sie weiß, Baby Nummer zwei ist unterwegs. Sie hat mittels Mondkalender peinlich genau darauf geachtet, nur die „weiblichen Tage" zu erwischen. Vorhaben sind ja schließlich da, um plangemäß durchgeführt zu werden. Ihr Gynäkologe lacht sie aus, als sie ihm davon erzählt, aber sie behält recht.

Max' Unterhaltungsprogramm ist durch Sophies neuerliche Schwangerschaft etwas beeinträchtigt. War er bisher gewohnt, während ihrer Bügeltätigkeit bequem im Wäschekorb sitzen zu dürfen und beliebig oft wie in einer Jahrmarktsschaukel von Sophie durch die Gegend geschwungen zu werden, wird dies Sophie bald zu anstrengend. Doch Max findet schnell ein anderes Betätigungsfeld. Er wird zum Fensterbankkletterer und Sophie muss ihn regelmäßig, oft im Minutentakt, aus der verwinkelten Ecke zwischen Küchenbank und Fenster „herunterklauben", damit er nicht abstürzt. Manchmal hilft ihr Vater dabei. Im Haus ihrer Eltern macht Klein-Max die Bekanntschaft von Sophies betagter Katze, die bei den Eltern verbleiben musste, da sie Meinrad als „gestört" bezeichnet (weil sie sein Hundetätscheln nicht mag?). Auf allen Vieren versucht das Kleinkind, das spannende Spielzeug zu erjagen, bis die Katze auf einmal sitzen bleibt und den seltsamen Jäger anfaucht. Wenig später stirbt sie – an Altersschwäche, nicht aus Schreck vor Max' Jagdleidenschaft.

Meinrad ist im Büro und zur Entspannung in Parteikreisen oder Männervereinen.

# SABINE

## 2001

Max wird an den Tagen, an denen Sophie arbeitet, von ihren Eltern betreut. Dies gefällt allen Beteiligten sehr gut, besonders Max, dem Sophies Eltern alles erlauben. Verlangt er nach einem „Lü" (Jeder halbwegs Verständige muss wissen, dass Max einen Schlüssel meint.), erhält er vom Opa selbstverständlich einen echten und nicht den weniger spannenden, aber auch weniger gefährlichen bunten Plastikkinderschlüssel. Sophie merkt an, dass ihr nicht recht sei, wenn Max mit so gefährlichen Gegenständen hantiere. Sie hat Angst um ihren Sohn. Auch bei der kurzen Fahrt in Sophies Elternhaus könne es bei einem abrupten Bremsmanöver zu Verletzungen kommen. Sophies Vater schreit, er lasse sich die Erziehungsmethoden in seinem Haus nicht vorschreiben. Einmal packt er den kleinen Max sogar aus dem Auto und stellt ihn ziemlich unsanft neben Sophie: „Wenn's dir nicht passt, kümmere dich selber um ihn!" Sophie wird als „spinnad" und hysterisch bezeichnet.

Einige Tage später kann man in der Zeitung eine Berichterstattung über einen kleinen Buben lesen, der sich bei einer Autofahrt – mit spitzem Schlüssel in der Hand – lebensgefährlich verletzt hat. Sophies Eltern zeigen ihr aufgeregt den Artikel: „Da, hast g'sehn, da muss ma aufpassen!" Sophie schweigt.

Als Sophie wie schon während der Schwangerschaft mit Max von ihr unbemerkte frühzeitige Wehen hat, muss sie wieder eine Woche mit wehenhemmenden Infusionen im Spital verbringen. Ihre Eltern besuchen sie mit Klein-Max. Max bekommt zur Unterhaltung ein Schaukelpferd vom Gang und als dieses nicht frei ist, versucht er auf das Metallgestell zu klettern, das am Ende jedes Krankenhausbettes angebracht ist. Sophie bittet ihre Eltern, das zu verhindern, da sie sieht, dass Max zu klein ist und abrutschen könnte. Ihr Vater keift sie an, dass sie ihrem Kind keine Freude gönne. Sie sei eine schlechte Mutter. Sie sei wieder einmal hysterisch und solle nicht deppert sein. Beim dritten Versuch stürzt Max ab und schlägt sich das Kinn blutig. Sophie sagt nichts. Ihr tut nur ihr weinendes Kind leid.

Die Geburt ihrer Tochter und die Zeit davor beschreibt Sophie so:

*Am Beginn des Mutterschutzes wie bei Max: Spitalsaufenthalt, da der Muttermund geöffnet ist, danach Schonung, bis das Kind reif genug ist.*

*Meine liebe Schwiegermutter kommt 6 oder 7x, Max ins Frühstückssesserl heben, mindestens 3x davon zu spät. Beim Wickeln plärrt er, weil er nicht weiß, dass „Max und Moritz" seine Füße sein sollen und die Gute die Windel nicht schließen kann.*

*Am 6. April ist es dann so weit – Mein Geburtstag ist sich nicht ausgegangen, ich wählte (5. oder 6.) Annas\* Geburtstag, 2 Wochen zu früh, der Muttermund war wieder 5-6 cm offen, in der Nacht vor der Geburt hatte ich auch einige Wehen; ich glaube nicht, dass es noch viel länger gedauert hätte, nicht nur weil mein Gynäkologe am Freitag 6. nachmittags in die Osterferien fuhr. Am 6. ging alles sehr schnell: kein Einlauf. Wehentropf, 6-7 Presswehen und um 9.01 war sie da, unsere Sabine. (Die Nachtschwester hatte mich noch total verunsichert! „Das wird ein Bub!") Sie war so klein und zart, dass man beinahe Angst um sie haben musste, trank aber vom ersten Tag an gewaltig und wiegt mittlerweile so viel wie Max in dem Alter, obwohl sie kleiner ist.*

*Sabine ist sehr friedlich, lieb, dunkelhaarig, viel ruhiger als Max; schläft mittlerweile schon fast durch (manchmal mit „Nachhilfe" in Mamas Bett.) An Max' 2. Geburtstag wurde sie getauft.*

\*Anna ist die „älteste" Freundin Sophies, auch wenn diese ein Jahr jünger als Sophie ist, mit der sie schon in der Sandkiste gespielt hat.

Sophie ist recht froh, dass Sabine zu früh auf die Welt kommt. Der prognostizierte 20. April gefällt Sophie verständlicherweise nicht und den 10., den Geburtstag ihrer Schwiegermutter, will sie auf jeden Fall vermeiden.

Da Sabine immer lächelt – manchmal hat man das Gefühl, sie mache sich schon jetzt über ihre Umwelt lustig, nicht nur über Meinrad, dessen Hüsteln sie mit drei Monaten zum großen Amüsement von Sophies Eltern perfekt parodiert –, wählt Sophie für den Beginn des Babyfilms, den sie wie bei Max zusammenschneidet, die aufgehende Sonne der Teletubbies, Max' Lieblingssendung. Für Sophie ist es auch, als wäre mit Sabine neben Max eine zweite Sonne aufgegangen.

Max ist vom Baby begeistert und gar nicht eifersüchtig auf seine kleine Schwester. Schon vor ihrer Geburt hat er mit Sophies alter Babypuppe eifrig Wickeln geübt. Während Sophie Sabine stillt, sitzt er daneben oder bringt hilfreich frische Windeln, schaut Bilderbücher an oder knabbert an seinem Stoffbuch. Als Sabine beginnt, alle möglichen Dinge ihrer Umgebung in den Mund zu stecken, vermeldet er seiner Mutter dieses jedes Mal ganz aufgeregt, auch wenn diese viel zu groß sind, um von Sabine verschluckt zu werden. „Baby macht ham!"

Jeder Sonntagmorgen artet für Sophie in ziemlichem Stress aus. Nach der Zubereitung des Frühstücks muss sie Sabine stillen, um rechtzeitig für die Sonntagsmesse fertig zu sein. Vielleicht spürt das Baby die mütterliche Anstrengung. Jedenfalls funktioniert das Stillen nie so richtig, die Hektik wird größer. Zusätzlich muss Sophie den kleinen Max unterhalten und fertig machen. Meinrad geht zur Zeitüberbrückung in den Garten. Die Familie kommt meistens zu spät zur Sonntagsmesse. Nach der Messe freut sich Meinrad schon auf das zweite Frühstück beim Pfarrcafé. Er hat zwar meistens keinen richtigen Hunger, hat ja seine liebe Gattin ein ausreichendes Sonntagsfrühstück zubereitet, meistens sogar Kuchen oder Gugelhupf dafür gebacken, aber das Essen in der Pfarre ist gratis und es ist so nett, mit anderen Menschen zu plaudern, schließlich ist Meinrad ja ein freundlicher, kommunikativer Typ. Dass Sophie dabei auf Nadeln sitzt oder vielmehr steht, stört ihn überhaupt nicht. Sie ist halt anderen gegenüber nicht so aufgeschlossen wie er. Dass sie dabei schon an die Zubereitung des Mittagessens denkt, für welches die Zeitspanne immer geringer wird, da ja auch schon Sabine quengelig wird und wieder trinken will, stört ihn ebenfalls nicht. Soll Sophie doch das Baby vor allen Leuten stillen und Max nebenbei füttern, während er plaudert und das Essen schafft sie doch ohnehin jedes Mal pünktlichst. Also wozu die Eile? Während Sophie dann kocht, kann er noch immer ausreichend Zeit für Gartenarbeit nutzen!

Sabine bleibt das Vorhangkleid erspart. Eine Nachbarin ihrer Eltern bietet ein Taufkleid an, das so wunderschön ist, dass keiner widerstehen kann.

Bei Sabines Taufe fehlt Meinrads Bruder Balduin. Er kommt erst zu der von Sophie im eigenen Haus vorbereiteten L-förmigen Tauftafel, um die von ihr gebackenen drei Torten zu verkosten. Er war bei den Anonymen Alkoholikern.

Dafür sorgt Meinrads Mutter bei Sabines Taufe für eine Sondereinlage. Der verhinderte Theologe Meinrad hat einige Fürbitten für die Tauffeier vorbereitet und an einige Verwandte verteilt. Eine, in der für die verstorbenen Angehörigen gebetet wird, teilt er seiner Mutter zu. Während der Tauffeier vernimmt Sophie aus ihrem Mund sehr verwundert die Anrufung von Schutzengerln. Sie empfindet das als etwas primitiv und ärgerlich, möchte eigentlich nicht für jemand gehalten werden, der an herumschwirrende süße Engelein mit flatternden Flügelein glaubt. Als sie Meinrad später fragt, warum seine Mutter etwas komplett anderes vorgelesen habe als vereinbart, erklärt

Meinrad, ihn habe das nicht gestört und sie habe eh zuvor den die Taufe durchführenden Priester in der Sakristei gefragt, ob sie Meinrads Text „verbessern" dürfe. Warum ist keiner auf die Idee gekommen, auch Sophie zu fragen, ob es ihr recht sei, die Verstorbenen zu vergessen und stattdessen liebliche Engel anzubeten? Vermutlich, weil sie nur für kleine und niedere organisatorische Tätigkeiten fähig ist, wie Gestaltung, Druck und Versendung von 100 Geburtsanzeigen an von den Schwiegereltern vorgegebenen (teilweise Meinrad und ihr vollkommen unbekannten) Personen, Gestaltung, Druck und Versendung von 15 Taufeinladungen, die Herstellung von Tauftorten sowie für Dekoration, Gedecke und Schmuck der Tauftafel zu sorgen, kein Problem, sie ist ja in Karenz und muss nebenbei ohnehin nur für zwei Kleinkinder und den Haushalt sorgen. Also sollte sie wohl dankbar sein, dass sich Meinrads hochgebildete Mutter um die Verbesserung des Textes der beiden geistig unbedarften Jungakademiker kümmert. Sophie ist ECHT undankbar und ECHT überheblich! Sie glaubt tatsächlich, dass Meinrads Text eigentlich das ausgedrückt hat, was gemeint war und sie lässt sich auch ungern von Leuten mit zwei Jahren Handelsschulbildung verbessern, deren Gebrauch der deutschen Grammatik bei ihr regelmäßig Magenrotieren verursacht. Blöde Germanisten!

Im Sommer besucht Meinrad ein Seminar und trifft dort eine Bürokollegin Sophies. Er beklagt sich bitter über Sophie und redet ziemlich schlecht über sie. Sophies Kollegin ist empört darüber und weist Meinrad zurecht. Er solle froh sein, so eine Frau zu haben, deren Lebensinhalt Mann und Kinder seien, die ihm alle Wünsche erfülle, ihn bekoche, den Haushalt führe und sich noch um beide Kinder kümmere. Sie kenne niemand, der so sehr in der Arbeit für die Familie aufgehe wie Sophie!

Sophies Eltern kümmern sich seit Max' Geburt zuerst nur um Max, dann um beide Kinder. Ursprünglich ist vereinbart worden, dass Sophies Eltern die Kinder zwei Tage, Meinrads Eltern diese einen Tag zu sich nehmen, damit Sophie an diesen Tagen in Teilzeit arbeiten gehen könne. Als die Kinderbetreuungsfrage konkret wird, rühren Meinrads Eltern jedoch buchstäblich „kein Ohrwaschel". Sie begnügen sich damit, regelmäßig von Sophie Bilder von den Kindern anzufordern, die sie herumzeigen und erzählen, was die Kinder alles täten, „wenn sie bei uns sind". Sophies Mutter, die seit ihrer Geburt in der gleichen Stadt wohnt und sehr viele Leute kennt, wird von einer alten Bekannten, die in derselben Gasse wie Meinrads Eltern wohnt, gefragt: „Komisch, wann sind denn die Kinder bei Meinrads Eltern? Man sieht sie ja nie." Sophies Mutter ärgert sich ziemlich.

Anlässlich von Geburtstagen, Namenstagen und Einladungen zu Ostern, Muttertagen und Weihnachten kreuzen Meinrads Eltern mit Taschen voller Diskont-Geschenken oder abgelaufener Bonbonnieren auf (Meinrads Mutter ist stolz auf ihre Idee der kostengünstigen Verwertung und hat vor Jahren Meinrad und Sophie einmal kichernd gestanden: „Da nehme ich einen Kugelschreiber und überschreibe das Datum, keiner merkt das!" Seitdem macht Sophie regelmäßige Kontrollen der Ablaufdaten der großzügig überreichten Geschenke.), natürlich mindestens zwanzig Minuten zu spät, Pensionisten sind ja vielbeschäftigt. Nun wird inspiziert, ob Sophie ihre Kinder ordentlich erzogen hat. Max ist etwas redefaul. Meinrads Vater meint: „Dudu, Bubili, wieso tust du denn nicht ornlich redi du!" und gibt Sophie die Schuld für die Sprachverzögerung. Als die Kinder in die Schule kommen, werden zwei Mal jährlich die Brillen gezückt und die Zeugnisse genau studiert. Aber hier hat Sophie ordentliche Arbeit geleistet. Beide haben stets Vorzug, fast immer lauter Einser. Nur einmal entgeht ihnen eine Betragensnote Max'. (Er hat zu viel Fachliches in den Geschichteunterricht eingebracht, mehr als die anderen, vielleicht sogar mehr als die Geschichtelehrerin gewusst.) Aber die steht in der ersten Zeile über den Noten der einzelnen Schulfächer und so genau schaut man dann wohl doch nicht.

Max lernt das Sprechen tatsächlich etwas verzögert. Er bildet Sätze aus wenigen Silben. Seine Mutter versteht ihn. Alle anderen hält er für blöd. Ist etwas kaputt, reicht er es seiner Mutter: „Mama, pi!" (Das soll heißen: „Mama, bitte picken.“). Erklärt sich Sophie nicht imstande, etwas zu reparieren, folgert Max messerscharf: „Opa!" Sophies Vater werden alle „komplizierteren Fälle" überantwortet. Fragt man den kleinen Max nach dem Aufenthaltsort seines Vaters, trippelt er zur Terrassentür und erklärt, ganz egal wo Meinrad sich wirklich aufhält: „Papa, Ga." (Soll heißen: „Papa ist im Garten.“)

Nach Sabines Geburt denkt Sophie, dass es nun endlich an der Zeit wäre, dass sie „auch etwas davon hätte". Für ihre Kinder war ihr jede Unannehmlichkeit recht. Meinrad schafft es nie ohne minutenlange Nachhilfe und ist dann in wenigen Minuten fertig, also keine Gelegenheit für Sophie. Andere Möglichkeiten sind Meinrad zu „anstrengend". Einige Male ist Sophie kurz davor, als Meinrad meint, das könne aber nun doch niemand von ihm verlangen. Ihm tue schon die Hand weh. Manchmal sind seine Hände von der Gartenarbeit schmutzig, die Fingernägel schwarz. Sophie, die ewig Lästige, moniert. Meinrad winkt ab. Er hat die Hände gewaschen, also passt alles, ungeachtet Sophies Verletzungen. Manchmal simuliert sie, um Ruhe zu haben und wickelt sich dann lautlos weinend in ihre Decke, während Meinrad sich hochzufrieden umdreht und sogleich geräuschvoll einschläft.

*****

Nie bezeichnet sie Meinrad mit einem liebevollen Kosewort, Sophie ihren Ehemann allerdings auch nicht. Es passt einfach nicht. Für ihre Kinder hat sie eine ganze Fülle von Spitznamen, die ihre Liebe ausdrücken. Meinrad und Sophie sind sich fremd geblieben. Es ist ein einseitiges Verhältnis: Eine gibt unentwegt und einer nimmt permanent.

Meinrad verspricht unentwegt eine bessere Zukunft, zumindest jedes Mal, wenn Sophie eine Nacht durchweint. Er bringt am nächsten Tag eine (teure?) Rose. Er ist nett und höflich wie zu allen Leuten. Also muss ihm doch etwas an Sophie liegen, oder? Nur warum hat sie noch nichts davon gemerkt? Warum zeigt er es nicht? Warum hat er keine Zeit, es zu zeigen? Warum nimmt er sich keine Zeit, es zu zeigen. Will er es nicht zeigen? Weil es nichts zu zeigen gibt? Weil da nichts ist?

# 2004

Sophie lebt für ihre Kinder. Dass es ihnen gut geht, ist für sie das Wichtigste. Sie sollen eine schöne Kindheit haben, keine Sorgen. Um sie dreht sich ihr Leben und sie ist voll beschäftigt damit. Da vergisst sie manchmal fast darauf, dass sie einen Ehemann hat, mit dem sie eigentlich gar keine richtige Ehe führt. Oder zählt Kochen und Essen dazu? Sie findet, das kann sie alleine, mit jeder Freundin, mit Bürokolleg/innen, sogar mit Fremden. Im Büro erzählt sie oft von ihren drei Kindern. Wenn dann die Frage nach dem Alter der drei Kleinen kommt, antwortet sie „5, 3 und fast 50." Sie empfindet das wirklich so. Sie sorgt gerne für andere. Wenn sie Zufriedenheit auf der anderen Seite sieht, ist sie auch zufrieden und glücklich. Bei Kleinkindern ist dies selbstverständlich.

Aber sollte bei einem Erwachsenen nicht etwas zurückkommen? Sie ist kein Fan von einseitigen Leistungen. Sie mag auch keine Freundinnen, die sie ausnutzen. Sie sucht sich diese aus. Nur wenn ein beidseitiges Interesse besteht, Zeit miteinander zu verbringen, für den anderen etwas zu tun, ihn im Bedarfsfall zu unterstützen, kann eine Freundschaft mit Sophie entstehen. Sie findet das selbstverständlich. Sollte es nicht ebenso selbstverständlich sein, dass man für jemanden, den man liebt, alles tut, so viel Zeit wie möglich mit diesem verbringen will? Das kann es doch nicht nur in den Kitschromanen geben! Sie liest diese verstärkt als Ausgleich zwischen „hoher Literatur" und Fachbüchern – SIE hat trotz 40-Stunden-Job, Hausarbeit und Kinderbetreuung noch ausreichend Zeit – und aus Langeweile, damit die freie Zeit vergeht, als Ersatzbefriedigung, weil sie auch gerne so eine schöne Partnerschaft hätte, wie sie in allen Romanen (nicht nur in den Herz-Schmerz-Ausführungen, auch in den literarischen Werken aller Jahrhunderte in allen Kulturen und Sprachen) gelesen hat und liest.

Zwischen Lesen, Kochen und Putzen stürzt sie sich voll auf das Unterhaltungsprogramm ihrer Kinder. Sie liest viel vor, erstellt eigene Bücher für ihre Kinder, bastelt zu verschiedenen Themen und Jahreszeiten, bereitet mit ihnen Motto-Feste vor, regt sie zu musikalischer Tätigkeit an und musiziert selbst mit ihnen. Die ersten Blockflötenversuche beider Kinder ersparen jeden Kammerjäger, aber die Qualität der musikalischen Darbietungen wird besser. Bald stellt die Mutter fest, dass die kleine Sabine Melodie und Takt besser behält als ihr älterer Bruder. Max macht Musik zwar Spaß, aber er scheint in diesem Gebiet nicht so begabt wie seine Schwester zu sein. Als Sophie diese Beobachtung ihren Eltern mitteilt, reagieren jene empört und werfen ihr vor, sie bevorzuge Sabine und habe Max weniger gern. Diese Meinung kommunizieren sie auch Max, der sich ab diesem Zeitpunkt stets benachteiligt fühlt. Sophie ist wieder einmal die Böse. Sie ist tief enttäuscht von der Unterstellung ihrer Eltern. Wie kann man ihr, die nichts mehr liebt als ihre Kinder, deren ganzes Leben darauf ausgerichtet ist, so etwas zutrauen? Sie liebt ihre Kinder gleich, würde alles für sie tun, immer zu ihnen stehen. Einmal sagt sie zu Meinrad, dass sie ihre Kinder so liebe, dass sie jede Falschaussage für diese machen würde, wenn ihnen das helfe, selbst wenn sie einen Mord begangen hätten. Meinrad meint, das würde er nie tun. Sophie versucht, bei ihren Kindern das Bewusstsein zu erwecken, dass sie immer für sie da sein wird, sie bei jedem Problem zu ihr kommen könnten. Sie werde sie ihr ganzes Leben lang unterstützen. Wenn sie in der Schule ungerecht behandelt werden, würde sie sich für sie einsetzen (nur nicht, wenn sie faul oder schlimm wären!) Einige Jahre später tritt der Fall ein. Eine Englischlehrerin, die bekannt dafür ist, Mädchen zu bevorzugen, gibt Max, der sonst lauter „Sehr Gut" hat, aus nicht ganz nachvollziehbaren Gründen ein „Befriedigend". Sophie scheut keine Mühen und vergleicht in stundenlanger Arbeit die Leistungen der Pädagogin (mit extrem hoher Fehlstundenzahl) mit jenen der Parallelgruppe und schickt diese zu der ihrer Dienststelle nachgeordneten Dienststelle. Es dauert zwar etwas, aber einige Monate später wird die Dame inspiziert, ein netter Bericht verfasst und noch ein paar Monate später verlässt diese freiwillig die Lehranstalt.

Dennoch überwachen Max und ihre Eltern ab diesem Zeitpunkt genau, welche Geschenke Max und welche Sabine bekommt. Um sich schon im Vorhinein gegen etwaige Anschuldigungen, Max zu benachteiligen, zu schützen, weist Sophie regelmäßig auf die ungefähre Preisgleichheit hin. Meistens bekommt Max nun sogar ein bisschen mehr, damit sie nicht wieder „die Böse" ist.

Als einige Jahre später von ihren Kindern in der Vorweihnachtszeit das schwedische Luziafest entdeckt wird, Sophie wie im schwedischen Königshaus Lussekatter bäckt und der Tradition gemäß die älteste Tochter des Hauses – da nur eine vorhanden ist, also Sabine – in ein langes weißes Kleid samt beeindruckendem elektrischen Lichterkranz steckt und das Gebäck servieren lässt, kommt sich Max sehr arm vor. Sophie hat für ihn eine Alternativrolle gefunden, damit er auch seinen Part spielen kann. Da er Rudolf, das Rentier mit der roten Nase, so liebt, hat sie ihm ein hübsches Rentiergeweih gekauft. Aber er will partout die Luzia sein. Es hilft nichts. Er tobt und schreit und seine Mutter ist wie immer die Böse. Meinrad hat von allem nichts mitbekommen. Es ist ein warmer Wintertag und er ist im Garten (und gut).

Anfang Dezember 2004 schreibt Sophie in ihr Tagebuch:

*3 ½ Jahre sind vergangen seit der letzten Eintragung – genauso alt ist unsere Maus, Sabine. Max ist 5 ½, kommt nächstes Jahr in die Schule.*

*Mir ist der Lesestoff ausgegangen, darum die Zeit zum Schreiben! (Außerdem ist heute „Papa"-Tag – wir wechseln uns ab mit dem Kinder-ins-Bett-Bringen. An Papa-Tagen sind die Kinder sehr wild, Sabine hat sich gerade den Kopf angehaut und ist zum 3. Mal bei mir im Bett erschienen. Derzeit werden Weihnachtsgeschichten gelesen oder –lieder gesungen, die Playmobil-Krippe steht schon, die Weihnachtsmänner ebenfalls und Meinrad schimpft … bei mir sind sie sehr friedlich!)*

*Unsere beiden sind die süßesten Zwerge der Welt, Max, der brave, blonde, meistens friedlich, nur manchmal wie ein Rumpelstilzchen oder drohend, sich einen anderen Papa zu suchen. Sabine fast so dunkel wie ich, sie sieht mir sehr ähnlich, ist ein raffiniertes Hexerl, das es faustdick hinter den Ohren hat und nur nach 5-maligem Auffordern folgt. Oft ärgert sie Max, aber prinzipiell lieben sich die beiden heiß: Max will Sabine heiraten und umgekehrt. Nur manchmal, wenn sie begreifen, dass das bei Bruder und Schwester nicht geht, meinen sie „na gut, dann heiraten wir eben den Jürgen und die Judith" (ihre Kindergartenfreunde, die genauso alt sind).*

Sophie schwärmt noch seitenlang über ihre Kinder weiter.

Als die Kinder alt genug sind, Schifahren zu erlernen, organisiert Sophie für sie Schikurse. Bei den Anfangsversuchen schaut sie ihnen zu. Später macht Meinrad mit ihnen eintägige Schiausflüge mit der NÖ-Card. Sophie, der Schifahren nie Spaß gemacht hat, freut sich jedes Mal über einen „freien Tag".

Sie nutzt die Zeit, um zu kochen, zu waschen und zu putzen und in der verbleibenden Zeit ein wenig zu lesen. Kaum sind Max und Sophie draußen, gehen sie ihr jedoch schon ab. Meinrad ist es sehr recht, dass Sophie nicht mitfährt, da Schifahren auch mit der NÖ-Card sehr teuer bleibt und die Anschaffung einer weiteren Schiausrüstung ebenso. Manchmal gibt Sophie ihre Karte an Schulkollegen von Max weiter. (Bei den zwei oder drei Klettertouren macht sie es ebenso. Jahre später hört sie von ihren Kindern, dass sie keine Freizeitaktivitäten mit ihnen machen wollte. Sie kann sich nicht erinnern, dass sie je um Teilnahme gefragt worden ist.)

Jedes Jahr freut sich Sophie, dass Meinrad in den Weihnachtsferien einige Zeit mit ihr verbringen wird (nicht „viel", sie wäre schon mit „einige" zufrieden.). Er verspricht dies regelmäßig, nimmt sich auch stets ein paar Tage Urlaub. Diese verbringt er dann in der Kirche, beim Essen, beim Sternsingen mit meist fremden Kindern oder im Garten. Für Sophie bleibt nie gemeinsame Zeit. Die Weihnachtsferien enden für sie jährlich mit einer schweren persönlichen Enttäuschung.

Meinrad verspricht, dass alles im Neuen Jahr besser wird – und Meinrad ist gut, Meinrad ist ehrlich. Nur wirkt er nicht mehr ganz so überzeugend auf Sophie. Soll sie ihm glauben? Kann sie ihm nach so vielen Jahren, so vielen nicht eingehaltenen Versprechen noch glauben? Sie hofft.

# 2006/7

Als Sophie ihr Dirndl zuknöpft, mit dem sie im Herbst das Weinlesefest besuchen möchte, bemerkt sie erstmals, dass sich darunter ein Bauch wie bei einer Schwangeren verbirgt. Ihre Verdauung hat seit Tagen nicht funktioniert. Ab diesem Zeitpunkt wird es für Sophie zunehmend mühsamer und schmerzvoller. Sie führt den Zustand zunächst auf ihre Nervosität aufgrund einer eitrigen Mandelerkrankung Sabines und einer bevorstehenden Mandeloperation zurück, aber es wird nicht besser. Sie besorgt sich Abführtee und abführende Medikamente und beginnt damit zu experimentieren.

Die angespannte Situation mit Meinrads Eltern wird nicht besser. Sie haben sich noch kein einziges Mal um die Kinder gekümmert. Alle ein bis zwei Monate werden kurze Kontrollbesuche gemacht. Mehr ist ihnen die Familie nicht wert. Ähnlich wie ihr Sohn sind die Pensionisten schwer beschäftigt. Die Termine der Besuche geben sie vor, dann „wann wir gerade Zeit haben", „am Weg zum Gasthaus XY sind" etc. Meinrad und Sophie haben dies zu akzeptieren. Sie werden gar nicht gefragt. Oft sind diese Terminvorgaben sehr ungünstig. Beide Elternteile sind 40 Stunden berufstätig. Auch die Kinder planen Freizeitaktivitäten, die mit notwendigen Lernzeiten koordiniert werden müssen. Der Zeitplan der Jungfamilie ist von Sophie ziemlich genau getaktet. Schließlich muss ausreichend Zeit für die wochenendlichen Mittagessen und Meinrads anschließendem Ausnüchterungsschlaf bleiben, für den sonntäglichen Kirchgang und seine Gartenarbeit. Sophie merkt an, sie erwarte eigentlich, dass sich Pensionisten nach zwei Vollzeit-Berufstätigen richten und nicht umgekehrt. Meinrad, der Gute (oder soll man sagen der Feige?), will seinen Eltern nicht widersprechen. Der gewünschte Zeitpunkt der Visite wird bekanntgegeben. Alles hat bereitzustehen. Nur der Besuch kommt nicht, das heißt, er kommt schon, aber nicht zur angekündigten Zeit. Vier Leute warten fünf, zehn, manchmal auch 15 Minuten oder länger auf die Stippvisite. Dann „tata" Auftritt des Herrscherpaares, Bussi-Bussi, Schokolade von Hofer (Sophie schaut verstohlen nach, ob sie abgelaufen ist.), Rapport und Anordnungen, was Sophie alles besser machen kann. In fünf bis zehn Minuten ist alles vorbei. Diese Aktionen wiederholen sich regelmäßig über Jahre hinweg und nerven Sophie zunehmend. Auch Meinrad fühlt sich gestört, da er nie weiß, wann er seine Gartenarbeit unterbrechen muss. (Er kommt dann meistens erst zum Bussi-Bussi-Tschüss sagen, schließlich hat er ja keine Zeit und Gartenarbeit ist wichtig.) Nach wiederholtem Drängen Sophies erklärt er sich bereit, mit seinen Eltern über die ungünstige Zeitdisposition zu sprechen. Er werde dafür sorgen, dass solche Vorfälle in Zukunft nicht mehr vorkommen. Sophie ist beruhigt und stolz auf ihren Mann. Endlich setzt er sich durch, ist seinen Eltern gegenüber kein Lulu mehr. Er ruft an und sagt: „Ja übrigens, die Sophie hat gesagt, das geht so gar nicht." Und das macht er jedes Mal so, wenn Sophie ihn um Unterstützung anfleht und er verspricht, endlich durchzugreifen. Irgendwann merkt Sophie an, dass Meinrad doch auch mit der Vorgangsweise seiner Eltern nicht einverstanden sei und ausgemacht war, dass er ihnen die gemeinsame Unzufriedenheit kommuniziere. Meinrad meint, er hätte dies anders formulieren können. ER bleibt der Gute, SIE ist die Böse, die Lästige, die allzeit Unzufriedene. Es wäre alles so perfekt ohne sie.

Im Grunde weiß Meinrad, dass seine Eltern unmöglich sind. Deshalb ruft er sie auch kaum an, überlässt die lästigen Telefonate ihr. Wenn seiner Mutter langweilig ist, kann das fast eine Stunde dauern. So viel Zeit haben nur Hausfrauen. (Moment! Sophie arbeitet auch 40 Stunden UND kümmert sich um Kinder, Hausaufgaben, hat keine Putzfrau und stellt Menüs auf den Tisch, die es selten wo gibt … oder?)

Sophie muss noch immer die monatliche Kostenaufstellung führen. Die Abrechnung macht sie, da Meinrad dafür keine Zeit hat. Der Arme vergisst noch immer jeden Monat, dass am nächsten Tag der Erste ist! Hat Sophie die Abrechnung auf den Cent genau fertiggestellt, klagt Meinrad zuerst, dass er kein Geld habe, ist dann letztendlich aber meist sehr großzügig. Er rundet auf Zehntelcent auf und weist seine Frau im Graf-Bobby-Tonfall auf seine Großzügigkeit hin. Sophie kommt sich dann jedes Mal wie die Angehörige einer konkurrierenden Firma vor, der man möglichst keinen Vorteil verschaffen will. Sie fühlt sich Meinrad fremd. Sie verweist kein einziges Mal auf die ihr entgehenden Zinsen, wenn sie Beträge im Tausendeuro-Bereich für Auto oder Reisen vorstreckt (oder auch bezahlt, weil Meinrad kein Geld hat.) Warum? Weil ihr das in einer Partnerschaft oder Freundschaft peinlich wäre? Oder sind sie doch Fremde geblieben, wenn Meinrad sein persönliches Wohl, das eigene Geld, an erste Stelle stellt? Eine richtige Partnerschaft, ein Zusammenarbeiten, ist zwischen den beiden noch nicht entstanden. Sophie hat nicht das Gefühl, dass Meinrad hinter ihr steht, dass sie sich auf ihn verlassen kann. Ihr kommt es vor, als würden sie ständig gegeneinander arbeiten.

Oft klagt Sophie über Meinrads oftmaliges Fortgehen. Meinrad meint: „ICH gehe dort hin; wenn du mit mir zusammen sein willst, kannst du ja mitgehen!“ Sophie will die Babysitterdienste ihrer Eltern nicht zu oft in Anspruch nehmen. Sie weiß ja nie, ob sie bei einer diesbezüglichen Anfrage gerade als „Rabenmutter“ bezeichnet wird, ob es heißt „Dauernd seid ihr weg!" (maximal zwei Mal im Monat, ist das „dauernd"?) oder ob es heißt „Na schaut's, dass ein bisserl rauskommt's! Hockst eh nur dauernd zuhaus herum." „Externe" Babysitter kommen für Meinrad nicht infrage. Diese kosten Geld! Besonders begeistert wäre Sophie übrigens auch nicht, ihre Lieblinge einige Stunden Fremden zu überlassen. Da müsste sie sich ständig um sie Sorgen machen.

Fixtermine sind für Meinrad „Sepp Forcher" und andere Volksmusiksendungen sowie Beiträge über Tiere. Der Rest der Familie flüchtet.

Sophie wacht nun fast jeden Tag um ca. vier Uhr morgens auf, richtet das Frühstück für ihre Kinder – das Mittagessen hat sie bis auf einen Tag, an dem Sophies Eltern Essen bringen – vorgekocht und im Backrohr vorprogrammiert. Sie ist gerne früh im Büro, kann sie doch dann am Nachmittag wieder früh zu Hause sein, mit den Kindern lernen, spielen, später nur noch plaudern oder putzen. Auf Meinrad zu warten, hat sie aufgegeben. Ihr Vater kommuniziert ihr, dass sie morgens überflüssig sei und die Kinder sind beim Aufstehen ohnehin grantig. Welches Essen für die Kinder geeignet ist, wird von ihrem Vater beurteilt. Passt alles, passt auch das Essen. Moniert Max, dann passt das Essen nicht. So sei es eine Zumutung, dass Sophie für Max die Frankfurter Würstchen nicht schäle, das arme Kind könne doch keine Würstchenhaut essen. Die nach dem Rezept von Sophies Mutter an einem Faschingsdienstag – wie früher oft in Sophies Elternhaus – zubereiteten Schinkenrollen werden ebenso als für Kinder ungeeignet abgetan, da sie Max nicht schmecken. Max' etwas heikle und vorsichtige Essgewohnheiten bleiben unberücksichtigt.

Sophie erzählt in diesem Zusammenhang sehr gerne die Anekdote vom Max' „erstem Tiramisu". Sophie möchte den Volksschüler für die italienische Süßspeise gewinnen. Sie fragt ihn: „Möchtest du ein Tiramisu?" Max verzieht das Gesicht, angewidert, als wolle ihn die eigene Mutter vergiften. Er fragt wie immer: „Hab' ich das schon einmal gegessen?" Sophie kennt ihren Sohn, also versucht sie es weiter. „So etwas Ähnliches hast du schon gegessen. Es hat dir geschmeckt!" Max: „Was ist denn da drinnen?" Nach der Aufzählung aller Zutaten (jeweils mit dem Zusatz „so ähnlich wie") erklärt sich Max mit gerümpfter Nase bereit, „einen Löffel" zu kosten – und steht wenige Sekunden später mit seiner leeren Schüssel vor seiner Mutter: „Kann ich bitte noch was haben!" Der ersten Schüssel folgt noch eine zweite und eine sehr intensive Liebe Max' zu Tiramisu, die über Jahre währt.

Sophie schält übrigens Max' Weißwürste bis zu dessen Volljährigkeit.

An Wochenenden nutzt Sophie die frühen Morgenstunden zum Waschen, Kochen und Backen – so ein frischer Gugelhupf am Frühstückstisch erfreut schon alle und er wird auch fast immer gleich weggeputzt. (Zu diesem Zweck werden auch die seltsamsten Hochfeste eingeführt und hochgehalten wie „Kaisers Geburtstag" im August, da Kaiser Franz Joseph ja angeblich Gugelhupf sehr geschätzt hat und von Katharina Schratt zum Frühstück damit verwöhnt worden ist. Nur das Absingen der Kaiserhymne untersagt Sophie ihrem Ehemann. Das würden ihre Ohren nicht vertragen.) Sophie nutzt die verbleibende Zeit, bis der Rest der Familie aufsteht, am Hometrainer oder liest. Noch immer versucht sie, Ordnung ins Haus zu bringen. Täglich bittet sie Meinrad, den Zeitungsberg neben dem Esstisch wegzuräumen, der an vielen Tagen beinahe umstürzt und nicht sehr einladend aussieht. Sie droht, die Zeitungen zu entsorgen. Es hilft alles nichts. Meinrad hat keine Zeit dafür. Zwei oder drei Mal ist Sophie so wütend – Meinrad ist wieder besonders verspätet nach Hause gekommen und empfindet das als selbstverständlich, weil er für Pünktlichkeit und Ordnung ja keine Zeit hat – wirft sie die Papierberge im Stiegenhaus hinunter. Meinrad schaut verwirrt und kann die unendliche Arbeitslast in ungefähr einer halben Stunde aufräumen. „Das hätte ich wirklich schon früher machen können!" Er verspricht pünktlicher zu sein, Ordnung zu halten und sich mehr um Sophie zu kümmern etc. etc. Ja, ja, wir wissen's schon. Sophie hört die wohlklingenden Worte nicht mehr vollständig an und widmet sich ihrer Hausarbeit. Das erscheint ihr sinnvoller.

Sophie eilt nach Dienstschluss sofort nach Hause, um sich um Kinder und Haushalt kümmern zu können. Alles ist in ziemlich perfekter Ordnung. Nachmittagsbesprechungen und Dienstreisen versucht sie, möglichst zu vermeiden. Ihre Vorgesetzten sind äußerst verständnisvoll. Als sich ihr die Möglichkeit bietet, zwei Wochentage als Teleworkerin zu arbeiten, ergreift sie diese sofort. Muss sie ein oder zwei Mal im Jahr dienstlich auswärts übernachten, organisiert sie Hausübungs- und Freizeitgestaltung ihrer Kinder und kocht selbstverständlich vor. Für Mittag- und Abendessen werden jeweils in verschiedenen Farben beschriftete Portionen (inklusive Aufwärmanleitungen) im Kühlschrank deponiert, damit sie nur noch aufgewärmt werden müssen. Die eigentliche Dienstreise stellt dann meist eine Erholung vom Alltagsstress dar, doch sie ist stets angespannt, denn bei der Heimkehr muss sie Wäsche- und Putzrückstände aufarbeiten sowie Meinrads inzwischen entstandenes Chaos beseitigen.

Sophie tut alles für ihre Kinder. Irgendwann werden sie sich daran erinnern, dass sich das Leben der Mutter fast ausschließlich um sie dreht, der Vater fast gar nichts tut?! Der kleine Max ist das mütterliche Rund-um-die-Uhr-Unterhaltungs- und -Versorgungsprogramm so sehr gewöhnt, dass er in der Früh nach dem Aufstehen als Erstes fragt: „Mama, was machen wir heute?!" Sophie zerbricht sich ständig den Kopf darüber, sich tolle, schöne, spannende Dinge für ihre Kinder einfallen zu lassen, mit denen diese Freude haben. Solange diese nur Sophies Zeit in Anspruch nehmen und nichts kosten, hat Meinrad nichts dagegen und lässt seine Frau tun, was sie will. Hauptsache, ihm bleibt ausreichend Zeit für die Gartenarbeit!

Die Erziehung der Kinder liegt in Sophies bzw. den Händen ihrer Eltern. Sie versucht, ihren Kindern ihr konservatives Weltbild von der „heilen Familie" zu vermitteln: Partnerschaft, Heiraten, Kinder. Das ist ihr Ideal und daran glaubt sie. Das hätte sie gerne. (Sie kann es leider nur im Konjunktiv II, dem Konjunktivus irrealis, ausdrücken, denn sie hat es ja nicht, obwohl sie seit Jahren unermüdlich daran arbeitet.). Von 50 – 50 Arbeitsteilung für Vollberufstätige sagt sie nichts. Das würden ihr angesichts der Praxis in ihrer Familie auch ihre kleinen Kinder nicht abnehmen. Das predigt nur der aufgeschlossene Meinrad. Glaubt er das wirklich? Versucht er deshalb, die fehlende Leistung durch „Mundpropaganda" auszugleichen? Man muss allerdings zugeben, dass diese sehr wirkungsvoll ist und er vor allem im Büro und manchmal sogar bei Sophies Eltern den Eindruck erweckt, im Haushalt viel zu tun. Drei Wochen vorher ankündigen, drei Wochen nachher die glorreichen Taten verkünden, einmal (oder kein Mal) tun und schon entsteht der Eindruck von sechs Wochen unermüdlichen Plagen. Sophie spricht nicht über ihre Leistungen. Ihre Eltern haben ihr beigebracht, dass die Erfüllung der Pflichten selbstverständlich und unverzüglich zu erledigen ist. Daran hält sie sich ihr Leben lang. Sie sagt vor ihren Kindern auch nicht, dass sie weit weg von dem von ihr verherrlichten Ideal sind. Die Kleinen sollen es ja schön haben und unbeschwert aufwachsen. Sie lässt sich nur selten etwas anmerken und dann erklärt Meinrad, dass die „Mama halt wieder einmal schlecht aufgelegt sei."

Funktioniert irgendetwas nicht, wird das Problem an Sophie herangetragen. Sie ist dafür verantwortlich. Sie ist die Schuldige. Meinrad lächelt zu allem verbindlich. Er mischt sich nicht ein. Er bleibt der Gute. „Fragt Sophie. Fragt die Mama!", sind seine Standardsätze. Er, der sich nicht einmal zwischen zwei Menüs auf der Speisekarte entscheiden kann, erspart sich so das Entscheidenmüssen. (Er hat ja dafür keine Zeit.) Haben die Kinder eine Idee, der nicht zugestimmt werden kann, schickt er sie zur Mutter. Sie muss „Nein" sagen. Sie ist die Böse. Passt ihren Eltern an den Kindern oder Meinrad etwas nicht, heißt es „Geh', sag' ihm, so geht das nicht! Warum hast du nicht dafür gesorgt, dass ...!" Nächster „Schwarzer Peter" für Sophie! Angenehmes Dauerfeeling, oder?

In einem ihrer wenigen Gespräche über Sex lehnt Meinrad jegliche Experimente ab – als er einige Jahre davor bei einem gemeinsamen Besuch einer Bekannten das „Kamasutra" in deren Bücherregal entdeckt hat, war er ziemlich schockiert, dass eine bisher als seriös eingestufte Frau so eine Lektüre besitzt. – Er erklärt kategorisch: „Seien wir uns ehrlich, diese ganzen Stellungen aus den Büchern funktionieren ja nicht. Die sind absolut unrealistisch."

Während eines Jungscharlagers bekommt Sophie von Fußballfan Max den Auftrag, ein Halbfinalspiel im Fernsehen anzusehen, um ihm genau Bericht erstatten zu können. Sie macht dies natürlich, hält die Abwesenheit der Kinder jedoch auch für eine ideale Gelegenheit, die Zweisamkeit mit Meinrad so richtig ausleben zu können. Sie schlägt ihrem Mann vor, doch einmal den weichen Wohnzimmerteppich vor dem Fernseher auszuprobieren. Meinrad sieht sie verdutzt an, räuspert sich einige Mal und fragt: „Was meinst du denn jetzt?" Sophie präzisiert ihren Vorschlag. Meinrad taxiert den Teppich langsam von links, dann ausgiebig von rechts. Sodann räuspert er sich noch einige Male und spricht, man könne eventuell darüber reden. Zuvor hätte er noch Wichtigeres zu erledigen. Er geht in den Garten und kehrt nach mehr als einer Stunde wieder. Sophies Lust ist vergangen. Meinrad stärkt sich noch mit einem Krug Bier, räuspert sich und rülpst. Dann geht er die Sache an. Sophie lässt sie pflichtschuldig über sich ergehen. An Details kann sie sich nicht mehr erinnern. Sie macht nie wieder einen Vorschlag dieser Art.

Sie hat allerdings noch viele andere romantische Ideen für ihren Partner. Sie stellt es sich jedes Mal sehr schön vor und wird jedes Mal bitter enttäuscht. Entweder Meinrad hat keine Zeit (Der Garten ruft!) oder er nutzt die Abwesenheit der Kinder zur Aufarbeitung von Akten. Einzig für ein romantisches Abendessen, das Sophie vorbereitet hat, findet er Zeit. Er bedankt sich sehr höflich und sagt, dass es ihm gut geschmeckt hat, ehe er wieder in den Garten geht. – Mit Flutlicht ist es hell, es ist warm und die Pflänzchen sind so schön …

Sophie hat längst gemerkt, dass Meinrads ausschließliches Interesse dem Essen gilt, das sie herstellt. Sie entwickelt eine Abneigung dagegen. Wenn sie sich wieder einmal besonders vernachlässigt oder ungerecht behandelt fühlt, ihr langweilig ist (und das ist sehr oft), erbricht sie ihre Unzufriedenheit mit ihrem Leben. Anfänglich versucht sie, das Erbrechen als plötzliche Übelkeit oder Folge verdorbener bzw. ungewohnter Lebensmittel zu verschleiern. Später macht sie sich keine Mühe mehr. Meinrad kommt manchmal vorbei und beklagt, wie teuer es sei, Speisen zu erbrechen. (Weniger Verschwendung ist bestimmt, übriggebliebene Lebensmittel wie Meinrad einfach aufzuessen, so lange bis einem selbst schlecht wird. Einige Male hat Meinrad übrigens auch erbrochen, weil er sich schlichtweg überfressen hat.)

Die ersten Urlaube verbringt die Familie in Gästezimmern für Bundesbedienstete oder Appartements, in denen Sophie selbst kocht. Einen Urlaub in der Schweiz bekommen sie von Sophies Eltern geschenkt. Für die Mittagsverpflegung macht Sophie für alle Sandwich. Meinrad sind die Urlaube stets zu teuer. Er lamentiert heftig und macht Sophie Vorwürfe. Erzählt er später im Büro, wie viel die Urlaube gekostet haben, erntet er erstaunte Blicke, dass man so günstig Urlaub machen kann. Seiner Frau glaubt er nicht, den C-Bediensteten seiner Dienststelle schon.

Der sparsame Meinrad beklagt sich beim Frühstück am Wochenende stets über seine Familienangehörigen, die so unachtsam mit Übriggebliebenem umgehen. Dabei handelt es sich meist um Semmelbrösel, die am Teller geblieben sind und von Sophie weggewaschen werden. Manchmal kommt es fast zu Handgreiflichkeiten, wenn Sophie ein „fast volles" Teller abserviert oder Max spitzbübisch schnell zur Abwasch huscht, um den Vater zu überlisten. Meinrad brüllt jedes Mal „Nein, das gute Essen, da war noch so viel drauf!", und hält einen Kurzvortrag über „arme Negerkinder", die verhungern müssen, während hier sinnlose Verschwendung herrscht. Max rät dann meist zur Übermittlung eines Care-Paketes mit den gesammelten Bröseln.

Der „Kampf um den Küchenschwamm" ist ein harter. Er entbrennt nicht etwa, weil Meinrad Geschirr abwaschen will, oh nein; der Küchenschwamm ist heiß umkämpft, wenn ihn Sophie nach wochenlanger intensiver Benutzung – meistens ist er dann schon dünn, löchrig und stinkt – entsorgen will. Sie wirft ihn in den Küchenrestmüll, Meinrad kreischt und holt ihn – er ist ja schlau – unbemerkt wieder aus dem Müll, wenn sich Sophie einmal kurz nicht in der Küche aufhält. Entsorgt Sophie Küchenschwämme, wenn Meinrad nicht in der Küche ist, ändert das nichts. Meinrad kontrolliert den Müll und holt Dinge, die seiner Meinung nach noch gut sind, wieder heraus. Sophie findet die von Meinrad geretteten Objekte dann meist Wochen später in Kellerschränken oder unter dem Gästebett. Sophie ist allerdings „schläuer" (Dieser Komparativ gefällt Max besonders gut, seit er ihn in einer heiteren Operettenaufführung einmal gehört hat. Seine Mutter hat ihm durchaus rechtzeitig deutsche Grammatik beigebracht. Er weiß also, dass die Komparativbildung falsch ist!). Sophie sammelt die geretteten Objekte wieder ein und entsorgt sie an anderen Stellen. Entweder sie geht zum nächsten Mistkübel auf der Straße, stopft den Müll am nächsten Tag in den Bahnhofsmistkübel oder entsorgt ihn im Büro. Nur wenn sie sich sehr über Meinrad ärgert, zerschneidet sie die grauslichen Schwämme genüsslich vor seinen Augen mit dem Hinweis, dass sie nun auch ER nicht mehr verwenden könne.

✶✶✶✶✶

Sophie arbeitet weiter an ihrer Beziehung. Oft stellt sie sich romantische Szenen mit Meinrad vor. Zu ihrem zehnten Hochzeitstag lässt sie sich etwas ganz Besonderes einfallen. Die Kinder sind auf Jungscharlager, also ist genug Zeit für Zweisamkeit. Sie schenkt Meinrad eine Übernachtung im Hotel Sacher und freut sich schon auf den Abend (und die romantische Nacht). Meinrad erscheint mit einer mit Akten vollbepackten Tasche, um die Zeit sinnvoll nutzen zu können. Aus dem Nebenzimmer sind Geräusche zu vernehmen, die ziemlich eindeutig zuzuordnen sind. Meinrad möchte auf dem Laufenden bleiben und schaltet die Nachrichten ein: Es läuft ein Bericht über den Tod Michael Jacksons. Da ja Hochzeitstag ist, geht man auf einen kleinen Imbiss und Drink auf den Wiener Rathausplatz. Danach ist Meinrad müde, rollt sich auf seine Bettseite und stellt fest, dass er sich die Betten im Hotel Sacher eigentlich bequemer vorgestellt hätte. An seinen gleichmäßigen Schnarch-geräuschen merkt Sophie, dass er nach wenigen Minuten ein-geschlafen ist. Meinrad kommt bei Sophies Geschenk voll auf seine Rechnung. Er ist begeistert vom Frühstücksbuffet, weiß gar nicht, wo er anfangen soll, futtert, bis ihm schlecht wird, hoffentlich muss er sich nicht anspeiben, aber es hat sich ren-tiert – und vor allem, es hat nichts gekostet, weil alles Sophie bezahlt hat!

Meinrad nutzt die Abwesenheit der Kinder übrigens: Endlich hat er Zeit für seinen Garten!
Am Ende der Woche, als sie die Kinder abgeholt haben, über-gibt sich Sophie.

Vor seinem Bruder, der die Mutter seines Kindes mit einem wenige Jahre alten Kleinkind sitzen gelassen und sich ins Aus-land abgesetzt hat, protzt Meinrad mit Haus und gut funkti-onierender Ehefrau. Sophie darf die Herren bekochen und kümmert sich während der Männergespräche um die gemein-samen Kinder.

Warum hofft sie eigentlich immer noch?

# 2012/13

Um ihren Kindern ein möglichst abwechslungsreiches, unterhaltsames, gleichzeitig auch bildungsförderndes Programm bieten zu können, besorgt Sophie Bücher aus unterschiedlichen Bereichen, musiziert mit ihnen, kocht und dekoriert zu von ihnen ausgewählten Themen, bastelt mit ihnen (und stellt auch die Bastelprojekte fertig, die Max und Sophie hochmotiviert einen halben Tag vor einem Verwandtenbesuch begonnen und zehn Minuten später erschöpft abgebrochen haben. Kuchen und Torten für die liebe Verwandtschaft sind dennoch stets ausreichend vorhanden, die Tische gedeckt, alle sind zufrieden und bewundern die Werke der Kinder.)

Wenn sich keiner mit Sophie beschäftigt, schnappt sie sich ein Buch. Ist sie gefragt, legt sie es sofort weg. Nur als sie den ersten Harry-Potter-Roman liest, vertröstet sie Max auf eine halbe Stunde später.

Sie plant Ausflüge, damit sie die nähere Umgebung und ihr Heimatland kennenlernen. Max führt akribisch eine „geistige Liste", welche Landeshauptstädte, Theater und Museen ihm noch „fehlen". Sie fährt mit dem begeisterten Max (und der weniger interessierten Sabine) alle U-Bahn-Linien ab und Max merkt sich alle Stationen. Sie spielt mit ihnen stundenlang Karten und Brettspiele, sieht mit ihnen nette Zeichentrickfilme und später auch Action-Serien, die ihr weniger gefallen, an. Sie interessiert sich für alles, was ihre Kinder interessiert, beginnt sich sogar mit Fußballvereinen zu beschäftigen und klebt stundenlang die Sammelbildchen ihrer Kinder in Alben ein, da den lieben Kleinen dies zu mühsam ist.

Meinrad bevorzugt Ausflüge mit der Niederösterreich-Card,

da diese nichts kosten. Damit Meinrad sieht, wie viel Geld er sich erspart, muss Sophie jedes Jahr eine Liste mit den Eintrittspreisen führen und sie mit dem Preis der Niederösterreich-Card gegenrechnen. Meinrad freut sich dann sehr über den „Gewinn".

Für Sophie bedeutet jeder Ausflug, jeder Urlaub ein Unendliches an Mehrarbeit. Nicht nur muss sie alles planen, vorbereiten und einpacken – Meinrad hat ja keine Zeit. Sie hat dafür zu sorgen, dass alle Ziele pünktlich erreicht werden – und das ist bei Meinrads Timing nicht so einfach! Später nimmt Max Meinrads Unpünktlichkeit an. Sophie steht extra früher auf, um die Jausenweckerl für die Familie herzustellen (Billiger als Essen gehen!), aber in entsprechender Qualität und Menge, diverse Wurst-, Schinken-, Käsespezialitäten, gemischt mit Gemüse, – und für jeden Gaumen das Bevorzugte, besonders beliebt ist bei jedermann Räucherlachs, Prosciutto nur bei Meinrad, eine Zeit lang findet Sabine Käse „grindig", beide Kinder mögen Meinrads Rucola nicht … also alles kein Problem! Während Sophie sich abschwitzt, um das vereinbarte Timing einzuhalten, solange die Kinder noch klein sind, diese fertig macht und schließlich mit beiden im Auto sitzt, schnipselt Meinrad fröhlich entspannt im Garten. Nach der dritten oder vierten Aufforderung, endlich weiter zu tun, erklärt er arglos „gleich", er sei eh fertig, müsse nur noch aufs Klo gehen, was aber erfahrungsgemäß bei den Mengen, die Meinrad verschlingt, ziemlich lange dauern kann. Damit Meinrad dabei nicht fad wird, nimmt er sich in weiser Voraussicht oft eine Zeitung oder den Hofer-Prospekt der vergangenen Woche mit und damit alle sehen und hören können, dass er sich eh anstrengt, möglichst schnell fertig zu sein, lässt er die Türe offen. Sophie schwört sich jedes Mal: „Nie wieder!", und tut es doch jedes Mal wieder, der Kinder zuliebe, sie sollen doch eine schöne Kindheit haben.

Einmal fahren sie sogar mit einem Minikühlschrank im Auto auf Sommerurlaub in den Süden, angefüllt mit abgefallenen faulenden Marillen aus Nachbars Garten, die Meinrad seelenruhig eingesammelt hat, während die anderen drei schon im Auto warten. Trotz Kühlschrank sind die Marillen nach einigen Tagen verdorben. Außer Meinrad kann sich keiner überwinden, das langsam verderbende Obst zu verspeisen. Während ihm der Marillensaft übers Kinn tröpfelt, erklärt er immer wieder: „Ausgezeichnet. Köstlich! Die müsst ihr unbedingt auch probieren!"

Bei Spaziergängen im Urlaub bleibt Meinrad immer zurück. Er schaue sich halt alles ordentlich an, es wäre ja sonst schade ums Geld. In Museen bekommt Max manchmal den Auftrag, den Vater „an die Leine" zu nehmen, damit er nicht verloren geht. Sabine und Sophie machen bezüglich Kulturbeflissenheit die Probe aufs Exempel. Als Meinrad auf einem großen Parkplatz wieder einmal „die Partie aufhält", wird er, der für Autos absolut kein Interesse hat, gefragt, was er denn nun kulturhistorisch Wertvolles bestaunt habe.

Nach Ende jeder Reise heißt es für Sophie Koffer ausräumen, Wäsche waschen, Post aufarbeiten (Meinrad hat keine Zeit dafür.), aber bitte Essen rechtzeitig am Tisch! Sie freut sich aufs Büro, DIE Erholung!

Zu Elternabenden und -sprechtagen bekommt Meinrad weder von seiner Frau noch von seinen Kindern Starterlaubnis. Zu sehr fürchten alle peinliche Meldungen oder Ausbrüche Meinrads, die den Kindern zum Nachteil gereichen könnten. Ein einziges Mal geht er zu einem Elternabend, als es eine Terminkollision mit einem zweiten gibt. Hallo, da wird aber ein Radau darum gemacht! Meinrad erzählt es überall herum, im Büro, seinen Eltern, Sophies Eltern, allen Bekannten und Verwandten, der Superpapa, sodass der Eindruck entsteht, dass die von

Sophie besuchten, gerechneten 40 nie vorhanden waren (3 x Kindergarten Max, 2 x Sabine, da ein überschneidendes Jahr = 5; 2 x 4 Volksschulelternabende = 8 + 6 Volksschulsprechtage = 14; 2 x 4 Elternabende AHS + ca. 12 Sprechtage AHS (meist nur Wintersemester) = 20/21, also insgesamt ca. 40). Doch halt, ein- oder zweimal geht Meinrad am Sprechtag mit und plaudert mit Religions- und Turnlehrer, die er privat kennt. Er kommt sich dabei sehr bedeutend vor.

Gemeinsame Arzttermine hat Sophie zu vereinbaren, da Meinrad dafür keine Zeit hat. Meist kommt er zu spät oder manchmal auch gar nicht, weil er ja keine Zeit hat. Besonders ein Arzt fragt jedes Mal in nasalierendem Tonfall: „Na, wo ist denn der Herr Gemahl?" Sophie ist das ziemlich peinlich.

Sophie hat, um ihre Langeweile zu beseitigen, tausende Bücher gelesen – oft bis zu dreißig im Monat. Sie hat Bilder gemalt, Malen nach Zahlen, ihre Kinder, ein riesiges Gemälde ihrer Heimatstadt. Sie fertigt Kinderhandtücher und Waschlappen an, strickt Pullover. Zu jeder Jahreszeit hat sie mindestens eine Tischdecke gestickt, auch viele für ihre Mutter. Ihr Prunkstück ist eine Tischdecke mit dem Landesheiligen in der Mitte, das Bild aus dem Babenbergerstammbaum, jedes Pixel ein Kreuzstich. Irgendwann gehen ihr die Muster aus.
Die Tischtücher werden je nach Jahreszeit gewechselt, unter einem Plastiktischtuch, damit sie Meinrad nicht anpatzen und kaputtmachen machen kann und beim Rotweintrinken nicht aufpassen muss. In der Mitte des Tisches steht jeweils ein passendes Dekorationsobjekt. Sophie würde manchmal dafür gerne Blumen aus dem Garten nehmen, denn wozu hat man ihn denn sonst? Doch Meinrad schimpft: „Es ist schade um die schönen Schneeglöckchen!" Da Gartenblumen nicht gepflückt werden dürfen und dort bleiben müssen, wo sie der Betrachter

leider nicht sieht, hinten im Garten oder im Unkraut versteckt, behilft sich Sophie mit Seidenblumen. Auch nicht recht! Meinrad kreischt: „Was das gekostet hat, will ich gar nicht wissen!"

Betritt Meinrad das Wohnzimmer, während Sophie gerade mit den Kindern plaudert oder unbeschäftigt ein Buch liest, und ist gerade mitteilsam, reißt er die Türe auf und gibt seine Botschaft ab, ohne darauf zu achten, ob er vielleicht gerade ein Gespräch unterbricht oder Sophie beim Lesen stört. Weist ihn Sophie darauf hin, heißt es: „Du beklagst dich ja immer, dass ich mich nicht um dich kümmere. Jetzt passt es dir nicht!" Oft ziehen die Jugendlichen beleidigt ab, wenn die Mutter ihre Anliegen nicht weiter anhört. (SIE ist böse, weil sie nicht weiter zuhört oder eigentlich nicht weiter zuhören kann.) Sophie liest meist die Seite schnell fertig, um Meinrads guten Willen zum Kümmern zu respektieren. Hat er ausgesprochen – meist erzählt er vom letzten Krach im Büro oder seiner Überlastung –, geht er wieder in den Garten und Sophie bleibt alleine zurück. Ihre Kinder haben sich mittlerweile andere Beschäftigungen gesucht. Versucht sie, Meinrad auch etwas vom Büro zu erzählen, unterbricht er, keine Zeit, uninteressant oder es fällt ihm noch etwas anders ein und er unterbricht wieder.

So oft ihn Sophie darauf aufmerksam macht, er gewöhnt es sich nicht ab. Bittet sie Meinrad in Anwesenheit ihrer Eltern darum, doch bitte endlich einmal ausreden zu dürfen, erntet sie böse Blicke ihres Vaters: „Ich steh gleich auf und geh, das ist ja nicht auszuhalten!" Was ist nicht auszuhalten? Sophies höfliche Bitte, sie auch als gleichwertige Gesprächspartnerin zu akzeptieren oder Meinrads mangelnde Gesprächskultur? Die Böse ist IMMER sie selbst! Sie geht speiben, um sich abzureagieren, um den Ekel loszuwerden, wie man mit ihr umgeht.

Irgendwann lässt Sophie Meinrads Gequatsche nur mehr über sich ergehen. Das Buch legt sie nicht mehr weg. Der Inhalt ist spannender! Meinrad fällt es nicht auf. Hauptsache, er kann reden.

Ab Sommerbeginn ist Meinrad jedes Jahr grantig, sieht er doch Herbst und Winter herannahen, welche die so geliebte Gartenarbeit erschweren oder unmöglich machen. „Der Herbst kommt" ist ab 21. Juni sein Standardspruch. Man hört ihn oft, am Esstisch, wenn Meinrad aus dem Garten kommt oder durch die offene WC-Türe. Die vielfältigen Geräusche, an denen Meinrad seine Mitbewohner/innen Anteil nehmen lässt, sorgen oft für Verwirrung. Eigenartige Tonfolgen, Zeitungsrascheln, Selbstgespräche; man weiß nie, ob er mit sich selbst spricht oder Botschaften an seine Mitmenschen übermitteln will und die WC-Türe deshalb offen ist. „Bald kommt der Freitag!", ist auch so ein Spruch, allerdings ein Freude verheißender, da Freitag für Meinrad das Glück ausdrückt, sich bald zwei Tage nur dem widmen zu können, was er liebt, nämlich der Gartenarbeit (und außerdem ausgiebig essen zu können. Er fragt täglich nach, was Sophie am Speiseplan hat. Man muss sich ja auf etwas freuen können! Und keiner soll behaupten, dass er kein Interesse an Sophie zeigt! Na also!).

Als Meinrad das vorgeschriebene Alter erreicht hat, wird ihm der Hofratstitel verliehen. Er kommt leicht in die Midlife-Crisis und jammert nun nicht nur über Wetter und Jahreszeit. Zur Vorbereitung seiner Hofratsfeier nimmt sich Sophie selbstverständlich Zeit, zwei Urlaubstage und stellt in mehrtägiger Vorbereitungsarbeit ein Buffet für ca. 50 Kolleg/innen Meinrads zusammen. Selbstverständlich ist ihr Meinrad dieser Aufwand wert und selbstverständlich bedankt sich Meinrad in seiner Hofratsrede, welche die Kollegenschaft vor der Eröffnung des Buffets anhören darf, seiner „lieben Gattin" für die Mühe. Meinrads Eltern sind mächtig stolz auf ihren Hofrat. (Komischerweise ein paar Jahre später Sophies Onkel auf seine Nichte ebenfalls, als diese den Titel „Ministerialrätin" verliehen bekommt. Sie weiß eigentlich nicht, was sie dazu beigetragen hat, außer älter geworden zu sein. Als sie bei einer Gesellschaft von Meinrads Eltern einem angesehenen, lang gedienten Landesbeamten gegenüber, dem sie ihr Schwiegervater sehr wichtig als „Frau Ministerialrat" vorstellt und der dazu anerkennend nickt, erwähnt, dass das eigentlich jeder Trottel werde, verschluckt sich dieser fast vor Lachen.)

Für die Familienfeier anlässlich der bedeutenden Hofratsfeier hat sich Sophie neben mehrgängigem Menü inklusive „Hofratstorte" (Die gibt's wirklich!) wieder einmal etwas ganz Besonderes ausgedacht. Schon Monate vorher hat sie mit ihren Kindern einen Film gedreht. Darin geht es nicht nur um mögliche Bedeutung der Abkürzung „HR", sondern in einigen Szenen treten die Kinder und sie auch als Darsteller/innen auf. Sabine ruft von der Terrasse nach dem Hofrat – und das Hunderl, das so heißt, erscheint sogleich. Inspiriert von einer Szene, die Sophie vor Jahren in ihrem Elternhaus gesehen hat, verkleidet sie sich als Asiatin. Ihre Vorlage stellt eine Dokumentation dar, in der (teilweise echt proletoide) Österreicher junge Asiatinnen als Ehefrauen kaufen und diese berichten, warum ihnen das (nicht) gefällt. Eine Begeisterte mit einem hässlichen und dümmlichen Mann, der zum Abgewöhnen ist, lacht in den Bildschirm, zeigt ihre funkelnagelneue Küche und als Gipfel des Luxus zwei Mixer, die ihr der großzügige Ehemann gekauft hat. Sophies Vater hat gefilmt, als Sophie im Kimono in die Kamera säuselt: „Ich bin sooo glüühücklich mit meine Hell Hoflat, el hat mil gekauft zwei Mixel!" Dann strahlt sie verzückt, ehe die Kamera abblendet. Die liebe Familie findet das sehr lustig, auch als in der Schlussszene „Es lebe der Zentralfriedhof" erklingt.

Sophie HAT zwei Mixel, sie könnte sich um ihr eigenes Geld hundert oder noch mehr Mixel in allen Farben und Größen kaufen, rote, blaue, grüne, gelbe, gepunktete und gestreifte. Sie will von Meinrad keine Mixel, sondern einfach nur, dass er ab und zu Zeit mit ihr verbringt und nicht nur im Garten werkt. Unter „gemeinsame Zeit" fallen nach ihrer Definition nicht die Zeitabschnitte, in denen sie Meinrad das Essen serviert und im selben Raum, in dem er speist, abwäscht. Auch gemeinsame Messbesuche zählt sie nicht dazu, auch nicht seine parallele Anwesenheit im Garten, während sie im Haus kocht und putzt oder sich um die Kinder kümmert. Nein, sie meint einfach nur Zeit, die gar nichts kostet, die Meinrad und sie zu zweit verbringen. Hier unterscheidet sich ihre Meinung ganz eindeutig von der Meinrads, der meint, wenn er sich im Umkreis von 20 Meter Entfernung befindet, sei das „gemeinsame Zeit und Nähe". Ganz schön anspruchsvoll und ausgefallen diese Frau, oder? Aber wir wissen ja schon, was Meinrad und die liebe Familie sagen. Sophie spinnt halt mal wieder. Aber das vergeht und solange ausreichend Essen am Tisch steht und das Jausenpackerl fürs Büro zubereitet wird, passt ja alles, oder?

Nach der Hofratsfeier ist Meinrad guter Stimmung und äußert sich honorierend über die Leistungen seiner lieben Gattin wie der Opapa zu seinen Enkerln, die ein liebes Gedichterl heruntergestottert haben. Um ihr eine Freude zu machen, fügt er gewohnheitsmäßig hinzu: „Ich hätte mich mehr um dich kümmern sollen", und verspricht, dass ab jetzt alles besser werden wird. Sophie hofft. (Ist sie echt so blöd?)

Es wird nicht besser. Meinrad lebt wie bisher für Essen und Garten und Sophie bleibt alleine, wenn sie sich nicht mit ihren Kindern beschäftigt. Auf die Rolle der Pfarrersköchin reduziert, teilt Sophie Meinrad öfters verärgert mit, dass ihr das überhaupt nicht passe. Meinrad lässt alles Klagen, Heulen, Toben wie bei seinen Eltern über sich ergehen – da rein – da raus – bringt am nächsten Tag eine Rose, setzt sich zum Esstisch, lobt das Essen und geht in den Garten.

Mehrere Versuche Sophies, ihrem Vater das Scheitern ihrer Ehe mitzuteilen, schlagen fehl. Er lehnt Zuhören und Unterstützung ab. „Das interessiert mich nicht. Das müsst ihr euch selbst ausmachen!" Sophies Eltern erwarten von ihr ein Leben nach dem Operettenprinzip „Immer nur lächeln und immer vergnügt, immer zufrieden ..." Kennern des Musikstücks ist die letzte Zeile bekannt: „Doch wie's da drin aussieht, geht niemand was an." Offenbar HAT es niemand anzugehen. Denn versucht Sophie, ihre immer größer werdende Verzweiflung über die unbefriedigende, aussichtslose Beziehung zu Meinrad anzusprechen, wird sie als „unzufriedene Spinnerin" abgekanzelt und wie immer mindestens einige Tage oder Wochen mit Kälte bestraft. Also schweigt und leidet sie weiter. Wenn sie zu viel Kummer und Ärger hinuntergeschluckt hat, speibt sie es hinaus.

Meinrad ist stets einsichtig: „Ich weiß, ich habe mich viel zu wenig um dich gekümmert. Ich hätte mir mehr Zeit für dich nehmen müssen. Ich werde mich bemühen." Sophie hofft weiter – immer weniger, aber doch – und erfüllt ihre Rolle perfekt. Sie will sich nicht vorwerfen müssen, aufgegeben zu haben, solange nicht alles hoffnungslos ist, solange sie nicht alles versucht hat. Sie ist gewohnt, ihre Ziele zu erreichen. Sie arbeitet weiter daran.

Oft weint Sophie am Abend. Sie weint dabei so laut, dass es alle hören. Sie will gehört werden, sie will getröstet werden. Niemand kommt. Sie bleibt allein. Am härtesten trifft sie, dass sich nicht einmal ihre Kinder um sie kümmern. Also ist sie auch denen nichts wert. Sie weint sich in den Schlaf. – Jahre später erzählt ihr Sabine, dass Max und sie jedes Mal zu ihr gehen wollten, um sie zu beruhigen. Doch der Vater hat sie zurückgehalten, ihnen verboten, die weinende Mutter zu beruhigen. „Die spinnt schon wieder, das vergeht wieder!" Meinrad, der Gute, Meinrad, der Edle, hat wieder einmal einfühlsam und liebevoll genau das Richtige getan!

Einmal wirft Sophie ihren Ehering sogar beim Schlafzimmerfenster hinaus. Meinrad schaut etwas verwirrt, geht den Ring suchen, findet ihn, verspricht Besserung, sagt, dass er sich zu wenig um Sophie gekümmert hätte – und macht weiter wie bisher. In Freundes- und Bekanntenkreisen versteht es Meinrad sehr geschickt, sich als den guten, edlen Ehemann darzustellen, der die Launen der bösen Gattin mit unendlicher Geduld erträgt. Sophie ärgert sich.

Meinrad beharrt auf seinem „Naturgarten". Böse Zungen bezeichnen diesen als „Gstätten voller Unkraut". Außer Meinrad geht keiner hinaus, nur kurz Baden. Max' Fußballspiel ist oft durch herumliegende Äste gefährdet. Meinrad fischt den Müll mehrmals aus dem Mistkübel, darunter „wertvolles" kaputtes Kleinkinderspielzeug aus Überraschungseiern und bezeichnet seine Familienangehörigen als „Verschwender". Verdorbenen Biomüll hält er ihnen mehrmals während des Essens direkt unter die Nase, um zu demonstrieren, wie gut faulende, gärende und schimmelnde Produkte noch seien. Sophie steht auf und erbricht in die Toilette.

✶✶✶✶✶

Sophies Verdauungsprobleme sind nicht besser geworden. Sie hat schon alles ausprobiert, tausende Euros für teure Pulver, Untersuchungen und Kuren ausgegeben. Von den Hausmittelchen, welche ihr Bürokolleginnen empfehlen, bis zu Tees, Ayurvedaprodukten und schweren Medikamenten hilft nichts länger als zwei bis drei Wochen. Sie versucht, ihre Ernährung umzustellen, sich gesünder zu ernähren, holt Rat von Ernährungsberaterinnen. Grüne Äpfel werden ihr empfohlen. Sie schreibt diese auch auf die Einkaufsliste, wenn Meinrad am Wochenende zur Schnäppchen-Tour aufbricht. Er bringt rote Äpfel. Diese seien billiger gewesen.

Darmspiegelung und Koloskopie hat sie bereits hinter sich. Aus dem AKH, wo sie bei einer Untersuchung Anästhesie bekommen hat, holt sie Meinrad sogar ab – mit der U-Bahn, weil ihm der Parkplatz zu teuer ist. Sophie schafft es gerade bis nach Hause, wo sie zusammenbricht und einen halben Tag im Bett verbringt. Sophies Eltern reagieren ausnahmsweise verärgert über Meinrads Verhalten. Er versteht das nicht, die U-Bahn-Verbindung zum AKH ist doch perfekt und die Garage echt teuer?!

Sophie leidet unter dem schlechten Verhältnis zu ihren Eltern. Oft werfen sie ihr vor, eine schlechte Mutter, Pädagogin und Köchin zu sein, wenn sie anderer Ansicht sind. Sie weiß, dass Meinrad schuld daran ist, wenn sie schlecht aufgelegt ist, was ihr ebenfalls oft vorgeworfen wird. Er, der nie da ist, sich immer geschickt heraushält, nichts tut, ist immer „der Gute". Sie zitiert Grillparzer.

Sophie flüchtet sich immer mehr in die Bulimie. Wenn jemand an ihr herumkritisiert, wenn sie alleine ist. Oder sie kauft aus Langeweile ein. Das vermittelt ihr zumindest kurzfristig ein Glücksgefühl, das sie in ihrer Ehe nie gefunden hat. Ihre Kleiderkästen füllen sich. Bald gibt es nichts mehr, keine Farbe, keinen Stil, den sie noch nicht hat. Was soll sie jetzt tun? Sie geht speiben.

Jeder Arzt stellt ihr als eine der ersten Fragen, ob sie Eheprobleme hätte. Der Satz „Du hast zwei gesunde Kinder, einen Mann, der gut verdient und ein großes Haus", der jeden verzweifelten Gesprächsversuch mit ihren Eltern abgeblockt und zugleich beendet hat, erscheint daraufhin wie ein Werbespot vor ihr und sie antwortet jedes Mal mit „nein!", jedes Mal mit dem Gefühl, vielleicht doch die falsche Antwort gegeben zu haben. Es gehört sich scheinbar nicht, über Eheprobleme zu sprechen, da ihre Eltern ihr das verbieten. Sie will es doch richtig machen!

Ein Chirurg – auch er hat als Erstes nach Eheproblemen gefragt und Sophie hat nach kurzem Zögern wie üblich verneint – schlägt eine Operation vor, Darmverkürzung, höchst riskant, mit allen möglichen Nebenwirkungen. Sophie stimmt zu; ihr ist alles recht, Hauptsache, ihre Probleme sind weg. Sie macht alle nötigen Voruntersuchungen. Der Operationssaal wird für einen halben Tag reserviert.

Zwei Tage vor der Operation fühlt sich Sophie unwohl. Ihre Tochter, trotz freundlicher mütterlicher Hinweise stets zu wenig bekleidet, da es immer „urheiß" ist, nun aber doch stark verkühlt, hat sie angesteckt. Sophie verbringt die längste Nacht ihres Lebens wach mit vor Kopfweh fast platzendem Kopf. Sie verschiebt die Operation. Am nächsten Tag funktioniert ihre Verdauung problemlos. Sie nimmt das, was sie seit Jahren verdrängt hat, nun zur Kenntnis. Ihre Beschwerden sind eindeutig psychosomatisch. Eine Operation würde sie nicht beseitigen, da das eigentliche Problem weiter besteht, ihre nur auf dem Papier bestehende Ehe mit Meinrad sie zur Verzweiflung bringt.

Sie wird also weiter unglücklich sein, weiter ein sinnloses Leben führen, speiben gehen. Sie hat Angst, dass nach einer Operation die Nähte beim wiederholten Erbrechen platzen könnten, sie wie ihre Großmutter innerlich verbluten wird. Auch wenn sie in Momenten der größten Verzweiflung schon öfter an Selbstmord gedacht hat: Noch will sie nicht sterben. Sie will für ihre Kinder da sein. Noch brauchen diese sie. Außerdem will sie ihre Kinder nicht Meinrad und dessen Familie überlassen, damit sie nicht genau so herzlos erzogen und unterdrückt werden wie Meinrad und Balduin. Das wäre für sie das Schlimmste! Sie sollen nicht so werden wie DIE!

Hat sie kein Recht auf Liebe und Glück? Ist das zu viel verlangt? Sie hat jahrzehntelang alles dafür gegeben. Sie HAT ein Recht darauf, verdammt noch mal! Sie hat nur EIN Leben und sie ist über vierzig. Warum soll sie ihr Leben an einen wegwerfen, dem sie nichts bedeutet, der ihr nie die Liebe und Zuneigung geben wird, die sie seit Jahrzehnten dringend ersehnt hat, der sie nur ausnutzt?!

Aber noch gibt sie nicht auf. Noch hat sie alles Mögliche nicht ausgeschöpft. Einer von Sophies zahlreichen vergeblichen Versuchen, Meinrad zu mehr Zweisamkeit zu motivieren, ist die Bitte, doch ab und zu in der gemeinsamen Mittagspause – ihre Büros liegen ca. eine Viertelstunde voneinander entfernt – gemeinsam essen zu gehen. Essen, also Meinrads eigentliche Domäne. Eigentlich hält Meinrad den Vorschlag für unnötig, denn er hat ja keine Zeit (und kein Geld) und Sophies Jausenpakete reichen für die Nahrungsaufnahme völlig (und sind billiger als die teure Kantine). Nach mehreren Bittversuchen willigt er schließlich herablassend ein, um Sophie eine Freude zu machen. Schließlich ist er ja ein Guter! Einige Male gehen sie während der Restaurantwochen gemeinsam essen. Fast immer kommt Meinrad zu spät. Manchmal lädt er Sophie in besonders großzügiger Art auf die 12,50 Euro ein.

Er erwähnt jedes Mal, dass dies nun außergewöhnlich aufmerksam sei. (Sophie hat noch nie erwähnt, dass sie ihre Akademikerarbeitskraft für außergewöhnliche Menüfolgen regelmäßig gratis zur Verfügung stellt. Macht sie etwas falsch? Ist sie zu unfähig, um Publicity in eigener Sache zu betreiben? Mit einer Gesellschaft, die auf eine Publicity jener Art angewiesen ist, will sie allerdings nichts zu tun haben!) Nach einigen Probeläufen wird die Aktion „Gemeinsam essen gehen" eingestellt, da Meinrad keine Zeit hat.

Sophie vorfinanziert eine gemeinsame England-Schottland-Reise. (Meinrad hat kein Geld dafür.) Sie bereitet alles vor, geht zum Reisebüro, überprüft die Pässe der Kinder. (Meinrad hat ja keine Zeit.) Bei der Passkontrolle in Brüssel stellt sich heraus, dass Meinrads Pass abgelaufen ist. (Er hat keine Zeit für eine Überprüfung gehabt.) Die Grenzbeamten erklären, mit diesem Pass dürfe er nicht einreisen. Meinrad ist empört, schimpft Sophie, dass sie daran schuld sei, dass er keinen gültigen Pass besitze. Sophie war der Meinung, dass ein erwachsener Mensch sich selbst um seine Reisedokumente kümmern könne. Sie geht zu den Grenzbeamten und versucht, diese freundlich zu überreden, Meinrad doch einreisen zu lassen, was er schließlich auch darf. Auf der Gruppenbusreise kommt Meinrad täglich zu spät. Er hat kein schlechtes Gewissen. Der Bus müsse auf ihn warten, schließlich „hätte er die teure Reise ja bezahlt." Die Reiseleiterin bittet Sophie, dafür zu sorgen, dass ihr Ehemann pünktlich sei. Sophie ist das sehr peinlich. Sie weist die Reiseleiterin freundlich darauf hin, dass sie ungefähr fünfzehn Jahre zähe Bemühungen um dieses Problem hinter sich hätte. Falls ihr gelänge, was Sophie nicht geschafft hat, nämlich Meinrad zur Pünktlichkeit zu bewegen, wäre sie sehr glücklich. Nach einigen Tagen erklären Reiseteilnehmer ihren ob ihrer Pünktlichkeit besorgten Partnerinnen lächelnd: „Ich brauche mich nicht zu beeilen. Der Herr Meinrad ist noch nicht da." Sophie wäre es lieber, sie würde nicht dazugehören.

Die Familie unternimmt die Reise nach England per Bahn. Sophie hat Flugangst und steckt Max damit an. Wenige Jahre später steigt sie wieder in ein Flugzeug. Ihr ist egal geworden, wenn es abstürzt. So ein Leben will sie nicht weiter führen, dann besser ein schnelles Ende.

Sophie widmet weiterhin ihr ganzes Leben der Familie. Früher hat sie gewartet, bis die Wecker ihrer Kinder läuten, um ihnen vor der Abfahrt ins Büro noch „Guten Morgen!" sagen zu können. Sie hat sonst ein schlechtes Gewissen, eine schlechte Mutter zu sein. Mit zunehmendem Alter schätzen Max und Sabine den mütterlichen Morgengruß immer weniger. Die Morgenmuffel reagieren oft gar nicht. Sie ist dann enttäuscht. Ihr Vater, der täglich kommt, den Kindern den von ihr vorbereiteten Frühstückskakao wärmt und den Toast in Schnittchen schneidet, damit sich die beiden beim Essen nicht anstrengen müssen, kommuniziert ihr mehr als einmal, dass sie in der Früh seine Idylle mit den Kindern ohnehin nur störe. Sophie ist verletzt und fährt früher ins Büro, so früh, dass sie keinen trifft. Manchmal poltert Meinrad bei der Türe herein, kurz bevor sie geht, und erschreckt sie.

Sophie steht nun meistens um vier Uhr in der Früh auf und eilt zu ihrer Dienststelle, wo gar nicht gerne gesehen wird, dass sie oft schon vor sechs Uhr morgens im Büro ist. Die Putzfrau meint manchmal: „Wir sind die Einzigen, die arbeiten!"

Als sie nach der Pensionierung ihres Vorgesetzten in eine Abteilung kommt, die von einer kinderlosen Singlefrau geleitet wird, hat sie bald den Eindruck, dass diese auf sie eifersüchtig ist, da sie Mann und Kinder hat. Oft macht diese spitze Bemerkungen oder verlangt von Sophie Anwesenheiten zu Zeitpunkten, die für sie äußerst ungünstig sind wie etwa kurz vor Urlauben oder am Tag der Zeugnisverteilung, den Sophie mit ihren Kindern immer besonders feiert. Wenn Max und Sabine nach Hause kommen, gibt es wie zu Schulbeginn mit jährlicher Schultüte und „Schulbeginntorte" mit für jede Altersstufe ausgewähltem Symboltier („Schuligel" für die Volksschule, „weise Eule" für die Unterstufe und „schlauer Fuchs" für die Oberstufe) einen festlich gedeckten Tisch mit einem speziellen Schulabschlussmenü und Geschenken für die guten Leistungen. Einige Jahre lang ist das Highlight, dass sich die drei vom Pizzaservice beliefern lassen. Einmal ausnahmsweise nicht Selbstgekochtes zu bekommen, ist etwas Besonderes, nicht Alltägliches – gepaart mit einem Hauch von Verbotenem, schimpft doch Meinrad regelmäßig über die Verschwendung, wenn er abends die Pizzakartons sieht. Sophie plaudert mit Bürokollegen, die ebenfalls Kinder haben, oft über ihre Familienaktivitäten. Als eine weitere kinderlose Singlefrau, noch dazu mit äußerst unvorteilhaftem Äußeren, nachrückt, verschlimmert sich die Situation und Sophie fühlt sich zunehmend tyrannisiert.

Am frühen Nachmittag eilt Sophie heim, kochen, putzen, Hausaufgaben anschauen, Referate durchlesen, anhören und manchmal sogar selbst schreiben. Nur die Mathematik und die Naturwissenschaften bleiben Opas Domäne, dem macht das Spaß. Mit „Opa und Oma" sind stets Sophies Eltern gemeint. Meinrads Erzeuger sind nach wie vor nur ab und zu kontrollierende Staubwolken. Sabine sagt einmal: „Ich habe nur zwei Großeltern. Und das sind Oma und Opa!"

Einmal wünscht sich Max von seinen Großeltern väterlicherseits die neue „Österreich 1"-DVD, die gerade frisch herausgekommen und überall in den Auslagen zu sehen ist – und bekommt ein Hofer-Geschenk. Seine Großmutter erklärt, die DVD sei vergriffen. Max ist schwer enttäuscht. Sophie kontrolliert das Ablaufdatum und kauft die gewünschte DVD in der nächsten Buchhandlung.

Sophie versucht, ihre Kinder möglichst gesund zu ernähren, was nicht immer so leicht ist, da Max Unmengen an Schokolade verdrückt und seiner Mutter täglich noch vor dem eigentlichen Abendessen das leergefutterte Brotkörberl unter die Nase hält bzw. kläglich aus dem Wohnzimmer um Nachschub raunzt, wo er mit hochgelagerten Beinen vor dem Fernseher sitzt. Es wird schwieriger, als Sabine kaltes Abendessen als „grindig" und „kein richtiges Essen" bezeichnet, sich zur Vegetarierin entwickelt und Max Gemüse „wäh" findet und trotz der Aufmunterungen seiner Schwester: „Iss' deine Brokkoli!", nur darin herumstochert. Obst wird nur vorgeschnitten (aber nur so, wie es Sophie schneidet) und portioniert gegessen. Wenn es schon sein muss, verspeist Max ausschließlich Weintrauben und grüne Äpfel. Sein Vater kauft oft rote, weil er diese als besser einstuft, obwohl er selbst ausschließlich die oft schon wurmstichigen Falläpfel aus seinem Garten isst, welche die Kinder strikt verweigern und Sophie nur zur Herstellung von Apfelstrudel verwendet. Meinrad wünscht diesen übrigens seit Jahren warm und ohne Rosinen. Sophie schmeckt er kalt und mit Rosinen besser. Also macht sie immer zwei. Nur Schlagobers als Beilage lehnt sie ab. Das ist ihr zu „touristisch", ein kulinarischer Stilbruch. Meinrad kompensiert das seiner Meinung nach fehlende Schlagobers mit einem zweiten, dritten … oder vierten Stück Apfelstrudel (und der passenden Weinbegleitung, die er sorgfältig auswählt. Er überlegt dazu oft recht lange. Ist der Apfelstrudel in der Zwischenzeit kalt geworden?).

Neben oder nach der Vorbereitung des Abendessens wird die Mittagsverpflegung und in Phasen, in denen das erwünscht ist, auch die Jausenverpflegung der Kinder vorbereitet – und für Meinrad ein Jausenpackerl fürs Büro. Er kann sich das Mittagessen nicht leisten und hat außerdem keine Zeit dafür, außer am Mittwoch, da ist Schnitzeltag im Büro!

Sophie entwickelt sich zum großen Fan des bayrischen Tenors Jonas Kauffmann. Sie kauft alle seine CDs und er ist der einzige Sänger, für den sie in einem Kartenbüro überhöhte Preise zahlt. Im Oktober 2013 besucht sie eine Vorstellung „Das Mädchen aus dem Goldenen Westen" eines ihrer Lieblingskomponisten, Puccini, obwohl sie wenige Tage später im Fernsehen

übertragen wird. Der Sänger gefällt ihr, groß, schlank, dunkelhaarig, außerdem kein „piepsender" Tenor, sondern mit einem
„ordentlichen" männlichen Tenor. Ihm passt auch der Dreitagebart, den sie sonst bei Männern überhaupt nicht mag. Wenn
Meinrad unrasiert ist, bekleidet mit den rosaroten oder türki-
sen Jogginganzügen, die seine Tante für ihn gekauft hat („Die
Farbe ist doch schön, oder?" – „Ja eh, aber für Mädchen oder
…?!"), oder den zerfetzten alten Jeans und zwanzig Jahre alten Hemden seines wesentlich stärkeren Vaters auftritt („Man
muss das „auftragen"!"), sieht er aus wie ein Sandler.

Meinrad ist das Schwärmen Sophies völlig egal. Geht Sabine
vorbei, wenn Sophie eine CD von Jonas Kauffmann hört oder
eine DVD ansieht, kommentiert sie dies mit: „A schon wieder
der Schiache!"

Die Beziehungsratgeber, die Sophie zur Verbesserung ihrer
Partnerschaft gekauft hat, füllen mittlerweile ein halbes Regal.
Bei der Lektüre jedes Einzelnen fühlt sie sich bestätigt. ZEIT
wird stets als wichtiger Faktor für eine Beziehung genannt. Sie
bettelt Meinrad an, wenigstens ausgewählte Stellen zu lesen,
doch er nimmt sich keine Zeit dafür. Er hat ja keine.

Dennoch hält Sophie an ihrer Beziehung fest. Sie will sich
nicht den Vorwurf machen, nicht ALLES versucht zu haben,
um diese zu retten. Solange noch ein winziger Funken Hoffnung da ist, will sie sich nicht trennen. Der Funken wird immer kleiner, ihre Verzweiflung, ihr Frust und ihr Ärger werden
immer größer. Immer öfter erbricht sie, manchmal mehrmals
täglich.

Manchmal bringt Meinrad zusätzlich zur Rose auch anderes. Er
kommt sich dann als höchst aufmerksamer Superehemann vor,
der seine Frau auf Händen trägt. Als das Halloweenfeiern immer moderner wird, Sophie für ihre Kinder Partys veranstaltet

und Halloweenspezialitäten kocht – anfänglich hat sich Max mit einer alten schwarzen Bluse Sophies als Fledermaus „Fledel" verkleidet wie in dem von ihm heiß geliebten Pixi-Buch, das ihm Sophie geschenkt und unendlich oft vorgelesen hat, später lädt er die gesamte Schulklasse ein –, bringt Meinrad ein Eau de Toilette in einem Totenkopfflacon als Überraschung für seine Frau. Diese lächelt höflich. Die Jugendlichen sind nicht so zurückhaltend. Sie klären den Vater auf, dass es sich um einen Männerduft handelt.

Bei den Besuchen von Meinrads Eltern steht Sophie mittlerweile demonstrativ mit Blick auf die Uhr im Stiegenhaus. Das Verhältnis ist äußerst angespannt. Man spürt dies beinahe in der Luft.

Bei einem Konzert von Sabines Musikverein eskaliert die Situation. Meinrads Mutter brüllt Sabine vor 300 Leuten an, dass sie „nicht ordnungsgemäß gegrüßt habe". Für Sophie läuft das Fass über. NIEMAND behandelt ihre Kinder schlecht! (Außerdem war Sabine schon VOR Meinrads Eltern da, also hätten wohl diese die vor dem Konzert aufgeregt Hin- und Herhuschende grüßen können, wenn ihnen das wichtig gewesen wäre. Elmayer nicht gelesen?!) Natürlich ist Sophie schuld, dass Sabine nicht gegrüßt hat. Sophie wirft Meinrads Eltern im Schnelltempo alles vor, was sich über Jahrzehnte angestaut hat. Meinrads Eltern sind sprachlos. Das haben sie Sophie, die doch sonst immer schüchtern ist und wie eine ideale Ehefrau schweigt, nicht zugetraut. Meinrads Mutter erklärt, als Strafe würden sie und die Tante (Blümchenbetttante) nicht zur Weihnachtsfeier kommen. Da ist Sophie aber sehr traurig. Das hat sie sich eigentlich schon mehr als zehn Jahre gewünscht.

Meinrad, der die Szene nicht miterlebt hat, da er nach interessanteren Gesprächspartnern Ausschau gehalten und außerdem das WC besucht hat, erklärt, jetzt reiche es, das verstehe er vollkommen. Der Kontakt zu seinen Eltern wird abgebrochen. Meinrad verspricht dies und Sophie glaubt dies, schließlich ist Meinrad ja ehrlich und hält, was er verspricht. Oder etwa nicht?

Meinrad bricht auch dieses Versprechen, obwohl er weiß, wie wichtig Sophie wäre, dass er sich EINMAL auf ihre Seite stellen würde, noch dazu, wo ein geliebtes Kind so gemein behandelt worden ist. Wenige Monate später lässt er Sophie seelenruhig ein wie immer aufwändiges Sonntagsmenü herstellen, verabschiedet sich dann im Anzug zur Geburtstagsfeier seiner Mutter „Ich habe es zwar versprochen, aber ich weiß, was richtig ist."

Für Sophie bricht ihre Welt zusammen. Sie bricht in Tränen aus, erklärt, das könne er ihr nicht antun, alles sei dann aus. Er geht zur Mami und Sophie weiß, dass ihre Ehe nun eigentlich wirklich nicht mehr zu retten ist. Meinrad hat sie jahrelang nur belogen. Auf seine Versprechen ist kein Verlass. Er ist NICHT ehrlich. Er ist NICHT verlässlich. Er ist NICHT gut. Er ist ein Feigling, dem seine Mutter wichtiger ist als sie. Er ist ein gleichgültiger herzloser Kerl, der ihre Arbeitskraft ausgenutzt hat. Er macht ausschließlich, was ER will, was IHM gefällt, was für IHN gut ist. Sie hat Jahre ihres Lebens an einen ihrer Liebe absolut Unwürdigen investiert, ihr Leben und ihre Liebe weggeworfen. Er hat ihre Vorstellung eines idyllischen Familienlebens zerstört. Dies kann und wird es NIE geben, nicht mit Meinrad.

Am nächsten Tag bringt Meinrad Blümchen und schaut treuherzig drein.

Sophie ist einige Tage sehr wortkarg und quartiert Meinrad endgültig aus dem ehelichen Schlafzimmer aus – und sie kocht einige Tage nicht für ihn. Nun weiß Meinrad, dass Sophie ernsthaft böse ist. Aber Meinrad, der Spezialist im Aussitzen, hält auch das aus. Als er wieder regelmäßig Essen gekocht bekommt, ist die Welt für ihn in bester Ordnung. Spinnereien der Weiber seien zwar lästig, aber die müssen harte Männer halt aushalten. Ein paar Rosen, schnell sagen, es tue ihm leid und passt schon! Er hätte mehr Zeit haben müssen, er weiß eh.

Irgendwann sagt Sophie zu Meinrad, er solle sich seinen Konjunktiv II irgendwohin stecken.

Sophie hofft (noch ein bisschen, zwar sehr wenig, aber doch) weiter und erfüllt ihre Rolle weiter perfekt. Aber immer öfter begehrt sie auf. Sie will keine Pfarrersköchin sein. Sie will eine EHE führen, so wie sie einander dies am Standesamt und in der Kirche versprochen haben!!! SIE hat das Versprechen gehalten. Warum hat ER es bisher nicht getan?

Das Wort „Scheidung" wird erstmals ausgesprochen. Doch Meinrad nimmt davon Abstand. Es sei eh egal und außerdem könne er sich das nicht leisten. Sabine drängt dazu, Sophie zögert – aus Rücksicht auf Max. Sie will seine heile Welt nicht zerstören. Sie weiß, dass er diese braucht. Das Haus ist groß genug. Im Schlafzimmer spielt sich seit Jahren nichts mehr ab. Meinrad will nicht und kann nicht und hat außerdem keine Zeit. Durch seine Übersiedelung ins Obergeschoß hat es Sophie zumindest etwas ruhiger, kann ungestört schlafen und ein Teil des Mülls verlagert sich in Meinrads neuen Wohnbereich.

Dass sie sich die nächtliche Slapstick-Komödie (echt, nicht erfunden!) erspart, schmerzt sie nicht: Meinrad steht jede Nacht mindestens einmal auf. Schließlich hat er ja genug gegessen und getrunken. Er stößt dabei entweder an die Bettkante, die Wandleuchte, den Türpfosten, zwei oder alle drei Hindernisse. Dann ruft er laut: „Scheiße!" Die Toilettentüre öffnet er durch Daraufschlagen. (Sophies Demonstrationsversuche, die Türe leise durch Hinunterdrücken zu öffnen, sind trotz jahrelanger

Bemühungen erfolglos geblieben, schlechte Pädagogin, wir wissen's.) Spätestens dann ist Sophie wach und kann nicht mehr einschlafen. Dafür darf sie noch alle Tropf- und Spülgeräusche sowie Selbstgespräche Meinrads mithören. Die WC-Türe lässt Meinrad auch tagsüber prinzipiell offen. Auf Hinweise seiner Familienmitglieder hinsichtlich übler Geruchsentwicklung, meint er „Ich rieche nichts!" Die Türe bleibt offen. Meinrad ist ja ein kommunikativer, freundlicher Typ, kein so verschlossener komischer Einsiedler wie Sophie.

Die Jugendlichen, deren Zimmer sich ebenfalls im oberen Stockwerk befinden, sind vom Einzug ihres Vaters weniger begeistert. Dafür kümmert er sich jetzt mehr um seine Kinder. Vor dem Schlafengehen besucht er sie und rät ihnen, endlich schlafen zu gehen, keine blöden Filme anzuschauen oder zu lernen.

Sophie findet die Situation zunehmend unerträglicher. Ihre Tochter drängt weiter zum Auszug in eine gemeinsame Wohnung. Sophie druckt einige Angebote von Mietwohnungen aus und lässt sie demonstrativ am Wohnzimmertisch liegen. Sie hofft, dass Meinrad diese offenkundige Warnung versteht und sich doch endlich mehr um sie bemüht. Er fragt, wann es Abendessen gibt.

*****

Verdammt, warum hofft sie eigentlich immer noch?! Ist ihr Drang nach einer Familienidylle so groß? Sie ist konservativ, aber was bedeutet ein Eheversprechen von jemandem, der es nie gehalten hat? Er hat sie nie geliebt! Er hat ausschließlich seine Mutter und ihr Essen geehrt! Er hat sie vor dem Altar beinhart belogen! Ist das Papier nicht wertlos?!

Sophies Kinder werden selbstständiger. Ihre letzte Hoffnung auf mehr Zeit für Zweisamkeit ist kaum mehr ein Fünkchen, schwindet zusehends.

Meinrads Zustand verschlimmert sich. An seiner aufgequollenen roten Nase kann man seine Vorlieben erkennen. Aus ihm ist ein richtiger Messi geworden. Seine Mülldurchwühlsucht verstärkt sich. Die Zeitungsansammlungen haben Obergeschoß, Keller und Dachboden erreicht. Sophie kann Müll „endgültig" nur noch im Büro oder am Weg dorthin entsorgen. Als Max einige Jahre später den Führerschein macht, fährt er zu einer nahegelegenen Wohnhausanlage und wirft dort den Müll weg.

Im Büro stößt Meinrad Morddrohung gegen „böse Kollegen" aus und wirft mit Kaffeetassen um sich, da er komplett überfordert ist. Er bekommt daraufhin starke Psychopharmaka. Sophie sucht Adressen von Ärzten, Kuranlagen, Burn-out-Zentren. Sie will ihm helfen. Doch Meinrad will nichts dagegen tun. Er hat keine Zeit und kein Geld dafür.

Auf den Weg ins Büro begibt sich Sophie schon lange alleine. Manchmal erreicht Meinrad den gleichen Zug wie sie. Wenn nicht, ist es ihr auch egal. So bleibt ihr wenigstens erspart, dass er wie ein Tier im Käfig von einer Seite des Bahnsteigs zur anderen hastet, bis der Zug kommt oder einen mehrfach gebrauchten schmutzigen Wattebausch mitten am Bahnsteig verliert, was ihr sehr peinlich ist.

Sophies Eltern stellen sich gegenüber ihren Klagen weiter taub, wollen diese nicht hören. Bittet Sophie ihre Eltern darum, bei der Erziehung ihrer Kinder so vorzugehen, wie Meinrad und sie das vorschlagen, erklärt sich ihr Vater als besserer Pädagoge und sie als überflüssig. Meinrad meint: „Mach' dir das mit deinen Eltern aus!" Sophie geht speiben.

Sophie ist unglücklich. Ihre Beziehung verdient den Namen nicht. Sie hat niemanden, mit dem sie reden kann. Ihre Eltern wollen sie offensichtlich nicht verstehen. Ihre Freundinnen will sie nicht um Rat fragen. Sie kennt ihre Antworten. Jede würde ihr zur Trennung raten. Aber das will sie nicht hören. Sie will ihren Kindern ein ordentliches Familienleben bieten. Das haben sie verdient. Die Kinder sind ihr das Wichtigste.

Sophie hat Angst vor der Zukunft. Die Zukunft mit Meinrad erscheint ihr eintönig, lieblos, langweilig. Das Leben in einem Pensionistenheim wirkt für sie spannender. Außerdem hat sie Angst vor dem großen Haus, falls sie einmal „überbleiben sollte". Für eine Person alleine ist es viel zu groß. Sie könnte es nicht nutzen, müsste es nur putzen und ihre gesamte Pension dafür aufwenden, um es halbwegs zu erhalten, ein Haus, in dem sie sich eigentlich nicht wohlgefühlt hat, wo sie kein eigenes Zimmer hat (Halt! Meinrad würde sagen: „Natürlich hast du ein Zimmer! Die Küche ist dein eigener Bereich!"), mit einem finsteren, kalten Wohnzimmer, in dem sie täglich mehrmals Treppen steigen muss, um zu Vorräten, Kleidung oder ihren Kindern zu gelangen.

Sophies einzige Lichtblicke sind die beiden Jugendlichen, denen sie sich voll widmet. Sie geht sogar mit Max und seinen Freunden zu Länderspielen ins Fußballstadion – mit Buch, was großes Interesse der eingefleischten Fußballfans hervorruft, bekocht Max' Freunde und beginnt mit ihm Spanisch zu lernen.

Sophie versucht weiterhin unermüdlich, für ihre Kinder und Meinrad ein schönes Wohnumfeld zu schaffen. Sie dekoriert das ganze Haus je nach Anlass und Jahreszeit, kocht dazu passende Menüs und besorgt alles, was einer ihrer Lieben einmal begehrlich beäugt. Eine der neuen Anschaffungen ist eine Raclette-Ausrüstung. Die Kinder sind begeistert. Meinrad schimpft kaum, hat doch die neue Küchengerätschaft bei Hofer nur 19,99 Euro gekostet. Außerdem verspricht er sich vom Ergebnis einiges. Es sind auch alle zufrieden. Meinrad putzt das Raclettegeschirr akribisch aus, er kratzt mit dem Messer – trotz Sophies Hinweis, dass die Schaufeln ohne Belag nicht mehr verwendbar seien – so lange, bis zwei Gabeln wie vorhergesehen tiefe Kerben haben und eine bricht. Sophies Freude ist dahin. Sie wird neue nachbestellen müssen und Meinrad schimpft, dass dies wieder einmal sehr teuer würde. Aber er ist einsichtig: „Hast eh recht gehabt; ich hätte besser aufpassen sollen, aber es hat halt so gut geschmeckt."

Da freut sich doch jede Köchin über so ein Kompliment?! Ist sie NUR Köchin? Sie kann sich erinnern, ein gemeinsames eheliches Leben versprochen bekommen zu haben!? Sie hat fast zwanzig Jahre darauf verzichtet. Also wäre es doch nun ENDLICH an der Zeit dafür, bevor es zu spät ist und sie im Pensionistenheim landet oder vor Gram an Krebs stirbt. Langsam wird sie ziemlich grantig.

Sophie hat fast alle Mittel ausgeschöpft, um Meinrad zum Führen einer normalen Beziehung zu überreden. Alles Bitten, Weinen, Schimpfen, Drohen war sinnlos. Selbst als sie, die stets sehr großen Wert auf gewählte Ausdrucksweise legt, wiederholt zu Kraftausdrücken greift, erzielt sie kein Ergebnis, falls es Meinrad überhaupt auffällt, falls er ihr überhaupt zuhört und sie nicht schon im ersten Halbsatz unterbricht, um wichtigere Dinge, nämlich SEINE Erlebnisse im Büro zu erzählen oder zu fragen, was es heute Feines zu essen gibt.

Sophies gesundheitlicher Zustand wird immer schlechter.

Sie erbricht regelmäßig, ahnt, dass sie es alleine nicht schaffen wird, versucht es aber weiter. Sie hält sich strikt an Ernährungspläne, es wird ein bisschen besser. Sie schreibt grüne Äpfel auf Meinrads Einkaufsliste und er bringt rote. Sie schmecken ihm besser. Sophie regt an, dass er doch für sich rote und für sie grüne kaufen solle. Er lehnt dies ab. ER brauche keine teuren gekauften Äpfel, hätte ja ohnehin selbst leckere aus dem Garten.

Da sie ahnt, dass ihre Kinder bald nicht mehr mit „uncoolen" Eltern, deren Verhältnis noch dazu extrem gespannt ist, auf Urlaub fahren wollen, plant sie einen „letzten gemeinsamen Urlaub". Dieser soll ein unvergessliches Erlebnis für ihre Kinder sein. Sie plant und finanziert eine mehrwöchige USA-Reise, Ost- und Westküste, schließlich hat ja Meinrad kein Geld. Eigentlich sollte sie Meinrad am Flughafen sagen: „Pech, du fährst nicht mit, hast es nicht verdient." Sie spürt das ganz deutlich, tut es aber nicht. Eine ganz, ganz winzige Hoffnung lebt noch. Sie weint die ersten Tage im Bus; Meinrad kauft ihr bei den Amish People eine kleine Plüschmaus um zwei Dollar. (Rosen gibt's dort nicht, würden außerdem im Reisebus kaputt!) – und alles ist gut, oder?

Die Jugendlichen sind von der Reise begeistert, machen Selfies und posten unentwegt auf Facebook. Noch auf der Reise plant Sophie den nächsten „Fernsehmarathon" für Max und seine Freunde, der bald nach der Rückkehr stattfinden soll. Den Kindern gefällt's, Meinrad gefällt's, die Eindrücke sind einmalig (und die Frühstücksbuffets im Westen!), also passt es auch für Sophie, fast. Sie hat ausschließlich Vierbettzimmer gebucht, damit sie mit Meinrad nicht alleine sein muss. Was sollte sie auch mit ihm tun? Als er am Abend in San Francisco die Speisereste seiner Familie und sämtliche übriggebliebene Weingläser austrinkt, geht er in der Nacht speiben.

Als Geschenke überreicht Meinrad Sophie regelmäßig Zeitgutscheine, praktisch, günstig und von Meinrad nie eingelöst, da er ja keine Zeit hat. Den Umfang dessen, was er sich als „viel Zeit" vorstellt, kann man dem auf den Gutscheinen festgehaltenen Zeitausmaß entnehmen: EIN Abend pro Woche.

Sophie überlässt Meinrad ihr Smartphone, als sie sich ein neues kauft, mit dem eine Verbindung zu ihrem Büro-Account möglich ist. Meinrad hat noch ein „Uralt"-Handy, da er sich kein neues leisten kann.

Meinrad regt sich furchtbar auf, als Sophie die Modekreationen eines homosexuellen Modeschöpfers verteidigt, der durch sein schillerndes Outfit und seine medienwirksamen Auftritte auffällt. Sophie meint, das sei Werbung und zur Erzielung eines größeren Bekanntheitsgrades und damit eines höheren Profits sehr geschickt und durchaus gerechtfertigt. Meinrad steigert sich hinein, schimpft über Schwule, solche Personen gehören vergast, ihre Mode dürfe man nicht kaufen. Nun „muss" Sophie aber etwas von dem Designer kaufen! Sie bestellt ein äußerst elegantes, sehr feminin geschnittenes Kostüm und einen Bleistiftrock mit gefälligem Stickmuster. Sie trägt die Auswahl zu Weihnachten und zu Silvester. Meinrad, nicht unbedingt mit großem Modeverständnis gesegnet und noch weniger mit Komplimentfreudigkeit seiner Frau gegenüber (außer was ihre Kochkunst anbelangt!), nickt anerkennend und findet beide Stücke sehr schön. Er wird auch flugs freundlich lächelnd über Herkunft und Modeschöpfer aufgeklärt.

Einen der seltenen Abende „zu zweit" verbringt das Ehepaar in der Volksoper am Stehplatz (weil billig!). Sophie, die seit ihrer Kindheit einen niedrigen Blutdruck und manchmal Kreislaufstörungen hat, wird übel. Ein Stehplatzbesucher in der Nähe fragt, ob sie Hilfe braucht. Meinrad ist nichts aufgefallen.

Meinrad redet über fast alle Themen sehr gerne. Schließlich ist er ja sehr gebildet und zeigt dies sehr gerne seinen Gesprächspartnern. Auch Sophie gegenüber gibt er oft gelehrte Kommentare über „ihre" Bereiche ab, nur dass diese manchmal nicht so ganz passen. Zum geflügelten Wort wird „lyrisch". Er bezeichnet eine zwar sehr schöne, durchaus eindrucksvolle, aber keineswegs „lyrische" Musikszene mit diesem Wort. Sophie klärt ihn über die Bedeutung auf und meint spitz, sie brüste sich ja auch nicht als Rechtsexpertin, er solle also bitte dann gescheit reden, wenn er wirklich etwas davon verstehe. Meinrad ist verärgert und meint, Sophie wolle immer recht haben.

Meinrad widmet sich weiter voller Hingabe der Datura-Zucht. Sophie nennt die Pflanzen fälschlicherweise lange Zeit „Tortura", vermutlich, weil jene für ihre Umgebung und sie eine Tortur darstellen. Daturas sind überall, mindestens fünf auf der Terrasse, mindestens zehn am Abgang der „Todesstiege" in den Keller, mindestens 15 „süße kleine Ablegerchen" am Absatz hinter dem Geländer der Terrasse. Die wunderbaren Daturas und ihre entzückenden kleinen Ablegerchen sind extrem giftig, was Sophie in permanente Angst versetzt hat, solange ihre Kinder klein waren. Sie blühen im Maximalfall wenige Wochen und stehen für den Rest des Jahres als traurige leere Stängel herum, im Winter im Stiegenhaus, verlieren langsam ihre Blätter und wenn sie Sophie nicht täglich zusammenklauben würden, lägen sie heute noch dort. Aber nein! „Ich hätte das schon gemacht!", sagt Meinrad, „dann, wann ich Zeit habe!" Sophie korrigiert: „wenn!" Blöde Germanisten!

*****

Meinrad bezeichnet Sophie als zwanghaft ordentlich. Max sei genauso gestört wie seine Mutter. SEINE Ordnung sei normal, meint er, während er die Post am Esstisch verteilt, sodass alle

Essplätze damit belegt sind und anschließend im Müll wühlt, ob sich darin nicht vielleicht Brauchbares findet.

Sophie erfüllt ihre Pflichten als Putzfrau und Pfarrersköchin automatenhaft. Ihre Kinder brauchen sie immer weniger, beschäftigen sich alleine. Ihr Leben ist vollkommen leer. Den Konjunktiv II kann sie von Meinrad nicht mehr hören. Auf sein schuldbewusstes „Ich hätte mir mehr Zeit nehmen sollen … Ich hätte das besser machen können …" reagiert sie zunehmend aggressiv.

Meinrad hat zwei Jahrzehnte den Ehevertrag nicht eingehalten, Sophie um zwei Jahrzehnte Liebe und Partnerschaft betrogen.

# 2016

Sophie hat die Hoffnung noch immer nicht ganz aufgegeben, Meinrads Aufmerksamkeit und Liebe zu gewinnen. Sie macht ihm das größte Geschenk, das sie ihm machen kann und er weiß das auch ganz genau. In extremer Selbstüberwindung lädt sie seine Eltern zu seinem 50. Geburtstag ein. Selbst ihre Mutter ist überrascht, hätte ihr das nicht zugetraut. Sophie überbietet sich. Sie kocht das Inaugurationsmenü des amerikanischen Präsidenten Obama nach, lädt eine Kapelle zum Geburtstagsständchen ein. Meinrads Eltern kommen pünktlich und sind zuckersüß. Meinrad ist beeindruckt, bedankt sich und – macht weiter wie bisher, schließlich ist ja er sehr beschäftigt und hat keine Zeit.

Wenn sie sich beklagt, lächelt Meinrad verschmitzt und kommt sich sehr schlau vor: „Jetzt kannst du nichts mehr ändern! Du hast mich ja geheiratet". Sophie war stets der Meinung, eine Ehe werde in dem ständigen (beidseitigen) Bemühen um permanente Verbesserungen der Beziehung geschlossen. Hat sie da etwas falsch verstanden? Ist sie naiv? Ist sie blöd?

In Sophies Dienststelle wird das Mobbing durch die beiden kinderlosen unverheirateten Frauen immer stärker. Sophie ist oft schon um sechs Uhr morgens im Büro. Die beiden erklären, man könne in der Früh nicht arbeiten (warum nicht?), nur am späten Nachmittag. Die Jüngere der beiden intrigiert gegen Sophie. Die Atmosphäre ist sehr gespannt. Sophie fühlt sich unwohl, weiß, dass sie SO sicher nicht weitermachen wird. Aber sie will den beiden nicht noch die Genugtuung geben, dass ihre Ehe eigentlich eine Farce ist, sie nie etwas davon gehabt hat, keine Hoffnung mehr sieht.

Eine andere Kollegin, die wie Sophie sehr früh im Dienst ist und diese öfters weinen sieht, rät ihr dringend zur Trennung. Sie soll ausgehen, damit sie jemanden kennenlernt. Sie sei noch jung genug! Sophie lehnt ab. Sie will die Kinder nicht alleine lassen und ist außerdem zu erschöpft, irgendwas außer der von ihre erwarteten Standardroutine – Kochen, Putzen, Kinderbetreuung – zu tun. Außerdem „gehört es sich ja nicht".

Sophie beginnt das Personalverzeichnis ihrer Dienststelle zu studieren, um herauszufinden, welche interessanten Posten infolge Pensionierungen bald nachbesetzt werden. Sie wird schnell fündig. Eine frühere Kollegin, mit der sie vor fast zwanzig Jahren zusammengearbeitet und die einen sehr spannenden Bereich betreut hat, wird in einem Jahr 65 und muss daher in den Ruhestand treten. Sophies Gelegenheit! Sie kontaktiert einen anderen Kollegen, der in derselben Organisationseinheit arbeitet, in der die Stelle vakant werden wird und ihr Abteilungswechsel wird vorbereitet. (Ihre Nachfolgerin hält übrigens noch viel weniger lang durch als sie.)

Meinrads Eigenheiten werden immer ärger. Er hüstelt sich durchs Haus, wühlt gierig im Müll, kracht immer öfter mit Bürokollegen zusammen. Wenn ihn Sophie zum praktischen Arzt schickt und ihm dieser Psychopharmaka verschreibt, wird es kurze Zeit besser. Der Mediziner meint zwar, die Pulver hätten nach einer Weile nur mehr Placebo-Effekt, aber Meinrad lehnt jede andere Behandlung ab. (Wir wissen: keine Zeit, kein Geld). Auch Meinrads religiöse Ader bricht stärker durch. Seit einiger Zeit sitzt er in der Kirche mit gefalteten Händen, so wie Sophie und viele andere Kleinkinder dies von ihren Großmüttern gelernt haben. Aber ein erwachsener Mann? Sophie ist dies peinlich. Auch sie ist religiös, betet täglich vor dem Einschlafen, aber nicht mit Showeffekt, leise, unbemerkt, wahrscheinlich weiß das nicht einmal Meinrad. Man ist doch kein besserer Christ, wenn man öfter in die Kirche geht und mit schiefem Köpfchen andächtig dreinschaut (und dem Nächsten oder dem Parteifreund dann flugs „das Hackel ins Kreuz haut"?!) Sie hofft und glaubt schon, dass Gott die Menschen nach ihren Taten und ihren Bemühungen beurteilt und nicht nach werbewirksamer Performance!

Sophies Hoffnungslosigkeit, Verzweiflung, Wut werden immer größer.

Ihre einzigen Lichtblicke, der einzige Grund, warum sie durchhält und ihrem Leben kein Ende setzt, obwohl sie das mehr als einmal ernsthaft überlegt, sind ihre Kinder. Mit ihnen kann sie sich unterhalten, für sie lebt sie. Max hat in den letzten Jahren einen ziemlich schwarzen, „britischen" Humor entwickelt, der offenbar so weit zur Klassenunterhaltung beiträgt, dass Max, als er ein einziges Mal mit über 39 Grad Fieber ein paar Tage das Bett hüten muss, von empörten Klassenkollegen aufgefordert wird, endlich wieder in die Schule zu kommen, da es ohne ihn so langweilig sei. Sophie amüsiert sich königlich. Meinrad kommt nicht mit. Er hat Witze noch nie verstanden – außer seine eigenen, die aber nur er selbst lustig findet. Auch seine Humorlosigkeit bzw. sein „Auf-der-Leitung-Stehen" tragen zur Erheiterung von Sophie und ihren Kindern bei. Max versteht es, seinem Vater todernst den „größten Blödsinn zu verkaufen", ohne dass jener den Spaß bemerkt.

Max bringt in Freistunden und abends oft Freunde mit nach Hause. Sophie bekocht alle und hält ihre Tiefkühltruhe für diese Spontanbesuche immer gut gefüllt. Im Unterschied zu Meinrad, Sophie und ihren Kindern, welche die bunten zur jeweiligen Tischdekoration passenden Servietten nicht verwenden, gebrauchen Max' Freunde die Papierservietten sehr wohl. Diese werden nach dem Essen entsorgt und Meinrad schimpft über die Verschwender im Freundeskreis seines Sohnes.

Zum Fronleichnamsfest reiht sich der konservative Verein Meinrads alljährlich in den Zug mit dem Baldachin und dem Allerheiligsten ein. Um Fotos machen zu können, verlassen Meinrad und Sophie etwas früher die Kirche und stoßen auf den Stufen vor dem Kirchenportal auf einen Vereinskollegen, Fritz, der ebenfalls mit Fotoapparat aufpostiert ist, um von seinem Sohn Fanfotos machen zu können, wenn dieser aus der Kirche tritt. Meinrad hat Sophie in der Vergangenheit öfter von diesem erzählt, vom teilweise gemeinsamen Studium, seiner beruflichen Karriere und seinen beeindruckenden Funktionen im Verein. Sophie hat nie gewusst, wen er eigentlich meint. Jetzt kann sie das Erzählte einem Gesicht zuordnen. Sie kann sich erinnern, ihn früher mit seinem kleinen Sohn und dessen Mutter bei Kindergartenfesten und in der Pfarre gesehen zu haben. Dann hat sie ihn aus den Augen verloren. Fritz' Sohn geht mit Sabine in die gleiche Klasse. Sophie findet Fritz recht unterhaltsam und sie, die sonst eher zurückhaltend ist, kann hemmungslos sofort mit ihm plaudern. Den eher kindlichen Spitznamen, mit dem Fritz seinen nun doch schon fast erwachsenen Sohn bezeichnet, findet sie eher unpassend. Sie sagt ihm das auch sofort schmunzelnd. Ihre Kinder würden sich vehement dagegen wehren. „Ich weiß eh", lacht er und nennt seinen Sohn trotzdem weiter „Bussibär".

Fritz ist groß, schlank, dunkelhaarig und trägt einen Dreitagebart – wie Jonas Kaufmann.

Bei einer Sommerveranstaltung trifft Fritz später auf die Feiernden und findet zufällig einen Platz gegenüber Sophie. Beim oberflächlichen Smalltalk entdecken die beiden, dass Fritz in einem Bereich beruflich tätig ist, für den Sophie in der zentralen Verwaltung zuständig ist. Sophie plaudert fast die ganze Zeit mit Fritz. Sein Interesse, sein Tonfall, sein Humor sind ihr angenehm. Einigen fällt auf, wie gut sich die beiden unterhalten. „Feiert's eure Verlobung nachher!", sagt einer scherzhaft. Nach Ende der Veranstaltung wird im Hof weiter getratscht. Sophie steht Meinrad und Fritz gegenüber, schaut von einem zum anderen und ein eigenartiges Gefühl beschleicht sie. Sie kann es nicht erklären, während ihre Blicke und Gedanken hin- und herschweifen. Ein gemeinsames Treffen mit Kindern wird ausgemacht.

Als Fritz mit seinem Sohn zum vereinbarten Besuch eintrifft und seine Gastgeschenke wortreich übergibt, denkt Sophie spontan: So stelle ich mir meinen Traummann vor! Sie ist enttäuscht, als sie den Ring an seinem Finger sieht, und verwundert, da dieser Gedanke für eine verheiratete Frau doch „verboten" ist. Das Gefühl bleibt trotzdem. Begeistert plaudert sie mit Fritz bis in die späten Nachtstunden, als Meinrad schon längst die Augen verdreht und gähnt. Ihre übliche Schlafengehzeit ist zwar längst überschritten, aber sie spürt keine Müdigkeit. Fritz zeigt Interesse an ihrer Tätigkeit, ist aufmerksam, höflich und lädt sie zum gemeinsamen Fliegen ein – als Meinrad gerade Wein nachholen geht. Zufall? Sie ist sich unsicher.

Das gesellige Bürschchen Max berät vor den von ihm veranstalteten „Fernsehevents" stundenlang mit seiner Mutter über geeignete Dekoration und passende Speisen. Sophie genießt das Zusammensein mit ihrem Sohn, die Abwechslung aus der permanenten Langeweile und die leuchtenden Augen der Burschen, wenn ihnen die Dekoration gefällt oder sie begeistert das Herannahen des Speisewagens mit dem nächsten Gang kommentieren. 16-/17-Jährige können unglaublich viel verdrücken. An manchen Tagen muss Sophie zehnmal und öfter in den Keller zur riesigen Tiefkühltruhe gehen, um Nachschub zu holen. (In der Küche hat Meinrad aus Kostengründen nur ein kleines Tiefkühlfach als ausreichend empfunden, schließlich könne „man" ja problemlos jederzeit aus dem Keller die notwendigen Zutaten holen. Dass „man" sich auf eine Person reduziert, ist natürlich kein Problem! Pardon, für Weinnachschub sorgt Meinrad höchstpersönlich. Selbst vor jedem einfachen Mittag- oder Abendessen im kleinen Familienkreis überlegt er lange, welcher Wein dazu passt, sondiert dann ebenso lange im Keller … während das Essen kalt wird und die übrigen Familienmitglieder einstweilen ohne ihn zu essen beginnen. Irgendwann hat es sich Sophie zur Angewohnheit gemacht, auf seine dauernden Fragen „Apfelsaft oder Wasser!?" vorzuschlagen, weil sie genau weiß, dass er genau das NICHT hören will.)

Meinrad möchte sich bei Max' Fernsehabenden einbringen, was die Jugendlichen natürlich überaus schätzen. Er platzt in regelmäßigen Abständen ins Wohnzimmer (nicht selten an den spannendsten Filmstellen), fragt, was angeschaut wird (diesbezügliche Informationen hängen meist seit Tagen in Vor- und Wohnzimmer) und merkt dann an „So ein Schwachsinn!", „Ihr könntet was Gescheiteres tun!" oder „Habt ihr nichts zu lernen?" (In keinem der Fälle hat sich Meinrad allerdings vorinformiert, die Filme gesehen oder so wie Sophie Literatur dazu besorgt oder im Internet nachgegoogelt.) Auch hier entwickelt Sophie bald eine Strategie, um den lästigen Unterbrechungen einen Unterhaltungseffekt abzugewinnen. Zur Erfrischung der Fernsehenden steht stets ein von ihr vorbereitetes kleines Tischchen mit Getränken bereit, Cola, Eistee, Apfelsaft, Wasser. Fernsehen scheint durstig zu machen, also schlagen die jungen Männer kräftig zu. Die leeren Flaschen entsorgt meist Sophie und bringt neue, bis ihr eine neue Idee zur Flaschenentsorgung kommt: Sie wirft Meinrad eine leere Flasche zu, als er wieder einmal ins Wohnzimmer trottet und meint „Kannst gleich was Sinnvolles tun und die Flasche wegschmeißen!" Meinrad, überrascht ob des plötzlichen Flaschenzuwurfs fängt nicht, steht steif da, die Flasche fällt auf den Boden. Beim nächsten Kontrollbesuch wiederholt sich die Situation. Sophie wirft, Meinrad fängt – nicht. Sophie ist hartnäckig, sie tut es jedes Mal und Meinrad ebenfalls: Er fängt jedes Mal – nicht. Die Burschen kommen auf den Geschmack und beginnen auch, Meinrad die leeren Flaschen zuzuwerfen. Er fängt – sehr selten, aber er verbessert sich und kommt immer wieder.

Zur Weihnachtsveranstaltung des gemeinsamen Vereins hält Meinrad einen Platz für Fritz frei, damit seine Frau Unterhaltung hat. Er will ja mit anderen plaudern, hat weder Zeit noch Interesse für Sophie. Sophie hat schon auf Fritz gewartet, der sich auch fast nur mit ihr unterhält. Auf der Damentoilette fragt ihre Tante, die ebenfalls anwesend ist, wer denn der Mann ist, mit dem sie sich stundenlang so intensiv unterhalte. „Der Vater eines Schulkollegen Sabines", antwortet Sophie. Denkt sie ein „leider nur" mit?
Sie vereinbart mit Fritz ein Treffen in den Weihnachtsferien. Meinrad habe sicher nichts dagegen. Sie fragt ihn erst gar nicht. Sie will Fritz unbedingt wiedersehen.

# FRITZ

## 2017

Nach Silvester kommen Fritz und Fritz junior zu Besuch. Meinrad prahlt mit den Kochkünsten seiner Frau. Ein zum Weihnachtsthema „Nussknacker" von Sophie angefertigtes Lebkuchenschloss muss vorgeführt werden. Sophie ist das peinlich, sind doch schon einige Bäumchen und Dekorationselemente weggeknabbert und es sieht nicht mehr so schön aus wie am Heiligen Abend, aber Meinrad lässt sich nicht abschrecken. Er erzählt vom Essen und Trinken, lässt Sophie auftischen und ist etwas enttäuscht, dass Fritz nicht so viel isst wie er. Schmeckt es ihm etwa nicht? Sophie ist auch enttäuscht, denn sie vernimmt dem Gespräch, dass Fritz in den Semesterferien mit weiblicher Begleitung nach Istanbul fahren wird. Sie nimmt es als Fügung des Schicksals. Wahrscheinlich ist es besser so, sie ist ja verheiratet. Aber enttäuscht ist sie doch. Warum eigentlich? Sie ist doch verheiratet!

Anfang des Jahres wechselt Sophie die Abteilung und bezieht ein komplett neues Büro. Sie verwendet für die Einrichtung teilweise Dekorationsgegenstände aus dem früheren Büroraum ebenso wie Seidenpflanzen, die täuschend echt aussehen, die sie aber nicht gießen muss. Vor das Fenster hängt sie meterlange weiße Vorhänge mit modernem blauen Blumenmuster, die sie vor Jahren selbst für Sabine genäht und die diese vor Kurzem ausgemustert hat. Das Sofa spendiert Max. Auch er mag das alte Sofa von Sophies Eltern nicht mehr in seinem Zimmer stehen haben und bekommt ein neues. Das Sofa passt gerade in den Kofferraum. Meinrad und Sophie tragen das Sofa die wenigen Stufen zu ihrem neuen Büro hinauf. Sophie erntet dafür Lob und Anerkennung ihrer Kolleg/innen, welche die Transportaktion bemerkt haben. Frau Doktor schleppt eigenhändig Sofa und steigt auf eine Leiter, um Löcher in der Wand zuzukleckern, die von Amts wegen infolge Unfinanzierbarkeit nicht verdeckt werden können! Das ist Sophie noch nie passiert! Normalerweise werden Männer gelobt, wenn sie „eindeutige Frauenarbeit" machen, beispielsweise zwei Mal das Löfferl im Suppentopf umrühren oder gar Babywindeln wechseln.

Sophie hat mittlerweile weit über 4.000 Bücher gelesen. Manchmal macht ihr das Lesen überhaupt keinen Spaß mehr. Sie besitzt ungefähr 400 Kochbücher. In ihrer Sammlung befinden sich fast 1.700 Rezepte, die sie schon ausprobiert hat. Sie hat alle Mittel ausgeschöpft, um Meinrad zu einer Beziehung zu bewegen. Ihr fällt nichts mehr ein. Sie ist am Ende. Sie hat die Hoffnung aufgegeben. Vor ihr liegt nur unendliche Leere für den Rest ihres Lebens. Soll sie auch das aufgeben, obwohl sie eigentlich nie richtig selbst gelebt hat, immer nur versucht hat, die Erwartungen der anderen zufriedenzustellen und doch ständig kritisiert wird, von Eltern, nun auch den heranwachsenden Kindern (meist des Essens wegen: Sabine findet kaltes Essen und Fleisch unzumutbar, für Max ist „ordentliches" Essen nur Fleisch, egal ob warm oder kalt. Meinrad ist alles gleichgültig, wenn nur ausreichend Essen am Tisch steht.)? Sophie ist allein, unendlich allein.

Sie hat Jahre ihres Lebens in ihre Beziehung zu Meinrad investiert. Die erhoffte Gegenleistung ist ausgeblieben. Ist es illegitim, in einer Beziehung Gegenleistungen zu erwarten? Kann eine Liebesbeziehung funktionieren, in der nur eine Seite gibt, die andere nur ständig empfängt? In der Familie Meinrads gibt es in seiner Generation ausschließlich Männer, insgesamt acht.

Die Beziehungen von mindestens sechs (ihre eigene mit ein-
gerechnet) sind gescheitert. Haben alle „böse" Frauen? Oder
sollte es doch am männlichen Familiengen liegen?

Im März sieht Sophie Fritz bei einer Veranstaltung wieder. Sie
geht eigentlich nur aus dem Grund mit Meinrad mit, weil sie
hofft, Fritz dort zu treffen. Bis er kommt, führt sie Zwangs-
konversation mit einer alten Dame oder schaut durch die Luft,
denn Meinrad lässt sie wie immer alleine sitzen und unterhält
sich mit anderen. Endlich kommt Fritz. Er plaudert fast nur
mit Sophie. Er schaut ihr beim Gespräch tief in die Augen. Sie
unterhalten sich über ihre berufliche Tätigkeit, über die Kinder und es ist lustig. Fritz trägt keinen Ring mehr und Sophie
schöpft Hoffnung. Worauf? Das weiß sie nicht so genau. Eigentlich sollte ihr egal sein, ob Fritz ungebunden ist oder nicht,
aber es IST ihr nicht egal. Sie mag Fritz. Er ist knapp älter als
Meinrad. Die beiden haben dasselbe studiert. Und doch ist er
so anders, um so viel netter, um so viel unterhaltsamer, um so
viel aufmerksamer. Er gefällt ihr auch viel, viel besser als Meinrad. Er ist ihr Traummann. Träumen darf man doch? Auch
wenn man verheiratet ist?!

Die häusliche Atmosphäre ist kurz vor der Explosion. Sophie
hat manchmal das Gefühl, wenn man ein Zündholz in der Luft
entzünden würde, ginge alles in Flammen auf und bräche zusammen. Während eines Streits, in dem sich Sophie wieder
einmal beklagt, keine Ehe, sondern nur ein Dasein als unbezahlte Haushälterin und Köchin zu führen, schlägt ihr Meinrad
ins Gesicht. Sie schlägt zurück. Das lässt sie sich nicht bieten.
Sie lässt sich überhaupt nichts mehr bieten. Sie ist wütend, so
wütend, dass alle ihre zwanzigjährigen Bemühungen, eine normale Liebesbeziehung führen zu dürfen, fehlgeschlagen haben,
zwanzig verlorene Jahre, zwanzig unglückliche Jahre, zwanzig

Jahre, die sie ohne ihre Kinder nicht überlebt hätte. Er hat ihr genau die Hälfte ihres Lebens gestohlen!

Sie hat alle „kleinen Liebenswürdigkeiten", seltsamen Ticks oder Abartigkeiten, je nachdem ob man beschönigen möchte oder nicht, in Kauf genommen. Sie würde sie auch weiter ertragen, wenn Meinrad ihr Zeit und Liebe geschenkt hätte, ein bisschen zumindest. Mehr als zwanzig Jahre sinnloses Bemühen, mehr als zwanzig Jahre fruchtloses unermüdliches Abstrudeln für etwas, wo nichts zurückkommt, sind genug! Sophie will keine weiteren unnötigen Zeiten und Mühen investieren. Es reicht! Es reicht schon lange, hat schon vor zwanzig Jahren gereicht, so wie ihr Leben bereits damals verlaufen ist. Aus! Ihre fast 80-jährigen Eltern haben es spannender und angenehmer als sie. Ins Altersheim kann sie immer noch gehen, da muss sie wenigstens nicht täglich kochen und in keiner Müllumgebung leben. Dass sie mit Meinrad nie liebevoll den Rest ihres Lebens, so wie sie sich das vorgestellt hat, verbringen kann, ist ihr klar. Nur für Meinrad kochen, ihn bedienen, seinen Dreck wegputzen und sein permanentes Räuspern anhören, sich in der Öffentlichkeit stets fürchten müssen, dass er etwas Peinliches sagt, will sie nicht länger! Sie will weg aus diesem Dasein, endlich ihr eigenes Leben, erfüllt von Liebe, führen, so wie sie es seit ihrer Kindheit erhofft und sich vorgestellt hat, so wie sie es bei manchen Bekannten und Freundinnen sieht, so wie sie es liest, im Fernsehen sieht. Das kann nicht alles erfunden sein. Sie will das auch, und zwar bald, bevor sie uralt, fett und runzelig ist.

Ihr Lebenstraum von einer liebevollen Partnerschaft ist endgültig zerbrochen wie ein Glas. Es schmerzt sehr.

Meinrad ist sehr zufrieden mit seinem genialen Schachzug und stolz auf seine Intelligenz. Mit Fritz hat er endlich einen Gesprächspartner für seine dauernd lamentierende Frau gefunden. Der Freund beschäftigt sie, während er sich mit anderen Leuten unterhalten kann. Sophie macht auch einen recht zufriedenen Eindruck. Meinrad fördert also das Zusammentreffen der lästigen Gattin mit Fritz nach Kräften. Der sonst so Träge ruft Fritz sogar an, ob er zu Veranstaltungen des gemeinsamen Vereins kommt und hält ihm einen Platz frei, da dieser wegen seiner beruflichen Tätigkeit oft später eintrifft. Bis dahin langweilt sich Sophie, denn Meinrad lässt wie stets links liegen und „tourt" durch die Gegend. Er plaudert mit alten Bekannten oder mit Max' Freunden, denen er, während er selbst sein Bier nachfüllt, Tipps zum mäßigen Alkoholgenuss gibt. Sophie geht zu solchen Veranstaltungen mittlerweile nur mit in der Hoffnung, dort Fritz zu sehen. Sie mag ihn, fühlt sich in seiner Gesellschaft wohl. Er hört ihr zu, ist freundlich, unterhaltsam und gescheit.

Bei einer Veranstaltung am Samstagabend erbittet Fritz Sophies Büro-Telefonnummer, da er wichtige dienstliche Fragen mit der Fachfrau zu besprechen hätte. Sophie gibt ihm ihre Karte. Sie überlegt, ob er sie wirklich nur wegen dienstlichen Angelegenheiten anrufen will. Sie hofft, dass es nicht nur deswegen ist. Die Veranstaltung verlassen sie Hand in Hand. Zieht Fritz sie nur nach, damit sie am Weg zum etwas entfernt liegenden Ausgang nicht verloren geht? Sie ist sich unsicher. Es fühlt sich auf jeden Fall gut an, besser als Meinrads kalte, oft feuchte oder von der Gartenarbeit schmutzige Hand.

Sophie denkt nach und kommt zu keinem Entschluss. Sie ist komplett verwirrt. Sie hat kein klares Bild einer Zukunft vor Augen. Sie weiß nicht, wie sie ihre Gefühle für Fritz einstufen soll. Oder weiß sie es doch? Alles ist anders, neu, schön, viel schöner als bei Meinrad, so wie sie es erträumt hat?! Sie erzählt Meinrad, dass sie sich unsicher bezüglich Fritz' Verhalten ist. Meinrad zuckt gleichgültig die Schultern.

Sophie fühlt, dass sie bald eine Entscheidung treffen muss. Glück oder „Moral“? Sie denkt den ganzen Sonntag darüber nach, lächelt vor sich hin, tut die Gedanken als Hirngespinste ab. Warum sollte sich so ein toller Mann wie Fritz für jemanden wie sie interessieren? Also braucht sie sich gar nicht den Kopf über etwas zerbrechen, das ohnehin nie real werden wird. Oder doch?

Am Montag darauf, dem Tag vor einer länger geplanten Dienstreise, von der sie Fritz am Wochenende erzählt hat, ruft er sie im Büro an. Sie wollte gerade ihren Arbeitsplatz verlassen und zu einer Sitzung gehen. Normalerweise hebt sie bei solchen Gelegenheiten nicht ab, damit sie nicht unpünktlich ist. Doch als sie eine unbekannte Handynummer am Display sieht, hofft sie sogleich, dass es Fritz ist. Sie will auf keinen Fall seinen Anruf verpassen. Sie beantwortet seine fachliche Frage, gibt ihm auf seine Anfrage hin, ob er vertrauenswürdig genug für die Bekanntgabe ihrer Handynummer sei, dieselbe – und kommt sehr knapp zu ihrem Termin.

Als sie am nächsten Morgen im Zug sitzt, hört sie das Einlangen einer Textnachricht. Sie fühlt, dass diese von Fritz sein könnte. Sie ist aufgeregt und schaut sofort nach. Sie freut sich wie ein kleines Kind, dass Fritz ihr geschrieben hat. Es ist mehr als nur Freuen, ein unbestimmtes, ihr bisher unbekanntes, aber absolut erfreuliches, schönes Gefühl.

16.05.17, 07:07 – F: Guten Morgen– … wünsch eine erquickliche Dienstreise … sieht ja richtig amtlich aus …
16.05.17, 08:20 – S: Danke, so früh schon auf? Ich sitze gerade im Zug nach Linz. … Schöne Woche!

Irgendwie hat Sophie mit einem Kontaktversuch von Fritz gerechnet, darauf gehofft. Es folgen mehrere Nachrichten, auf die sie stets sofort antwortet, Nachfragen, wo sie gerade ist, Bitten um Bilder, nichts Aufregendes, aber doch aufregend. Am ersten Abend der Dienstreise spaziert Sophie alleine durch die Gegend und denkt an Fritz. Als sie ihr Hotelzimmer betritt, denkt sie, wie schön es wäre, wenn Fritz auf einmal vor der Tür stände. Sie hat zwar keine konkreten Vorstellungen, was dann passieren sollte, aber es wäre schön. Es würde sie unendlich freuen.

Jeden Tag berichtet sie von der Dienstreise, Fritz schreibt von seinem Arbeitstag, schickt Fotos, erbittet Schnappschüsse von Sophies Reiseeindrücken. Sophie kann fast nichts essen, was auch ihren Kolleg/innen schon auffällt. Sie ist aufgeregt, begeistert, ein Gefühl, das sie sich nicht erklären kann, das sie bisher nicht gekannt hat. Oder? Sie glaubt schon, es zu kennen, das geht doch nicht?! Aber es ist herrlich!

Am letzten Tag ihrer Reise ändert sich das Programm infolge eines Verkehrsstaus in der Großstadt. Ein Programmpunkt wird gestrichen und Sophie kann einen früheren Zug in Richtung Wien nehmen. Da sie Fritz über seine Tagespläne informiert hat, weiß sie, dass er zum Zeitpunkt ihrer Rückkehr nichts vorhat. Also schreibt sie ihm, wann sie ankommen wird und wartet auf seine Antwort.

Es wäre doch zu schön! Die erhoffte Antwort langt bald ein. Fritz bietet an, Sophie vom Bahnhof abzuholen, wenn es ihr recht ist. Und ob es ihr recht ist! Sie strahlt übers ganze Gesicht, sodass sie die mitfahrenden Kollegen belächeln und ihr raten, sie solle das Handy nicht wegpacken, es würde gleich wieder vibrieren. So ist es auch. Je näher sie der Hauptstadt kommt, desto aufgeregter, erwartungsvoller werden Fritz' Botschaften. Sie geht noch schnell auf die Zugtoilette und frisiert sich. Dann kommt der Zug auch schon an, Hauptbahnhof, Gleis neun, Weiterfahrt nach Budapest.

Fritz steht wartend am Bahnhof, hinter sich einen Geschenksack und Blumen haltend. Sophie sieht es gleich. Sie steigt lächelnd aus, nähert sich ihm, schaut zu ihm hinauf und – wie in allen Romanen, die sie gelesen hat, in allen Liebesfilmen – sie küssen einander. Sie umarmt ihn. Es passiert irgendwie automatisch, als ob „es so sein müsse". Sophie hat so etwas noch nie erlebt. Sie ist glücklich, weist aber pflichtschuldigst sogleich darauf hin, dass sie verheiratet ist und eigentlich nicht weiß, wie das jetzt weitergehen solle. Fritz meint, er wisse sehr wohl, dass sie verheiratet ist; sie solle das so handhaben, wie es für sie passe. Ihm sei alles recht, solange er sie nur sehen könnte. In der Bahnhofsgarage küssen sie einander ausgiebig weiter. Als Fritz Sophie nach Hause chauffiert, erzählt sie ihm von ihrer vollkommen missglückten Beziehung zu Meinrad. Fritz setzt sie in der Garageneinfahrt eines nahegelegenen Hauses in ihrer Heimatstadt ab, sie vereinbaren ein baldiges Wiedersehen und schreiben einander ab diesem Zeitpunkt regelmäßig und oft auf WhatsApp.

Am selben Abend muss Sophie mit Meinrad in die Tanzschule gehen. Dies war der wohl allerallerletzte Rettungsversuch ihrer Ehe. Eine Cousine Sophies hat begeistert erzählt, wie beziehungsfördernd der gemeinsame Besuch der Tanzschule für sie und ihren Partner sei. Sophie, die bekanntlich sehr gerne tanzt und mit Meinrads Grundschritt und nicht vorhandenen Führungsqualitäten nicht sonderlich zufrieden ist, wollte dies schon seit Jahren. Aber Meinrad hat immer abgelehnt (keine Zeit, kein Geld). Nun hat sich Sophie Max zum Verbündeten gemacht, der seinem Vater eingeredet hat, dass die Tanzschule ein ideales Geschenk für den halbrunden Geburtstag Sophies sei. Da Meinrad sonst kein passendes Geschenk eingefallen ist, hat er zugestimmt. („Aber Tanzschulbesuch bitte erst im Herbst. Im Frühling möchte ich in den Garten gehen!") Also gehen Meinrad und Sophie seit ungefähr einem halben Jahr in eine Tanzschule in einer Nebenstraße. Sophie zittert jedes Mal, dass Meinrad zu spät kommt oder vergessen hat. Sie zittert jedes Mal, dass Meinrad dem Tanzlehrer erklärt, dass die Tanzschule zu teuer sei und es eine Frechheit sei, dass er sich um diesen Preis die Schrittfolge noch immer nicht gemerkt hat. In der Pause zittert Sophie nicht, dass Meinrad peinliche Äußerungen von sich geben könnte. Während die anderen Paare sich einträchtig unterhalten, geht Meinrad aufs Klo, und zwar jedes Mal. Sonst stört das Sophie, wenn sie gelangweilt alleine herumsitzen muss, heute nicht! Sie schreibt Fritz.

In der nächsten Woche besucht Fritz sie regelmäßig zum Frühstück im Büro oder holt sie vom Bahnhof ab. Es gelingt ihr stets, Meinrad abzuhängen. Meistens ist er ohnehin zu spät dran. Zeit mit Fritz zu verbringen, ist einfach wunderschön für Sophie, täglich gemeinsam Kaffee trinken oder zu Starbucks gehen, manchmal auch in der Mittagspause spazieren oder Eis essen. Das ist so viel gemeinsame Zeit für Sophie! Noch nie hat ihr jemand so viel Zeit geschenkt! Für sie ist das extrem viel, für Fritz nicht ganz so viel.

Nach einigen Kaffeehausbesuchen, die Fritz bezahlt hat, fragt Sophie, wie viel sie ihm denn schuldig sei. Fritz versteht die Frage nicht. Sophie erklärt ihm nun Meinrads Abrechnungssystem. Fritz glaubt, dass sich Sophie über ihn lustig machen will. Es fällt ihr schwer, ihm glaubhaft zu versichern, dass ihr Ehepartner tatsächlich mit ihr zwanzig Jahre lang „strenge Rechnung" gemacht habe.

Fritz findet das in einer Partnerschaft sehr seltsam, Sophie eigentlich auch, da sie sich dabei stets wie eine „feindliche" Geschäftspartnerin vorkommt. Fritz meint, für ihn passe es vollkommen, wenn man abwechselnd zahle bzw. so, dass sich die Ausgaben ungefähr die Waage halten. Es funktioniert vortrefflich.

Über ein verlängertes Wochenende fährt Sabine mit ihrem Musikverein auf Kurzurlaub. Sophie will nicht mit den beiden Männern vier Tage alleine zu Hause bleiben, ihnen nicht vier Tage „den Trottel machen" und die restliche Zeit links liegen gelassen werden, nicht vier Tage Meinrad aushalten müssen, der ihr mittlerweile unendlich auf die Nerven geht. Sie schlägt Fritz, der schon einige Ideen für eine unerwartete dringende Dienstreise oder einen spontanen Seminarbesuch gehabt hat, vor, einen „Damenabend in der Provinz" bei einer Meinrad vom Erzählen her bekannten Bürokollegin vorzugeben. Meinrad heißt das Vorhaben gut, kommt Sophie doch endlich raus und er kann in Ruhe im Garten arbeiten. Außerdem hat Sophie den Kühlschrank für Vater und Sohn ja gefüllt. Max führt die Mutter zum Bahnhof, wo Fritz bereits mit seinem Auto am Nebenparkplatz wartet.

Sophie weiß aus den Belehrungen ihrer Mutter, was sie erwartet („Geh' nie mit einem Mann in seine Wohnung! Die wollen alle nur das eine."), weiß, dass sie nicht die Erste ist und Fritz gibt das auch offen zu. Sophie ist das egal. Sie ist glücklich, endlich von Meinrads Gleichgültigkeit loszukommen. Fritz ist ihr gegenüber definitiv NICHT gleichgültig! Er ist für Damenbesuch ausgerüstet. Er hat Prosecco eingekühlt und Kerzen angezündet.

Fritz sagt „Jö", als er Sophie umgezogen in einem tiefroten Spitzenkleid sieht, das sie allerdings nicht lange anbehält. Wenig später bezeichnet er Sophie lächelnd als „sein JÖ" und als Sophie sich Stunden später zum Schlafen fertig macht und er sie fragend ansieht, erklärt sie: „Das JÖ geht jetzt schlafen." Als Monate später die Firma Billa das „JÖ-Konzept" entwickelt, schenkt Fritz Sophie ein JÖ-T-Shirt.

Vor dem Einschlafen zieht sie Fritz in seine Armbeuge. Sie schläft dort „eingerollt" die ganze Nacht, ohne dass sie Fritz auffordert, sich wegzulegen, damit er in Ruhe schlafen kann. Ihm schläft auch nicht die Hand ein, wenn Sophies Kopf auf ihr ruht.

Sophie lernt in diesen ersten Stunden einiges kennen, was ihr in zwanzig Jahren Ehe nie widerfahren ist, was Meinrad als „unrealistisch" oder „zu anstrengend" bezeichnet und gar nicht erst versucht hat. Sie staunt über so manches, nimmt so viele Eindrücke mit, dass sie gar nichts sagen kann, diese gar nicht einordnen kann. Sie weiß nur: Alles ist besser als Meinrad. Ich halte diesen nicht mehr aus. Weg!

Am nächsten Tag führt Fritz Sophie zurück. Am Sonntag treffen einander die beiden unbemerkt während der Agape nach der Erstkommunionsfeier von Verwandten Sophies. Alle sind zu sehr mit dem Buffet beschäftigt. Es bleiben nur wenige Minuten für Umarmungen und Küsse. Aber die Zeit lohnt sich. Es ist wunderschön, von Fritz fest gehalten zu werden. Sophie ist überglücklich. Als sie anschließend öfter Fritz schreibt, glauben alle, sie kommuniziere mit ihrer Tochter, die noch immer im Ausland ist.

Sophie versteht auf einmal das Gedicht Catulls von den „Tausend Küssen", das sie in ihrer Oberstufenzeit übersetzt und immer übertrieben und blöd gefunden hat. Sie ist gerade in der richtigen Stimmung, um Sabine Inputs für deren Interpretation von Liebesgedichten für die Schule zu liefern (Sabine findet diese übertrieben und blöd.). Sophie versteht auf einmal „Gretchen am Spinnrad" (Faust I) und die Bibel, wo es heißt, dass „Mann und Frau eins sind". Früher hat sie diese Stelle für eine „schwülstige kirchenliterarische" Ausdrucksweise gehalten. Mit Meinrad war sie nie „eins", mit Fritz schon. Bei ihm hat sie das Gefühl, es „gehört einfach so". Sie fühlt sich wie das zweite passende Puzzleteil. Wenn sie Fritz umarmt, durchzieht eine angenehme prickelnde Wärme ihren ganzen Körper. Fritz bekommt die Unendlichkeit an Liebe von Sophie, die bisher keiner haben wollte.

Bei einer „Maibowlen"-Veranstaltung vereinbaren Fritz und Sophie ein Treffen und Fritz hält einen Platz neben sich frei, den Sophie dann „ganz zufällig" einnehmen kann. Sie unterhalten sich prächtig, glücklich, sich wieder nahe sein zu können. Fritz überlässt Sophie den Rest seiner Erdbeerbowle, da er als Autofahrer darauf achtet, nicht zu viel Alkohol zu trinken. Max und seine Freunde beobachten das Geflüster und Gelächter der beiden. Bei der Heimfahrt meint Max' Freund, Fritz versuche, Sophie einzutrankeln, damit er sie herumkriege. Das sehe ja ein Blinder.

Die Morgenbesuche bzw. frühmorgendlichen „Abholdienste" von Fritz werden fortgesetzt. Die beiden trinken Kaffee, essen Eis, treffen sich in Fritz' Mittagspause oder nach Sophies Dienstschluss, fast jeden Tag. Am Wochenende – da würde es auffallen – schreiben sie einander nur. In den frühen Morgenstunden merkt keiner, wenn Sophie Fritz über WhatsApp „Guten Morgen" wünscht. Doch abends ist es oft mühsam. Max ist dann immer besonders aufgekratzt, weil er noch nicht schlafen gehen will und Meinrad ihn ständig unterbricht. Sophie sitzt meistens schon (mit Handy unter der Decke) im Bett, während die beiden „jojo"-artig immer wiederkehren und versuchen, ihre Botschaften zu übermitteln. Sind diese endlich weg, können Sophie und Fritz ungestört weiterschreiben. Sie tun dies bis zum Einschlafen und haben dafür bald ein eigenes Ritual mit bestimmten Worten und Formulierungen entwickelt. Erst dann können sie einschlafen.

Zu Pfingsten findet eine große Veranstaltung von Meinrads und Fritz' Verein statt. Beide werden hingehen, vereinbaren ein Treffen am Veranstaltungsort. Da Meinrad zuvor die Heilige Messe besuchen möchte, bleibt Fritz und Sophie ausreichend Zeit für ein weiteres privates Treffen. Fritz holt Sophie ab und fragt sie, ob sie Lust hätte, in seiner Wohnung einen Kaffee zu trinken. Es kommt ihr zwar komisch vor, dass er ans Kaffeetrinken denkt. Aber schließlich trinkt er ja viel mehr Kaffee als sie. Es wird dann auch nichts aus dem Kaffee und Sophie hat dazugelernt, was eine Einladung zum Kaffee bedeutet. Als sie zum Veranstaltungsort kommen, sehen sie gerade Meinrad und Sophies Vater kommen. Es beginnt zu regnen. Fritz nimmt Sophie unter seinen großen Schirm und sie erklären, sich zufällig gerade bei der U-Bahn getroffen zu haben. Als die Veranstaltung sich dem Ende zuneigt, überlegen sie, wie sie es anlegen könnten, gemeinsam, aber ungestört, nach Hause zu fahren. Sophie schreibt Fritz eine Nachricht: Er solle Meinrad fragen, ob ihm nicht aufgefallen sei, dass seine Frau total blass ist. Ob ihr übel sei. Meinrad, dem nie auffällt, wenn Sophie infolge ihres niedrigen Blutdrucks fast kollabiert oder einfach wartet, wenn sie sich präventiv auf dem Küchenteppich ausgestreckt hat, bis ihr nicht mehr schwarz vor den Augen ist und sie weiterarbeiten kann, fragt pflichtschuldig nach. Sophie simuliert erfolgreich eine akute Kreislaufschwäche wegen der großen Menschenansammlung und der schlechten Luft. Meinrad und ihr Vater überlegen, wie sie Sophie in diesem Zustand nach Hause schaffen können.

Fritz bietet seine Dienste als Chauffeur an. Er habe in seinem Auto allerdings nur Platz für eine einzige Person, da er als Junggeselle ein bisschen unordentlich und das Auto total vollgeräumt sei. (Sophie hat übrigens noch niemanden gesehen, der so ordentlich wie Fritz ist. Seine akribisch gestapelten Hemden in seinem Kleiderkasten und die Sorgfalt, mit der er

Gläser poliert, sind ihr gleich bei ihrem ersten Besuch positiv aufgefallen. Meinrad dagegen ist eher Anhänger der „Wurf-technik". Kleidungsstücke, vor allem die in den oberen Etagen, werden in die Regale gezielt. Bleiben sie dort, ist das gut. Öff-net man die Schranktüren, fallen sie einem meistens entgegen. Regt man Systemänderung an, heißt es: „Das ist MEIN Kasten. Das geht dich nichts an!") Fritz bringt die Geschwächte gut nach Hause. Meinrad und Sophies Vater, die öffentliche Ver-kehrsmittel benutzt haben, sind vor den beiden zu Hause.

Am nächsten Tag ist Frühschoppen. Fritz und Sophie wol-len einander dort wieder treffen. Fritz ruft Meinrad am Handy an, doch dieser hebt nicht ab. Er ist im Garten. Fritz bittet So-phie per WhatsApp um die Festnetznummer. Mittlerweile ist Meinrad angetrabt gekommen und hat den entgangenen An-ruf bemerkt. Da läutet auch schon das Festnetztelefon. Sophie zerplatzt fast vor Lachen. Meinrad erklärt ihr, dass Fritz gerade anfrage, ob sie zum Frühschoppen kommen wollen. Meinrad wirkt nicht sehr begeistert. (Der Garten ruft!). Sophie erwi-dert sehr erfreut, dass das eine ausgezeichnete Idee sei, da Fri-schluft ihrem angegriffenen Kreislauf bestimmt gut tue. Mein-rads Argument, die könne sie auch im Garten haben, überhört sie. Er meint, Fritz sei schon penetrant lästig! Beim sonnigen Frühschoppen finden Fritz und Sophie ein bisschen Zeit zum Händchenhalten und sogar für einige verstohlene Küsse, da Meinrad mit der Inspektion des Buffets schwer beschäftigt ist. Sophie ist glücklich.

Fritz wartet an Arbeitstagen weiterhin täglich am Bahnhof auf Sophie, chauffiert sie an ihren Arbeitsplatz und frühstückt mit ihr. Oft treffen sie einander in der Mittagspause in der Innen-stadt. Sophie hat noch nie so viel an Gemeinsamkeit erlebt.
In den ersten Wochen hat sie ständig ein etwas aufgekratztes Kinn. Die Auswirkungen von den Küssen mit Fritz' Dreita-

gesbart merkt allerdings nur sie und dank Gesichtssalbe und Gewöhnungseffekt verschwinden die Rötungen auch bald.

Fritz ist stets lustig, er redet wie ein Wasserfall, die Worte gehen ihm nie aus. Zwischendurch miaut und tiriliert er fröhlich, sodass man manchmal meint, eine ganze Menagerie befinde sich in seinem Auto. Er überhäuft Sophie mit Komplimenten, die sie nicht alle ernst nimmt und meint, sein „Süßholz-Raspeln" gefährde den potenziellen Christbaumbestand.

Bei einem Grillfest von Meinrads Verein sitzen Fritz und Sophie wieder „ganz zufällig" nebeneinander. Damit sie sich ungestört küssen können, gehen sie manchmal getrennt voneinander vorgeblich aufs WC und treffen einander in einem Nebenzimmer. Als Fritz Meinrad und Max fragt, ob sie einmal seine Sammlung von Vereinsartikeln besichtigen wollen, die er in einer Vitrine ausgestellt hat, prustet Sophie los. Sie muss so viel lachen, dass sie aufspringt und sich schnell auf die Toilette zurückzieht. Verwunderte Blicke folgen ihr. Als sie kurz darauf etwas beruhigt zurückkehrt, fragt sie Fritz leise, was die Ursache ihres Heiterkeitsausbruches sei. Sie malt Fritz die Vorstellung des Besuches von Mann und Sohn aus, die, bevor sie zu den Vereinsartikeln gelangen, an mehreren Bildern Sophies vorbeikommen würden, die Fritz nach Vorlagen, die Sophie einmal Meinrad geschenkt hat, von demselben Fotogeschäft nachmachen hat lassen und in Vor- und Wohnzimmer aufgehängt hat. Nun prustet auch Fritz los. Die beiden können sich nicht mehr zurückhalten. Spätestens jetzt haben sie die Aufmerksamkeit fast aller auf ihrer Seite.

Anfang Juli verlassen Sophie und ihre Tochter als Erste ein Familienmittagessen, zu dem Meinrads Vater befohlen hat, da er anlässlich Max' bestandener Matura eine salbungsvolle Rede halten will. Sophie verdreht die Augen, als Meinrad wieder peinlich daherredet und unappetitlich isst, und erntet dafür strafende Blicke ihres Vaters. Beim Einsteigen ins Auto sagt Sophie, dass sie etwas mitzuteilen habe. Sabine fragt begeistert: „Lasst ihr euch endlich scheiden?" Sophie murmelt: „Ja, so ähnlich!" Zu Hause angekommen, klärt sie Sabine über ihr Verhältnis zum Vater ihres Schulkollegen auf. Sabine ist begeistert und sagt zu ihrer Mutter: „Ich sehe dich seit Jahren das erste Mal wieder lächeln!" Dann grübelt sie, ob sie mit ihrem Schulkollegen jetzt in irgendeinem Verwandtschaftsverhältnis steht. Sie bringt der Mutter bei, wie man schneller auf Whats-App schreiben kann.

Fritz lässt sich immer etwas Neues einfallen, um Zeit mit Sophie verbringen zu können. Einmal beobachten sie in einer Bar über den Dächern Wiens die untergehende Sonne. Fritz erzählt von einem Zitat, das früher in jenem Lokal im Stiegenhaus angebracht war. Er wird es später als Bild für seinen WhatsApp-Account verwenden:

Für die Welt

bist Du irgendjemand,

aber für irgendeinen

bist Du die Welt!

(Erich Fried)

Fritz sprüht vor Ideen. Wie Wickie in der Kinder-Zeichentrickserie, sagt er öfters: „Ich hab' eine Idee!" Nur die bunten Sternchen fehlen. Sophie ist stets gespannt, was er sich wieder ausgedacht hat. Mit ihm würde ihr nie langweilig werden, da ist sie sich sicher.

Sophie hat KEIN schlechtes Gewissen. Sie hat Meinrad fast seit Beginn ihres Verhältnisses erklärt, dass eine ordentliche Beziehung anders aussieht. Sie hat mehr als zwanzig Jahre durchgehalten, sich ebenso lange von Meinrad hinhalten lassen. Während sie sich permanent darum bemüht hat, doch noch eine Liebesbeziehung daraus zu machen, war Meinrad gar nicht interessiert daran. Er war mit Essen und Haushaltsführung zufrieden. Fritz meint, der freie Wettbewerb höre nie auf. Sophie weiß genau, dass kein anderer Mann bei ihr eine Chance gehabt hätte, wenn Meinrad etwas daran gelegen hätte (Konjunktiv II), mit ihr eine normale Ehe zu führen. Solange sie auch nur einen winzigen Strahl Hoffnung gehabt hat, waren die Annäherungsversuche anderer zum Scheitern verurteilt. Sie hat Meinrad schon vor Monaten ihren unbezahlten Dienstvertrag „geistig gekündigt", auch wenn sie die Arbeit der Kinder wegen weitermacht.

Fritz ist für sie genau der Mann, den sie sich seit ihrer Mädchenzeit vorgestellt, erhofft und erträumt hat. Damals haben ihre Eltern, später Meinrad, erklärt, sie lese zu viele Bücher. Das, was sie sich vorstellt, gebe es gar nicht. Es gibt ihn nicht nur. Sie „hat" ihn jetzt auch (oder er sie) und sie will ihn nie wieder hergeben.

An Nachmittagen unternehmen sie Ausflüge, gehen an der Donau spazieren und unterhalten sich bestens. Fritz plaudert unentwegt, ist nicht zu bremsen. Ihm gehen nie die Worte aus. Manchmal reimt er nach dem Schema: „Reim' dich oder stirb!" Es ist einfach zu schön, um wahr zu sein. Sophie kommt sich vor wie in Traum. Ihr Leben mit Fritz erscheint ihr fast ein wenig unrealistisch. Wie könnte die künftige Wirklichkeit ausschauen? Die Realistin Sophie kann sich das noch nicht so recht vorstellen.

Einige Male kommt sie Fritz besuchen, wenn keiner zu Hause ist. Da Sophie das so gewohnt ist, kocht sie für ihn und ist verwundert, hat sie doch den Eindruck, dass Fritz das gar nicht so wichtig ist. Essen gehört doch zum Leben, ist wichtig!? Sie „kann" nicht auf demselben Platz anrichten, an dem sonst Meinrad isst, am „Vorsitz" mit den Armlehnen. Das passt für sie nicht. Sie will nicht an Meinrad erinnert werden. Also serviert sie im Speisezimmer, dort wo sonst nur an hohen Fest- und Feiertagen, also zu Weihnachten und zu Silvester, gespeist wird. Das passt für Fritz. Schließlich ist ihre Beziehung zu ihm etwas ganz Besonderes! Sie kann sich ein Leben mit Fritz in DIESER Umgebung überhaupt nicht vorstellen, obwohl ihre Fantasie durchaus groß ist. Das Schlafzimmer ist nicht romantisch, das Wohnzimmer finster und ungemütlich, die Raumaufteilung passt nicht und auf Schritt und Tritt stößt sie auf ihre trostlose eheliche Vergangenheit. Die negativen Assoziationen sind zu stark. Lösung fällt ihr keine ein.

Zu ihrem zwanzigsten Hochzeitstag bringt Meinrad Blümchen und ein Schmuckset von einem örtlichen Juwelier und glaubt, es ist alles gut. Er versucht sich sogar als Bäcker und produziert so etwas Ähnliches wie einen Schokolade-Mohn-Kuchen, der zu Sophies Lieblingskuchen zählt. Er weiß allerdings schon, dass Sophie eigentlich nichts Süßes essen will, da das ihrer Verdauung schadet. Sophie ist das unangenehm. Glaubt er tatsächlich, eine einmalige Aktion könne zwanzig Jahre Vernachlässigung wieder gut machen? Merkt er nicht, dass die Situation sich in den letzten Jahren zugespitzt hat, sie kaum mehr miteinander reden? Checkt er nicht, dass es längst vorbei ist? Sie hat ihm zwanzig Jahre alle Möglichkeiten gegeben, mit ihr eine liebevolle Partnerschaft zu führen. Sie hat darum tausend Mal gebeten, hat darum gebettelt und geheult. Sie erwähnt, dass ihre gesundheitlichen Probleme bekannt seien, Süßes ihr extrem schade, isst drei Stück Kuchen und erbricht diese sofort wieder. Den Rest des Kuchens spendiert sie Sabines Musikverein, der an diesem Tag Klassenabend hat.

Sophie hat trotzdem ein schlechtes Gewissen. Meinrad hat sie zwar vernachlässigt und das Scheitern ihrer Ehe ist offensichtlich. Dass ihr Traum von Partnerschaft bis in den Tod in liebevoller Zweisamkeit mit glücklichen Kindern nicht funktioniert hat, ist nicht ihre Schuld, sondern allein Meinrads, aber am Hochzeitstag hat er sich doch zumindest bemüht. Sie weint in den frühen Morgenstunden so lange, bis Fritz ins Büro kommt, sie in die Arme schließt und tröstet.
Irgendwann kündigen sich Meinrads Eltern an. "Tata!", stehen sie mit einer Flasche Prosecco von Lidl vor der Tür und wollen mit Meinrad und Sophie auf zwanzig glückliche Ehejahre anstoßen. Meinrad sieht Sophie an und merkt an deren Gesichtsausdruck, dass dies NICHT der richtige Zeitpunkt dafür ist. Er sagt seinen Eltern, sie haben keine Zeit.

Als Max eines Tages vom Mittagessen bei ihren Eltern nach Hause kommt, spürt Sophie sofort eine Veränderung. Max ist ablehnend, verschlossen. Sie weiß sofort: Ihre Eltern haben mit ihm über ihr mögliches Verhältnis gesprochen und ihn aufgehetzt. Ihre Mutter hat bereits mehrmals argwöhnisch nachgefragt. Das Verhältnis von Mutter und Sohn ist ab sofort gespannt. Sophie hat den Eindruck, Max wartet auf etwas. Sie weiß auch worauf, auf ihre Erklärung, dass alles nicht wahr ist, dass alles so weitergeht wie bisher. Sie hofft, dass Max sie ebenso wie Sabine verstehen wird. Er macht sich doch ständig über seinen Vater lustig, kracht fast täglich mit ihm zusammen, merkt, dass das Verhältnis der Eltern mehr als gespannt ist. Er muss doch einsehen, dass man mit so einem komischen Menschen nicht zusammenleben kann! Seine Mutter, die alles für ihn tut, hat doch ein besseres Leben als das als Putzfrau und Köchin verdient!

Vielleicht versteht er es, er will aber auf jeden Fall, dass es so weitergeht wie bisher, dass seine „heile Welt", auch wenn sie zeit seines Lebens nur eine Scheinwelt war, erhalten bleibt. Sophie ist es ZU gut gelungen, ihr wahres Empfinden vor den Kindern zu verbergen. Max will nicht wahrhaben, dass eine Ehe aus mehr als aus Kochen und Essen besteht.

Als Sophie ihrem Sohn im Sommerurlaub mitteilt, dass sie sich scheiden lassen wolle und ein Verhältnis mit Fritz habe, reagiert er aggressiv. Er werde das nie akzeptieren. Sophie hat sich das einfacher vorgestellt, Sabine hat sie vorgewarnt.
Am selben Abend bittet Sophie um ein Gespräch mit Meinrad. Sie gehen spazieren. Sophie teilt Meinrad in kurzen Worten mit, dass sie sich scheiden lassen wolle. Er wisse, dass ihr Leben mit ihm seit Jahren unerträglich ist. Meinrad gibt zu, dass Sophie seit dem Beginn ihrer Beziehung um mehr gemeinsame Zeit mit ihm gekämpft habe, die ihr zu geben er nicht in der Lage ist. Er stimmt zu. Sophie will alles möglichst schnell hinter sich bringen. Die beiden vereinbaren eine schnelle, unkomplizierte Scheidung auf freundschaftlichem Weg zum frühestmöglichen Zeitpunkt, also in wenigen Monaten. Sophie ist glücklich und zufrieden.

Am Abend schreibt sie begeistert Fritz davon, dass Meinrad ihnen keine Hindernisse in den Weg lege.

Vom Flughafen holt sie ihr Vater ab. Sein Verhalten gegenüber Sophie ist eisig. Sie will so schnell als möglich zu Fritz.

Am nächsten Tag sieht sie Fritz wieder. Sie braucht nun keine heimlichen Treffen mehr zu vereinbaren. Die Wiedersehensfreude ist groß. Fritz überreicht ihr ein kleines Päckchen, von dem er vor einigen Tagen schon ein Foto geschickt hat. Es ist ein silberner Ring drinnen, den Sophie ansteckt und bis jetzt nicht abgelegt hat. Sophie ist so froh, dass sie das unangenehme Gefühl, das die ablehnende Haltung ihrer Eltern hinterlassen hat, fast ausblendet.

Sie kommt sich vor wie die Prinzessin, die vom Prinzen am weißen Rösslein aus dem finsteren Turm gerettet wird. Fritz meint, ihre liebe Familie wäre froh, wenn er mit seinem Rösslein auch schnell davongaloppiere und macht Galopp-Geräusche nach. Sie kichern wie Teenager.

Wenige Tage später bekommt Sophie einen Anruf einer unbekannten Nummer auf ihr Handy. Der Name der Frau, die sich meldet, ist ihr bekannt. Es ist Fritz' frühere Verlobte. Sie kann ihre Telefonnummer nur von ihren Eltern bekommen haben. Sie verlässt das Zimmer, da Meinrad am Weg in den Garten gerade vorbeikommt und mitbekommen hat, dass dieser Anruf mit Sophies Verhältnis zu tun hat. Fritz' Ex-Verlobte lässt kein gutes Haar an ihm. Sie beklagt sich, dass Fritz alle Frauen nach dem Durchlaufen eines Jahreszyklus sitzen lasse. Sie habe seit Monaten von seinem Verhältnis zu Sophie gewusst. Das teure Kleid, das sie für ihre (3.) Hochzeit gekauft habe, hänge nun unbenutzt im Kleiderkasten. Sie werde schon sehen, dass es ihr genauso gehen wird. Sophie hat von Fritz' Beziehung gewusst, allerdings nicht, dass diese einige Zeit parallel zu der ihrigen verlaufen ist. Das hat sie nur manchmal vermutet. Sie ist getroffen, kann es nicht ändern. Die Dame am anderen Ende der Leitung wünscht ihr alles Gute, man merkt aber deutlich, dass sie genau das Gegenteil tut.

Sophie ist verletzt, einerseits von dem, was sie gerade erfahren hat, andererseits vom Vertrauensbruch ihrer Eltern, die hinter ihrem Rücken gegen sie intrigieren und denen scheinbar jedes

Mittel recht ist. Sie versucht, ihnen wiederholt zu erklären, dass ihre Verbindung zu Meinrad nur ein zwanzigjähriges unerfülltes Hoffen war, sie unendlich gelitten hat, ihr Mann sie jahrzehntelang hingehalten hat, sie seine Eigenheiten und seine Eltern nur ertragen hat, um ENDLICH geliebt zu werden, dass sie Meinrad wegen seiner netten Art geglaubt hat, von diesem aber nur ausgenutzt worden ist.

Sie habe alles versucht, sei physisch und psychisch vollkommen am Ende. Ob ihnen egal sei, wenn sie krepiere. Ob sie kein Anrecht auf Liebe und Glück habe? „Ja schon", kommt dann, aber IHRE Tochter habe ein Verhältnis, das sei unmoralisch; was sagen denn „die Leute"! Sie verstehen schon, dass Meinrads Art nicht auszuhalten ist. Wenn keiner davon wisse, solle sie machen, was sie wolle. Hallo, was ist jetzt Moral und was unmoralische Scheinmoral? Sind „die Leute" wichtiger oder das Glück der eigenen Tochter? Die geheimnisvollen „alle", für ihre Eltern scheinbar so wichtig, sind wieder da!

Sophie will ihr Verhältnis zu Fritz nicht verbergen. Sie fühlt sich nicht schuldig, da sie nie eine richtige Beziehung mit Meinrad geführt hat, er ihr diese fälschlicherweise nur versprochen hat. Er hat sie vor dem Altar belogen! Sie zögert allerdings, ihren Freundinnen davon zu erzählen, da sie noch nicht genau weiß, wie die Zukunft aussehen wird. Fritz ist davon nicht begeistert und drängt sie, ihn ihren Freundinnen vorzustellen. Ob sie sich für ihn geniere? Weil er keinen beeindruckenden Amtstitel hat? Nein, tut sie nicht. Peinlicher als Meinrads Äußerungen und Ticks kann keiner sein. Selbst bei dem haben ihre Freundinnen sehr höflich reagiert, wenn auch oft zu bemerken war, wie schwer es ihnen gefallen ist, wenn Meinrad gerade wieder Rothaarige oder Feministinnen auf den Scheiterhaufen oder Ausländer mit der Briefmarke am Hinterteil in ihre Heimat zurückschicken wollte. Dass sie selbst keinen Wert auf ihren Amtstitel am Partezettel legt, hat sie schon öfter erklärt. Das muss Fritz doch verstehen.

Anfang der Woche gehen Fritz und Sophie regelmäßig zwischen Fritz' Vormittags- und Abendkursen in einem großen Supermarkt einkaufen. Während Fritz ein paar Dinge für den täglichen Gebrauch kauft, ist Sophies Einkaufswagen stets übervoll. Er wundert sich, wie eine vierköpfige Familie in einer Woche so viel verbrauchen kann. Sie kauft das, was ihre Kinder mögen und was stets als Vorrat da sein muss, Nudeln, Sugo, Süßigkeiten für Max, Sushi für Sabine und Unmengen an Fertigpackungen mit chinesischen Gerichten. Sophie findet sie scheußlich, aber Max liebt sie heiß. Zur Garage im Einkaufszentrum wird Sophie stets im Einkaufswagen „geführt": Sie steigt hinten auf und Fritz saust damit bis zu seinem Auto. Hui! Max bleibt weiter aggressiv. Er versteht Sophie nicht. In ihrem astronomischen Alter reiche es für eine Frau vollkommen, wenn sie koche und putze. Was erwarte sie sonst noch vom Leben. Worte des Vaters?? Max fühlt sich von seiner Mutter vernachlässigt. Sophie versucht, ihm den Unterschied zwischen der Liebe einer Mutter zur Liebe zu einem Partner zu erklären. Max versteht es nicht.

Meinrad und Max machen sich über Fritz lustig. Nie würden sie für eine Frau so früh aufstehen, um sie vom Bahnhof abzuholen. Sie überlegen, was man sich denn so viel auf WhatsApp schreiben könne und machen halblustige Vorschläge.

Sophies Eltern hetzen weiter die Kinder gegen die eigene Mutter auf. Meinrad wird als der erfolgreiche, angesehene Spitzenbeamte präsentiert. Unverständlich, warum sich Sophie mit einem dahergelaufenen Weiberhelden ohne sicheren Job abgibt. Max plappert wie ein Papagei alles nach. Sophie erkennt die Formulierungen ihrer Eltern sofort. Haben sie ausgeblendet, dass Meinrad seit zwanzig Jahren in seinem Beruf nicht zurechtkommt, größte Probleme hat, unter starken Psychopharmaka steht? Stört es sie auf einmal nicht mehr, dass er ein furchtbarer Chaot ist, absolut unzuverlässig, im Müll herumwühlt, nur das Essen im Kopf hat? All das haben sie doch schon x-mal kritisiert!?

Sophies Vater ruft Fritz' Sohn an, um ihm über die unangemessene Beziehung Bescheid zu geben. Das findet nun sogar Meinrad unpassend.

Sophie bricht ständig in Tränen aus, versucht, ihren Eltern klarzumachen, dass sie mehr als zwanzig Jahre wirklich alles versucht habe, um mit Meinrad eine glückliche Ehe zu führen, dass alle ihre Versuche an Meinrads Ignoranz gescheitert seien. Nichts hilft! „Was sagen die Leute dazu! Wir müssen uns genieren!" – „Für euch wäre das Problem wohl bestens gelöst, wenn ich an Krebs sterbe?!" Schweigen auf der anderen Seite. Nicht eine Nacht verbringt Fritz damit, die heulende Sophie zu trösten. „Alles wird gut!" Sie ist sich da nicht so sicher.

Mit Meinrad werden Listen erstellt, wie viel Arbeit auf Fritz und Sophie zukäme, wenn sie das Haus übernehmen würden. Sie hat nie gesagt, dass sie das überhaupt will!! Die Kinder werden angestachelt, extreme Forderungen zu stellen, welche die Liebenden finanziell belasten würden, wie Luxusfernseher und Staubsaug-Roboter. Sophie will NICHT dort bleiben, wo sie sich nie wohlgefühlt hat, wo sie alles an ihr Unglück erinnert! Sabine will weg, hat ihr anfänglich sogar gesagt, sie würde mit ihr überall hingehen, auch nach Wien in Fritz' Wohnung. Sophie leidet, heult regelmäßig. Nur der Kinder wegen hat sie sich so lange bemüht. Soll sie dafür bestraft werden, dass sie um deren Wohlergehen so langes Leid auf sich genommen hat?

Die Ablehnung, die ihr von ihrer Familie entgegenschlägt, ist so massiv, der Druck so groß, die Hetzkampagnen so verletzend, dass Sophie fast wahnsinnig wird. Sie kann sich nun vorstellen, wie es zu „Ehrenmorden" in anderen Kulturkreisen kommt.

Jeden Sonntag ist Sophie von ihrem schlechten Gewissen zerrissen: Den Kindern gegenüber, weil sie ja für diese kochen muss, damit sie keine schlechte Mutter ist. Fritz gegenüber, mit dem sie eigentlich die Zeit verbringen will, der den Sonntag alleine bleibt so wie sie, denn die Kinder beschäftigen sich eigentlich ohnehin selbst, wollen nur das Essen. Sie hetzt nach Hause, um zu kochen, zu putzen, Wäsche zu waschen und zu bügeln, mit den Kindern zu plaudern. Meinrad hetzt die Kinder auf. Sie bekämen nie gescheites Essen. Das frühere Lieblingsessen der Kinder, die Hühnerschnitzel, die chinesischen Nudeln und vieles mehr werden auf einmal als schlecht bezeichnet, werden nun als "Fraß" abgetan. („Tja Meinrad, wer anderen eine Grube gräbt …") Sophie bemüht sich noch mehr, alle kulinarisch zufriedenzustellen, kocht mittags und abends warm, ist dem Zusammenbruch nahe. Außer Fritz tut sie keinem leid. Sie muss ja nicht. Sie ist ja selbst schuld. Würde sie weiter anständig leben, könnte sie dies ja gemütlich tun!

Jede kurze Abwesenheit wird zu ihrem Nachteil genutzt. Sie weiß das ganz genau. Sophie ist verzweifelt. Sie weiß nicht mehr, was sie tun soll, um es allen recht zu machen, weiß, dass es so nicht weitergehen kann.

Sophies Eltern scheinen in regelmäßigem Kontakt mit Fritz' Ex-Verlobten zu sein, die sich stets erkundigt, ob das Verhältnis noch aufrecht ist. Das kommt Sophie komisch vor, fast so, als wenn diese darauf warte, dass es beendet wird und sie wieder Chancen hat.

Sophie weiß nicht, wie es mit Fritz weitergehen soll. Fritz scheint nur Lösungen fürs „nächste Leben" zu haben, die für sie nicht realistisch sind. Sie hat nur EIN Leben. Sie will JETZT eine Lösung!

Meinrad hat Kontakt mit einem Anwalt aufgenommen und überlegt, wie er finanziell am besten aussteigen könnte. Das ist ihm das Wichtigste. Da er auf Nähe zu Sophie ohnehin keinen Wert legt, beschließt er, dass es für ihn am billigsten und praktischsten ist, so weiterzumachen wie bisher, solange er nur gutes Essen bekommt. Mit wem seine Frau ins Bett geht, ist ihm egal!

Er meint, er würde gerne ein halbes Jahr warten, wie es mit Sophies Beziehung weitergeht. Sein Anwalt hat gemeint, vielleicht sei der „Spuk" dann ohnehin vorbei.

Sophie anerkennt Meinrads Freundlichkeit. Da sie merkt, wie sehr Max unter der gescheiterten Ehe seiner Eltern und den Konsequenzen daraus leidet, gibt sie Meinrad noch eine letzte Chance. Glaubt sie wirklich daran? Sie hat akzeptiert, dass sich Meinrad nie um sie kümmern wird. Sie hat akzeptiert, dass Meinrad physisch nicht in der Lage ist, eine Ehe zu vollziehen. Sie hat Meinrads seltsame Angewohnheiten akzeptiert und könnte diese auch weiter akzeptieren. Sie hat akzeptiert, dass sie bis ans Ende ihres Lebens nichts außer unbezahlte Köchin und Putzfrau sein wird. Aber sie möchte dieses Leben bitte, bitte, bitte in Ruhe und Ordnung verbringen. Als äußeres Zeichen, dass ihm seine Frau dies wert sei, möge Meinrad doch bitte mit dem Aufräumen des Dachbodens beginnen. Sie hat seit Jahren darauf gedrängt. Max ist hochmotiviert. (Aber dabei bleibt es.) Sophies Vater bietet seine Hilfe an. In drei Stunden seien sie fertig. Meinrad lehnt ab. Sophies Vater würde vielleicht dreißig Jahre alte Partei-, Vereinsbroschüren oder Lokalblätter wegwerfen, die er stoßweise und in Kisten am Dachboden verwahrt hat, oder Säcke voll kaputtem Babyspielzeug und Überraschungseierspielzeug entsorgen. Dies alles sei wertvoll und Meinrad wolle sich unter keinen Umständen davon trennen. Dies alles ist ihm wichtig. Dies alles ist ihm wichtiger als Sophie. Sophies Vater reagiert etwas genervt.

Ein weiterer Vorschlag ihrer Eltern, mehr Zeit für Sophie zu gewinnen und einen Gartenarbeiter zu engagieren, wird von Meinrad ebenso brüsk abgelehnt. Das ist ihm seine Frau nicht wert! Ein Arbeiter sei zu teuer, außerdem möchte er höchstpersönlich Zeit im Garten verbringen.

Ende November merkt Sophie, dass Fritz länger online ist, aber nicht ihr, sondern jemand anderem schreibt. Sie vermutet, dass eine andere Frau dahinter steckt. Die beiden beschließen, sich zu trennen. Fritz meint, ihre Welten passen nicht zusammen; Sophie hat auch keine sinnvolle Vorstellung einer gemeinsamen Zukunft, aber etwas in seiner Stimme lässt sie hoffen. „Du bist eine wunderbare Frau!", verabschiedet er sich bei der letzten Umarmung.

Sophie bucht einen Flug nach Dresden für Meinrad und sie. Sie lässt die Hoteldaten, die auf ihren ursprünglichen Reisepartner Fritz laufen, ändern und ist verzweifelt. Ihr ist alles egal. Ein Leben wie bisher will sie nicht führen, denn das ist kein „Leben", sondern knechtische, sinnlose Pflichterfüllung. Sie fühlt sich komplett ausgehöhlt, wie im Vakuum, in einer sinnlosen, freudlosen Welt.

Kurz vor ihrer Abreise nach Dresden meldet sich Fritz wieder auf WhatsApp. Das Erste, was Sophie empfindet, ist Freude, Hoffnung, vor allem als er als Grund seiner Kontaktaufnahme die Hotelbestätigung nennt, diese aber nie schickt, obwohl er sonst absolut verlässlich ist. Das kann also nicht der wahre Grund für sein Schreiben sein. Die Nachrichten zwischen Wien und Dresden werden immer häufiger.
In Dresden – der Striezelmarkt ist wirklich schön und sie hat noch nie so eine großartige Aufführung des „Nussknackers" wie in der Dresdner Semperoper gesehen – wird Sophie die Ausweglosigkeit ihres Lebens mit Meinrad bewusst. Während

er fröhlich neben ihr hertrabt, sich an Kostproben von Weihnachtsstollen und Punsch erfreut, die vielen Kirchen bestaunt und vom ausgiebigen Frühstücksbuffet restlos begeistert ist, fühlt Sophie nur komplette innere Leere.

Sophie lässt Meinrad in der Nacht einen bemühten Versuch von Eheleben durchführen. Er ist für sie qualvoller als jeder andere, als sie sein verzerrtes angestrengtes Gesicht sieht. Sie erklärt höflich, es mache ihr nichts aus. Meinrad ist zufrieden, dreht sich weg und schläft ein. Sophie bleibt wach. Ihr ist klar, dass ihr Leben „als Frau" vorbei. Sie hat es nur wenige Monate kennengelernt. Ihr bleibt nichts, Hoffnungslosigkeit, Leere. Sie ist nur mehr ein „Automat", lebendig tot, ohne Zukunftsperspektive.

Für Meinrad ist die Welt in Ordnung. Sein „Besitz" ist wieder da. Dass sie mit dem „bösen Störenfried" längst wieder Kontakt aufgenommen hat, bekommt er nicht mit. Als Meinrad in einem Museum wie üblich verschwindet, weil er die Exponate im Gegensatz zu Sophie und dem Rest der Welt „ordentlich" anschauen will, bricht alles aus Sophie heraus. Sie beginnt zu weinen, Meinrad glaubt, weil er wieder einmal zu spät dran ist und verspricht Besserung. Wie oft hat sie das schon gehört? Wie viele Jahre lang schon verspricht er ihr Besserung, verspricht er ihr, mit ihr eine Beziehung zu führen, die nicht nur aus Essen und Haushalt besteht? Wie viele Jahre belügt er sie schon? Sie hält es nicht mehr aus. Sie beginnt, nur noch stärker zu heulen. Sie heult wie noch nie in ihrem Leben, fast zwei Tage lang. Sie heult im Museum, sie heult am Weg ins Hotel, sie heult während der Führung im Opernhaus, die ganze Ballett-Vorstellung in der Oper durch. Sie heult auch am nächsten Tag, bis sie im Flugzeug sitzen und Fritz ihr Vorschläge für (gemeinsame?) Freizeitaktivitäten macht. Als er sich interessiert an ihren Weihnachtsbäckereien zeigt, bietet sie ihm an, sich am nächsten Tag Kostproben aus ihrem Büro zu holen. Am Flughafen kauft sie für Fritz Weihnachtsstollen. Die Tränen sind versiegt.

Als Fritz durch die Türe ihres Zimmers tritt, geht sie auf ihn zu, schaut fragend zu ihm auf und sie umarmen sich. Die wenigen Tage bis Weihnachten treffen sie sich täglich im Büro. Einmal will Sophie aufgrund des Weihnachtsstresses „dringend spazieren gehen" und trifft Fritz. Meinrad checkt wieder einmal nichts und lobt, dass Sophie ein wenig an die frische Luft geht, wenn sie schon seinen Garten nicht zu schätzen wisse.

Der Dachboden ist NICHT aufgeräumt. Sophie muss noch immer in einem Chaos von herumliegenden Zeitungen im Wohnbereich leben. Es geht ihr auf die Nerven, dass SIE mehrmals täglich alles wegräumen muss, wenn sie den Küchentisch benutzen will. Die Optik ist nicht ansprechend. Der Gang ist vollgeräumt mit Kisten von Papier, Zeitungsstößen, leeren und halbvollen Weinflaschen. Manchmal gesellen sich dazu noch „gute Obstreste". Sophie fühlt sich physisch unwohl, von Unordnung bedrängt. Sie will ein „schönes Zuhause". Sie hat sich so lange darum bemüht, alles vergebens.

Dennoch versucht Sophie noch ein allerletztes Mal, ihrem Eheleben eine Chance zu geben. Es hat schon viele „allerletzte" Male gegeben. Wie viele? Sie weiß es selbst nicht mehr! Aber sie will sich auf keinen Fall etwas vorwerfen müssen! Sie drängt Meinrad, einen Termin beim Urologen auszumachen. Er absolviert den Arztbesuch artig, hat aber kein Interesse an einer Verbesserung seines Zustandes. Sophies Mutter rät Meinrad, ihre Tochter „ordentlich herzunehmen". Dieser erklärt, er hätte zwei Kinder in die Welt gesetzt, das reiche. Sophies Mutter ist etwas schockiert über diese Ansage und sagt ihm seine Impotenz auf den Kopf zu. Meinrad ist dies völlig egal. Er ist der Ansicht, dass für eine gut funktionierende Ehe ordnungsgemäße Verpflegung ausreichend sei. Diese Ansicht vermittelt er auch erfolgreich seinem Sohn, der seiner Mutter daraufhin erklärt, was sie in ihrem Alter denn noch wolle, das Familienleben funktioniere perfekt, nur sie sei der immer unzufriedene Störenfried.

Die beiden Männer machen sich über Sophie lustig. Der edle Meinrad, der natürlich weiß, wie es richtig geht, zeigt aber herablassend wohlwollendes Verständnis für seine gestörte Frau: Zusammensein in einer Beziehung sei abnormal. Als sie ihn fragt, ob er bei ihren Berührungen etwas empfinde, lacht er sie abschätzig aus. Kein normaler Mann empfinde etwas, wenn ihn eine Frau an der Brust berühre! Das Wissen um erogene Zonen scheint in der Schule spurlos an Meinrad vorbeigegangen zu sein. Zumindest gibt es diese bei Meinrad nicht.

Sich mehrmals täglich Nachrichten auf WhatsApp zu schicken, sei genauso absurd und überflüssig, da man ja Wichtigeres zu tun hätte. Um zu beweisen, wie bemüht er ist – ER ist ja der Gute –, schreibt er Sophie mehrere Tage lang zwei bis drei Nachrichten: Er fragt per WhatsApp an, ob es warmes Abendessen gebe, ob es sich daher lohne, zu einem bestimmten Zeitpunkt zu Hause zu sein und teilt mit, dass er den Bahnhof erreichte habe und Sophie das Essen schon wärmen könne.

Max entdeckt im Internet den „Kamelrechner", mit dem man errechnen kann, wie viel eine Frau wert sei. Sabine ist enttäuscht, dass bei ihrer Mutter mehr Kamele herauskommen. Meinrad macht sich über Fritz lustig: Na da müsste er ordentlich viele Kamele zahlen, um ihm Sophie abzukaufen. (Hallo! Falsch gedacht! Aufgewacht! Hier Mitteleuropa 21. Jahrhundert, nicht Mittelalter oder Orient! Sophie ist KEIN Besitzobjekt! Sie ist ein eigenständiges Lebewesen, das SELBST entscheiden kann!)

Zu Weihnachten schenkt Sophie Meinrad ein Kamel aus Kamelmilchschokolade, Max ein Plüschkamel, das diesem sehr gut gefällt.

✶✶✶✶✶

Der WhatsApp-Kontakt zu Fritz' bricht kurz nach Weihnachten ab. Er ist nicht erreichbar. Sophie durchlebt die schlimmsten Tage ihres Lebens. Sie schaut ständig auf ihr Handy, hofft, weiß genau, was los ist und hofft doch, dass es nicht so ist.

# 2018

Nach den Weihnachtsferien hat Sophie Gewissheit. Sie kennt Fritz' Reisepartnerin, seine Ex-Verlobte. Sophies Vater drängt sie, der „armen Frau" doch etwas Glück zu gönnen. Die „arme Frau" fragt bei Sophies Eltern nach, ob sich ihre Tochter doch endlich für ihr Familienleben entschieden habe. Das wäre aber schön. Sophie nimmt Fritz' Erklärungen nicht ernst. Sie blockiert Fritz' WhatsApp-Zugang. Ist SIE nicht arm? Hat sie kein Anrecht auf Glück? Sie ist wütend, verzweifelt, unglücklich. Als leere Hülle durchwandelt sie einige Wochen, ehe sie wieder öfters auf Fritz' WhatsApp-Zugang schaut. Wieso eigentlich? Das Kapitel „Fritz" ist doch für sie abgeschlossen?!

Im Fasching besucht sie gemeinsam mit Meinrad einen großen Wiener Ball, bei dem auch Meinrads Anwalt anwesend ist. Sie begrüßen einander freundlich. Sophie nimmt die Komplimente von Meinrads (teils angetrunkenen) Freunden entgegen. Sie fühlt sich wie eine ihr fremde, völlig unbeteiligte Person, die sie nichts angeht, und denkt an Fritz.

In zwei Tagen ist Valentinstag. Sie hat einen geheimen Wunsch, den sie fast nicht zu denken wagt, so unrealistisch erscheint er ihr: Es wäre doch eine gute Gelegenheit, wenn Fritz sich am 14. Februar melden würde! Aber Meinrad und ihre Eltern haben wohl recht. Ihre Fantasie ist zu groß.

Als Sophie am 15. Februar – am 14. hat sie sich zum Ausschlafen nach dem Ball freigenommen – in den frühen Morgenstunden ihr Büro betritt, hängt ein Geschenkpaket an der Türschnalle. Sie weiß sofort, von wem es ist. Kurz zweifelt sie, hat Angst, dass es nicht von dem ist, von dem sie es erhofft hat. Es IST von ihm, ein kleiner Valentinsgruß und ein handgeschriebener Brief mit Erklärungen und einer Mindmap von gemeinsamen Zukunftsplänen. Sophie ist glücklich. Sie schreibt sofort zurück.

15.02.18, 06:11 – S: Danke für die Valentinsgrüße!
15.02.18, 06:15 - F: … waren mir ein Anliegen …
15.02.18, 06:16 - S: Wenn du meinst …
15.02.18, 06:18 - F: … ja, mein ich wirklich …
15.02.18, 06:19 - S: Bin ich mir bei dir nie so sicher …
15.02.18, 06:23 - F: Das kann ich dir nicht verdenken, aber diesmal ist alles neu …
15.02.18, 06:24 - S: ???

Sophie fragt Fritz, ob er frühstücken kommen will. Wenig später fallen sie sich in die Arme. Sophie weiß: Alles andere ist egal. DAS ist es, worauf sie ihr Leben lang gewartet hat und dafür wird sie kämpfen gegen alle Widrigkeiten ihrer familiären Umgebung.

Wenige Tage später teilt Sophie ihrem Mann mit, dass sie Fritz wieder trifft. Ihre Kinder wissen noch nichts davon. Ein Ball in Sophies Heimatstadt wird von allen drei Kindern (Sophies und Fritz') eröffnet. Meinrad und Fritz unterhalten sich nett am Tisch, unter anderem über Konjunktiv II und „Konjunctivus irrealis futurensis" – Sophie hat Fritz' „Pläne fürs nächste Leben", mit denen sie nichts anfangen kann, so genannt. Sophie tanzt erstmals mit Fritz. Für beide ist es eine große Herausforderung, zwar eng, sehr eng, tanzen zu können, aber den Anschein der Höflichkeit und Anständigkeit zu wahren. Meinrad schaut ihnen von der Türe aus zu.
Am nächsten Tag lamentiert er: „Jetzt kann der Kerl auch noch tanzen!"

Eines Abends gehen Fritz und Sophie am Wiener Rathausplatz eislaufen. Sophie kann das eigentlich nicht wirklich, fühlt sich furchtbar unsicher und hat Fritz auch vorgewarnt, aber an seiner Hand traut sie sich. Als Fritz den Weg zu seiner Wohnung einschlägt, ist Sophie verwundert. Sie hat damit gerechnet, die Nacht zu Hause zu verbringen. Da sie Kontaktlinsenträgerin ist, braucht sie Aufbewahrungsflüssigkeit für dieselben. Sonst würde nichts aus der gemeinsamen Übernachtung. Also machen sie sich auf die Suche nach einer Nachtapotheke. Sophie googelt und findet eine in der näheren Umgebung. Die etwas verschlafene Apothekerin öffnet, hört sich den Wunsch an, sieht die beiden an und findet auch das Richtige. Fritz und Sophie sind sich sicher, dass die Apothekerin soeben eine Geschichte erlebt hat, die sie weitererzählen wird!

Meinrads Anwalt hat diesem geraten, einfach zu warten, bis der „Spuk" in einem halben Jahr vorbei sei. Fritz und Sophie amüsieren sich: „Der Spuk geht weiter! Wie schön ist es, gemeinsam zu spuken!"

Im Bett geben sie „Kamelrechner" ins Internet ein und „zerkugeln" sich.

An einem Sonntag besuchen sie eine Kinovorstellung. Als Sophie den Saal betritt, sieht sie ein bekanntes Gesicht. Es ist die Mutter von Fritz' Sohn. Die beiden Damen begrüßen einander freundlich. Sophie tritt zur Seite, da sie Fritz bisher verdeckt hat, und sagt zu ihm: „Schau, wer da ist!" Nun sieht die Mutter von Fritz' Sohn nicht mehr ganz so freundlich drein, kommt ihr vor.

Um Fritz zu demonstrieren, wie wertvoll es sein kann, wie Meinrad Müll aufzuheben und was man damit alles machen kann, regt Sophie das „Projekt Lissa" an. Aus Stanniolpapier, mit dem Ostereier verpackt sind, werden kleine Schiffe gefaltet, um damit die Seeschlacht von Lissa darzustellen. Ein paar glitzernde, grüne Schiffchen entstehen; dann gerät das Projekt allerdings in Stocken.

Zu einer mehrtägigen Veranstaltung von Meinrads und Fritz' Verein in Tirol fahren sie zu dritt. Sophie hat in der Pension, die Fritz ausfindig gemacht hat, ein Einzel- und ein Doppelzimmer gebucht. Meinrad hat damit kein Problem – zahlt doch Sophie das Doppelzimmer – Sophie auch nicht: Meinrad hat seine Chance gehabt und hat sie auch jetzt noch. Wenn sie ihm etwas bedeuten würde, könnte er versuchen, sie zurückzugewinnen. Er tut wie immer – NICHTS. Entschuldigung, er tut sehr wohl viel, ausgiebig essen und trinken!

Das Dreibettzimmer wird im Verein zum geflügelten Wort, denn längst haben alle mitbekommen, was da läuft. Meinrad ist das egal, Max überhaupt nicht. Er wird wütend, wenn ihn seine „Freunde" mit dem Verhältnis seiner Mutter aufziehen.

Meinrad „erlaubt" Sophie gönnerhaft ihr Verhältnis mit Fritz. Solange er regelmäßig ausreichend zu essen bekomme, sei ihm das eigentlich egal. Sophie merkt an, dass Meinrad ihr weder etwas erlauben noch etwas verbieten könne. Sie sei ein eigenständiger Mensch und entscheide selbst. Sie erntet mit dieser Aussage einen höchst verwunderten ungläubigen Blick Meinrads.

Sophies Mutter hat sich schon seit Jahren gewünscht, einmal die Sonnwende in der Wachau miterleben zu können. Sophie bucht Schiffsfahrt mit Galamenü und Schlosshotel in Dürnstein für vier Personen. Meinrad muss mit. Da kennen ihre Eltern keine Gnade. Das gehört sich so. Was sagen denn die Leute … wir kennen die Argumentation zur Genüge. Zu diesem Thema schweigend lässt es Sophie über sich ergehen. Sie will ihrer Mutter den Geburtstag nicht verderben. Wenigstens

EINMAL in den Augen ihrer Eltern etwas richtig machen, wenigstens EINMAL nicht kritisiert und wegen „Fehlverhaltens" mit Verachtung gestraft werden. Sie kann aber letztendlich mit der Aktion zufrieden sein, denn Meinrad macht Werbung, allerdings ohne zu wissen, NICHT in eigener Sache. Vor der Abfahrt des Schiffs gehen Sophies Vater, Meinrad und Sophie durch das Städtchen spazieren. Meinrad will UNBEDINGT ein paar Kirchen ansehen. Sophies Vater merkt an, man sehe, dass diese geschlossen seien. Meinrad gibt nicht auf und schwärmt aus, um eine besichtigbare Kirche zu finden. Sophies Vater ruft ihm nach, er solle darauf achten, pünktlich da zu sein, denn das Schiff warte nicht auf ihn und die Karten habe Sophie. Am Schiff zappelt Meinrad unruhig herum (Zum Namenstag hat er ob dieser Eigenschaft vor einiger Zeit ein von Sophie umgedichtetes „Zappelphilipp"-Gedicht bekommen.) Wenn er nicht gerade brav alles aufisst – auch das, was Sophie und ihre Eltern übrig gelassen haben – oder sich immer wieder nachschenkt – Der Wein steht ja da und Sophie hat ihn bezahlt, also muss er den Preis schon „hereinbringen", – saust er von einem Schiffsende zum anderen, von einer Ebene zur anderen, sodass man eigentlich nie weiß, wo er ist. Am Tag danach meinen Sophies Eltern: „Also mit dem täten wir es auch nicht aushalten!"

Im Sommer wird Fritz Sophies Freundinnen vorgestellt. Jetzt ist für Sophie der richtige Zeitpunkt da. Jetzt ist sie sich sicher. Sie führt sehr offene Gespräche mit ihren Freundinnen und ist erstaunt über das, was auch ihre Freundinnen oft jahrelang nicht ausgesprochen haben. Einige führen nur noch am Papier eine Ehe. Alle sind beeindruckt von Sophies Mut, manche schwer enttäuscht und verärgert, dass Sophie ihre Probleme nicht früher angesprochen hat. – Sie hat stets ausweichende Antworten auf Fragen nach ihrem Privatleben gegeben wie „Meinrad hat viel zu tun wie immer, wird noch in der Pension schwer beschäftigt sein, er hat wenig Zeit … " Sophie versucht, sich zu rechtfertigen: „Ich weiß, was du mir geraten hättest, also habe ich nichts gesagt. Solange ich noch irgendeine Hoffnung hatte, wollte ich das nicht hören."

Ihre Hoffnungen, was ihre „Ehe" anbelangt, sind schon lange gestorben.

Während eines gemeinsamen Irland-Aufenthaltes dichtet Fritz täglich einen Katzen-Limerick:

*Die Katze aus Nachbars Garten*
*musst' auf die Milch heute warten;*
*Da wurd's ihr zu dumm:*
*sie schaute sich um*
*nach Verköstigung anderer Arten.*

*Die Katze ging heute ganz bieder*
*auf eine Milch nur zur Tante Frieda.*
*Doch wieder zu Haus'*
*sagte sie: „Aus!*
*Morgen geh' zur Prinzessin ich wieder!"*

*Die Katze – auch nicht ganz dumm –*
*schleicht leise heute herum,*
*zu köstlichem Schinken*
*Milch noch zu trinken*
*trotz deutlich hörbarem Gebrumm.*

*Die Katze hat heute Nacht*
*zwei Mäus' vor die Türe gebracht;*
*weil sie ihr munden,*
*hat sie befunden,*
*dass Mäusejagd Freude ihr macht.*

*O höret vom Kater, ihr Leut':*
*Er plantschet im Whirlpool heut';*
*in Wasser und Schaum*
*ist's fast wie im Traum,*
*mit Prinzessin, welch' eine Freud'!*

*Kater fährt fröhlich heute zum Meer,*
*liebt die Prinzessin gar so sehr,*
*so frisch und so froh,*
*holari holaro,*
*drum will er sie geben gar nicht mehr her.*

*Die Katze miaut und besonders sich freut:*
*Milch von der Prinzessin gibt's heut',*
*so köstlich und fein,*
*ja so soll es sein,*
*mit Prinzessin ist's doch am schönsten, ihr Leut'.*

Au weh!

Die Liebenden sehen nicht ganz so viele Kirchen an, wie Sophie dies gewohnt ist, aber der Urlaub ist für Sophie wunderschön, so schön wie kein anderer. Sie schläft in Fritz' Armen ein, wacht in seinen Armen auf. Sie verbringen die Zeit miteinander, besuchen Sehenswürdigkeiten, gehen essen, bestaunen die Natur und Fritz umarmt und küsst sie bei jeder Gelegenheit. Es ist schön, eigentlich einfach (und kostet nicht mehr)!

Während Sophie mit Sabine im August in Hawaii Urlaub macht, beklagt sich Meinrad bei Sophies Mutter, dass er während dieser Zeit nichts zu essen bekomme. Sophies Mutter reagiert unerwartet barsch, er wäre alt genug, sich und Max zwei Wochen lang selbst zu versorgen!

Aus Hawaii bringt Sophie Meinrad eine kleine Statue des „Gott des Geldes" mit.

Sophie ist etwas verwundert, als sie zurückkommt und Meinrad bei ihren Eltern gar nicht mehr so hoch in der Gunst steht. Er hat den Bogen offenbar überspannt. Sie haben erkannt, dass seine Art, seine Ticks unerträglich sind und er an ihrer Tochter hauptsächlich ihre Arbeitskraft und die Erträge ihrer Küche schätzt. Das sei nun doch nicht unbedingt wünschenswert. Erst jetzt sind sie bereit, Details von ihrer seltsamen Beziehung anzuhören. Zwanzig Jahre ist ihr Schweigen befohlen worden, ist sie böse angeschaut worden, ist mit Kontaktabbruch gedroht worden, wenn sie versucht hat, von ihren Problemen zu erzählen. Nun wird ihr zugehört. Vor allem ihre Mutter, zu der sie nie ein besonders gutes Verhältnis gehabt hat, ist schockiert, als Sophie ihr den Ablauf ihres kaum vorhandenen Intimlebens mit Meinrad schildert. Dass eine fast 80-Jährige davon berührt ist, sich in sie einfühlen kann, hat sie sich nicht gedacht! Sophies Eltern verstehen nun, dass ein Weiterleben mit jemandem wie Meinrad für Sophie unmöglich ist.

Max meint, Fritz und Sophie haben die Großeltern „unter Drogen" gesetzt. Er versteht deren Meinungsumschwung nicht. Seine erste Beziehung scheitert. Eine frühere Schulkollegin hat einige Male bei ihm übernachtet, nachdem sie den Abend im Freundeskreis in einem seit drei Generationen bekannten „Trinklokal" verbracht und dort auch ausgiebig zugeschlagen haben. Sophie hat Max mehrmals gefragt, ob er das Mädchen anrufe oder ihr schreibe, sich zwischendurch mit ihr treffe und irgendwie sein Interesse zeige. Max hat sie ausgelacht. Das sei übertrieben. Er habe für so was „keine Zeit". (Oje, ein Reizwort für Sophie. Sie sagt nichts mehr, weiß, dass ihr der Sohn nicht glauben wird.) Wenige Wochen später „spannt" ein Bekannter die junge Dame Max „aus". Der ist wütend, lamentiert, es sei wohl sein und seines Vaters Schicksal, dass ihnen die Frauen von Bekannten ausgespannt würden.

Sophie versucht Max noch einmal klarzumachen, dass man sich um Mädchen bemühen müsse, sie anrufen, ihnen schreiben müsse, es nicht ausreiche, einmal in vierzehn Tagen mit jemandem wegzugehen (bzw. ins Bett zu gehen). Diesmal hört Max zu und meint, es sei schon ein wenig schade.

In seiner Verzweiflung, dass sein gewohntes bequemes Leben vielleicht bald nicht mehr existieren wird, betrinkt er sich regelmäßig, so viel, dass er mehrmals sein Handy zerstört, einmal sogar stürzt und blutig nach Hause kommt. In diesem Zustand ist er gewalttätig. Beim ersten Mal kann ihn Sophie ins Bett bringen. Sie hat danach Blutergüsse an den Armen. Sein Vater brüllt ihn an und macht ihm am nächsten Tag Vorwürfe, als er sich weinend mit einem Kuscheltier im Bett zusammenrollt. Sophie ruft in ihrer Verzweiflung mehrmals ihren Vater an, der Max zu beruhigen versucht und später fassungslos weint. Beim nächsten Mal schlägt Max auf beide Eltern ein, tritt seine Mutter zu Boden und reißt ihr Haare aus. Ein Freund kann ihn unter äußerster Kraftanwendung in sein Zimmer bringen. Sophie versperrt alle Türen, damit Max in diesem Zustand nicht auf die Straße läuft und ihr nichts antun kann. Betrunken ist er ein anderer Mensch. Sie fürchtet sich vor ihm und will mit „diesem" Menschen nichts zu tun haben. Beim dritten Mal kommt Max in den frühen Morgenstunden heim, als bis auf seine Mutter noch alle schlafen und diese gerade am Hometrainer Rad fährt. Als Sophie merkt, dass Max nicht schlafen gehen will und immer aggressiver wird, verlässt sie das Zimmer und schließt sich im Wohnzimmer ein. Sie ruft Meinrad an und bittet um seine Unterstützung. Er solle den gewalttätigen Sohn unter keinen Umständen zu ihr lassen. Wenige Minuten später sperrt Meinrad die Türe auf und Max tobt weiter. Da sie keine Hilfe von Meinrad zu erwarten hat und ihre Angst immer größer wird, ruft sie die Polizei. Sie hat dies angedroht, aber die beiden Männer haben es ihr nicht zugetraut und sie abschätzig ausgelacht. Beim Eintreffen der Polizei zieht sich Max sehr schnell zurück. Die Polizei fragt nach den Ursachen der Eskalation. Sophie verzichtet auf eine Anzeige. Meinrad ruft den Polizisten beim Verlassen des Hauses nach: „Das hat aber alles eine Ursache, weil sie nämlich einen Freund hat!"

Manchmal kocht Sophie auch für Fritz. Ein Vergleich ihrer küchentechnischen Aktivitäten würde ungefähr so aussehen:

### Bei Meinrad:

- Für Meinrad ist es selbstverständlich, dass seine liebe Gattin täglich kocht.

- Meinrad ruft vom Büro aus an und fragt, ob es warmes Essen gibt.

- Sophie lädt jeden Montag ihren Einkaufswagen so voll, dass bis zum Wochenende alle Familienmitglieder (inklusive allfälliger Spontanbesuch) ausreichend versorgt sind.

- Meinrad und Sophie vereinbaren einen Zeitpunkt für das warme Abendessen. (Gibt es nur kaltes, kommt Meinrad irgendwann. Das kann er später alleine vor dem Fernseher oder im Garten essen.) Sophie teilt den vereinbarten Zeitpunkt den Jugendlichen mit.

- Sophie kocht alleine.

### Bei Fritz:

- Für Fritz ist es nicht selbstverständlich, dass seine Partnerin jeden Tag kocht.

- Fritz und Sophie überlegen, ob sie gemeinsam einkaufen gehen und Sophie anschließend kocht, ob sie essen gehen oder etwas bestellen.
- Fritz und Sophie vereinbaren einen Zeitpunkt für das Abendessen.
- Während Sophie kocht, steht Fritz neben oder hinter ihr, umarmt und küsst sie regelmäßig, fragt, ob er helfen kann, und tut dies auch gelegentlich.
- Fritz deckt den Tisch und Sophie trägt auf. Sie stoßen mit Prosecco an und beginnen gemeinsam zu essen.
- Fritz: „Mm, siehst du heute wieder schön aus!
- Fritz isst wie jeder kultivierte Mensch und küsst Sophie.
- Fritz: „Am besten ist doch, wenn man mit seiner Liebsten zusammmen sein kann!"
- Anschließend widmet sich Fritz Sophie, aber nur ihr!

Die Vereinbarung wird getroffen, dass für die offizielle Trennung die Matura Sabines abgewartet wird, damit diese sich ungestört vorbereiten kann. Dann werde man gemeinsam zu Gericht gehen und einfach unterschreiben.

Der Bibelspruch „Eritis sicut deus scientes bonum et malum", der dem Schüler in Goethes „Faust" ins Stammbuch geschrieben wird, ist Meinrad bestimmt bekannt. Auch wenn er von Eltern und Bruder aufgehetzt wird, ER hat die alleinige Ent scheidung zwischen Gut und Böse!

Bei einem Telefonat mit ihrem Vater in der zweiten Septemberwoche macht dieser eine eigenartige Bemerkung, die Sophie stutzig werden lässt. „Sie werde schon sehen, aber er dürfe nichts sagen." Sophie drängt nach – Auf welcher Seite steht er eigentlich? – und erfährt, dass Meinrad wider die Abmachung hinter ihrem Rücken die Scheidungsklage eingereicht hat. Sie gerät unter Druck und dies ist wohl von der Gegenseite beabsichtigt. Sie weiß – und auch Meinrad, ihre Kinder und ihre Eltern wissen das seit mehr als einem halben Jahr –, dass sie am nächsten Tag fast eine Woche auf Dienstreise sein und daher keine Zeit haben wird, sich auf einen Gerichtstermin vorzubereiten. Geht es noch niederträchtiger? Geht es noch verlogener? Geht es noch hinterhältiger? Sie ist tief enttäuscht von Meinrad. Taugt er schon nicht als Partner, so hätte sie zumindest ein gewisses Maß an Anstand und Dankbarkeit erwartet gegenüber jemandem, der zwei Jahrzehnte zur vollen Zufriedenheit den Haushalt geführt, gekocht und geputzt hat. Er hat von Anfang an gewusst, dass sie unter seiner Lieblosigkeit und Gleichgültigkeit leidet. Hat er nicht einmal ein schlechtes Gewissen? Wie schlecht kann ein Mensch eigentlich sein?

Sofort kontaktiert sie Fritz und bitte um Hilfe, um die Adresse einer geeigneten Scheidungsanwältin.

Als Sophie nach Hause kommt, liegt ein blauer RsB-Brief auf ihrem Essplatz. Nur Max kann ihn entgegengenommen haben. Als Sophie den Brief öffnet, erstarrt sie ob der Perfidie. Die Scheidungsklage ist voller Lügen. Nicht nur der Zeitpunkt des Beginns ihrer Beziehung zu Fritz ist falsch – Sophie findet den exakten wenige Tage später fein säuberlich verzeichnet in einer Datei, die Meinrad am gemeinsamen PC hinterlassen hat; sie hat diesen ja nie verschwiegen – auch ihre Adresse ist falsch. Es ist ihre Dienstadresse angegeben mit dem Hinweis, dass sie nicht mehr im ehelichen Haushalt wohne! Sophie ist zutiefst betroffen und wütend von der Gemeinheit und Hinterlist des „guten und edlen" Meinrad, der ja nie lügt und alles richtig macht. Die Absicht ist klar: Infolge der Dienstreise hätte sie die Information erst eine Woche verspätet erhalten und wertvolle

Vorbereitungszeit für die Gerichtsverhandlung würde verloren gehen, ein Vorteil, den Meinrad nutzen würde. Sophie ist etwas verwundert, warum die in der Klage angeführte Zustelladresse mit der tatsächlichen nicht übereinstimmt. Beim ersten Gerichtstermin erfährt sie, warum. Auch der Richter hat die böse Absicht durchschaut und erklärt schmunzelnd: „Ich habe mir erlaubt, die Adresse ändern zu lassen."

Für Meinrad hat sie nur noch tiefe Verachtung über.

Sophie kann in der Nacht kaum schlafen, steht mindestens zehn Mal auf, um irgendetwas aufzuschreiben, was für den Prozess von Bedeutung sein könnte. Fritz ist geduldig, beruhigt sie. Sein „Alles wird gut!"-Mantra überzeugt Sophie zwar nicht restlos, aber sie kann zumindest wenige Stunden schlafen. Ohne Fritz würde sie vermutlich durchdrehen.

Auch während der Dienstreise schreibt Sophie ständig Stichworte auf. Die Mitreisenden sind überrascht, dass ihre Dienststelle so genaue Aufzeichnungen verlangt. Wie jeden Tag ist sie ständig mit Fritz in Kontakt. Diesmal werden allerdings keine Alltäglichkeiten ausgetauscht, sondern Fritz berichtet zwischen den hin- und hergesendeten Küssen von den Anwältinnen, die er kontaktiert hat. Schon bald hat er eine geeignete gefunden, die ihm von ihrem kompetenten Internetauftritt her bekannt ist. Er vereinbart für Sophie einen Termin Anfang Oktober.

Sie kommuniziert laufend mit Fritz und Sabine, die eines Tages anfragt, ob sie den Mädchennamen der Mutter annehmen könne. Die konservative Sophie hat ursprünglich nicht vorgehabt, ihren ehelichen Namen abzulegen. Meinrads verachtenswertes Verhalten und der Wunsch ihrer Tochter lassen sie die Meinung allerdings ändern. Sie will auch äußerlich nicht mehr an jene Familie erinnert werden. Sabine und sie werden so schnell als möglich den Familiennamen wechseln.

Meinrads Anwalt, den er schon vor einem Jahr kontaktiert und, wie er oft anmerkt, teuer bezahlt hat, stammt aus seinem Verein, ist eigentlich kein Scheidungsanwalt (Er zahlt zur Schadenfreude Sophies letztendlich doppelt so viel wie sie selbst. Meinrad führt das darauf zurück, dass sein Anwalt und er „besser gearbeitet" hätten. Meinrad macht ja alles besser, auch das wissen wir schon. Oder ist Meinrad zu umständlich und braucht daher mehr Stunden zur Vorbereitung? Sein Anwalt droht ihm jedenfalls mehrmals, das Mandat aufzugeben, da er an Meinrads Art verzweifelt. Seinen Anwalt wird übrigens sein Bruder bezahlen, da Meinrad ja „arm" ist.)

Meinrad der Gute, Verständnisvolle, erklärt seinen Kindern den Zustand der Mutter so, wie er es von seiner Mutter gehört hat. Sie sei wohl in der Midlife crisis. Sophie ist nicht bewusst, dass eine Midlife crisis schon mit 24 Jahren beginnen kann, da sie sich seit diesem Alter über Meinrads Lieblosigkeit beklagt. Ob Meinrad auch dasselbe Vokabular wie seine Mutter verwendet, weiß sie nicht. Sie kann nur hoffen, dass ihre Kinder solche Ausdrücke nie zu Ohren bekommen, geschweige sie selbst in den Mund nehmen.

Der gut ausgeklügelte Plan der „lieben Familie" ist, Sophie beide Kinder wegzunehmen und sie Alimente zahlen zu lassen. – Sophie hat schon Monate davor, als konkret von der unausweichlichen Trennung gesprochen worden ist, angemerkt, dass die Ausbildung der Kinder dadurch nicht gestört werden solle und sie Meinrad nie verzeihen würde, wenn er versuchen sollte, ihr die Kinder wegzunehmen, die Kinder, die SIE allein ihr ganzes Leben gewünscht, die SIE mit ihren Eltern aufgezogen hat, für die SIE die letzten 18 Jahre alles gegeben hat.

Meinrad informiert die Jugendlichen, dass ER nun die richtige Entscheidung getroffen habe, die Scheidungsklage gegen seine untreue Frau einzubringen. Selbstverständlich würde der Lebensstandard der Kinder nicht beeinträchtigt. Sie dürften weiter in dem schönen großen Haus wohnen. Er würde so wie bisher perfekt für sie sorgen (???). Die böse Mutter müsse aus ihrem Leben verschwinden! Die Mutter wäre ohnehin nur an ihrem Geliebten interessiert, würde sich so wie bisher nicht um sie kümmern (???) und nach Wien in den Gemeindebau ziehen. Der Abstieg geschiehe ihr schon recht. Für ihre moralische Verfehlung müsse sie ordentlich Alimente zahlen. Dies sei natürlich das Beste. Die Geschwister würden zusammenbleiben und er würde sehr gerne die gesunden Sachen essen, die Sabine kocht. Der Plan Meinrads ist wieder einmal gut. Die noch nicht volljährige Sabine soll die frei werdende Stelle Sophies als Köchin ersetzen. Aber Sabine denkt nicht daran. Sie ist emanzipierter als ihre Mutter. Sollen die beiden Herren doch schauen, wie sie zu Essen kommen, sie seien alt genug. SIE lässt sich nicht ausnutzen!

Max ist unglücklich, dass die Familie zerbricht, seine heile Welt, in der er so angenehm gelebt hat und von der Mutter rund um die Uhr versorgt worden ist. Aber er wird wenigstens nicht allein mit den Eigenheiten des Vaters sein, sondern die Schwester als Ansprechpartnerin haben, glaubt er.

Sophie hat ihren Ehering abgelegt und in die Schachtel zurückgelegt, in der die Ringe vor mehr als zwanzig Jahren beim Juwelier gekauft worden sind. Sie wird ihn nie wieder tragen. Nach Ende ihrer Dienstreise schreibt Sophie in den frühen Morgenstunden ihre Vorbereitungen zusammen. Meinrad glaubt, sie arbeite wie oft fürs Büro.

Schweigen gewohnt, schweigt Sophie auch diesmal. Mehr als eine Woche lässt sie sich nicht anmerken, dass sie längst von der hinterhältig eingebrachten Scheidungsklage weiß. Sie will wissen, wie lange Meinrad durchhält, ohne ihr etwas zu sagen, wie feige er ist. Sie genießt die Situation regelrecht. Sie ist besonders nett zu Meinrad, pfeift fröhlich vor sich hin, geht mit Meinrad sogar noch in die Tanzschule. Meinrad wird zusehends unruhiger. Er fragt bei ihrer Mutter nach, ob Sophie schon davon weiß, erhält von dieser aber keine Auskunft. Er weiß noch nicht, dass Sophies Eltern die Fronten gewechselt haben. Nach mehr als einer Woche drückt Meinrad an einem Sonntagabend herum: „Du, ich wollte dir schon länger etwas sagen!" Da bricht es aus Sophie wie ein Orkan aus. Sie speit ihre ganze Verachtung und Wut heraus über seine Niedertracht, Unehrlichkeit, Feigheit, seine Unfähigkeit zur Ehe. Sie habe ihm doch gesagt, EINES könnte sie ihm nie verzeihen: Wenn er versucht, ihr die Kinder wegzunehmen. Meinrad spielt wieder einmal den Guten, den Großzügigen. Er würde ihr selbstverständlich alle vierzehn Tage das Besuchsrecht gewähren. Sophie schweigt und kocht. Sie weiß genau, dass ihr Meinrad wieder einmal Schwachsinn auftischt. Kinder im Alter der ihrigen können selbst entscheiden, wen sie wann besuchen. Sie weiß es genau, aber dennoch ist sie von Meinrads herablassender, gönnerhafter Art wieder einmal zutiefst getroffen und gedemütigt.

Während sie am PC arbeitet, entdeckt sie, dass Meinrad seine Pläne gegen sie am gemeinsamen Gerät abgespeichert hat. Er hat dabei ein genaues Verzeichnis mit Datum angelegt. Beginnend mit dem genauen Tag des Beginns ihrer Beziehung zu Fritz hat er notiert, wann er, der Brave, Gute, mit Sophies Eltern im Theater war, während die Böse sich mit Fritz getroffen hat. SIE hat es nie verheimlicht und ER hat es also ganz genau gewusst, wann ihr Verhältnis begonnen hat und hat in der Scheidungsklage bewusst und absichtlich gelogen. Die einzige gute Eigenschaft, die Meinrad stets so hervorgekehrt hat und die Sophie trotz allem bis zuletzt geglaubt hat, seine Ehrlichkeit, war also auch nur geheuchelt. Er ist ein unehrlicher, hinterhältiger, selbstsüchtiger Lügner!

Sophie ergänzt Meinrads Ausführungen um einige Daten. So fügt sie eine Einladung bei des Teufels Großmutter mit Fritz hinzu ebenso wie den gemeinsamen Eisbärenbesuch am Südpol und die Teilnahme am Seminar „Ich habe immer Zeit". Meinrad fallen die Änderungen nicht auf.

Sabine hat die Mutter seit Jahren zu überreden versucht, eine Wohnung zu suchen und mit ihr auszuziehen. Sie drängt nun massiv, eine gemeinsame Wohnung zu suchen. Sie wolle endlich weg vom Vater. Sophie, welche die Wohnungssuche jahrelang nur halbherzig betrieben hat – Wohnungspläne sind studiert worden, demonstrativ „als Warnung" für Meinrad am Wohnzimmertisch liegen gelassen worden, von diesem aber wie alle Warnungen und Hilferufe ignoriert worden –, weiß, dass sie nun keine Zeit verlieren darf, wenn sie zumindest EIN Kind retten will. Max hat sie fürs Erste verloren, das ist ihr klar: In so kurzer Zeit kann sie keine Wohnung auftreiben, die für alle drei ausreicht. Außerdem ist Max ja der festen Überzeugung, dass seine Schwester bei ihm bleiben wird, wird vom Vater in dieser Absicht bestärkt und außerdem in jener, dass viele Quadratmeter Lebensqualität ausmachen, was eine „kleine Wohnung, in der man keinen Platz hat" nicht ermöglichen könne. Schnell ist mit Sabine abgeklärt, dass die geeignete Wohnung Sophies alte Wohnung ist, die derzeit vermietet ist. Der Plan, eine Wohnung in Wien zu suchen, wird rasch fallen gelassen, da Sabine ja noch die Schule besucht und zudem in einer Musikgruppe im Heimat- und einer im Nachbarort spielt. Zur eigenen Sicherheit hat Sophie in allen Mietverträgen stets die Klausel einbauen lassen, dass der Mietvertrag „bei Eigenbedarf" mit dreimonatiger Kündigungsfrist aufzulösen sei. Sie hat Meinrad, den studierten Juristen, die Verträge inhaltlich überprüfen lassen.

Umso größer ist ihre Überraschung, als ihre Anwältin erklärt, diese Klausel könne von jedem Mieter bekämpft werden. Wenn dieser nicht wolle, könne er bis Ablauf der im Mietvertrag vereinbarten Frist bleiben. Sieben Jahre!!! Das wäre das Ende! Sie würde nicht nur Max, sondern auch Sabine verlieren. Sie würde es nicht überleben, sich vor die U-Bahn werfen. Den Verlust ihrer Kinder würde sie nicht verkraften. Ohne sie wäre ihr Leben sinnlos gewesen. (Verzeih' mir Fritz, aber du hast auch einen Sohn, wirst diesen Satz hoffentlich verstehen!) Wozu hat Meinrad Jus studiert? Ist er zu allem zu blöd?

Die von Fritz ausgesuchte Anwältin erweist sich übrigens als überaus verständnisvoll und vertrauenserweckend. Sophie hat bei ihrem ersten Besuch nicht recht gewusst, wo sie anfangen soll und erzählt einfach von Beginn ihrer Beziehung zu Meinrad an. Beim Bericht von der Zählung von Weihnachtsbäckerei und Marmeladegläsern sowie der Zubereitung von Meinrads Lunchpaketen bricht diese in schallendes Gelächter aus und meint: „Seien Sie froh, dass Sie DEN losgeworden sind. Gratulation! Nicht alle Frauen schaffen das. Viele verfallen dann in Krankheit und bekommen Krebs." Sie beantragt die Scheidung infolge Meinrads Verschulden bzw. zumindest größtenteiligem Verschulden infolge seiner Lieblosigkeit und seiner eigenartigen, sozial unverträglichen Angewohnheiten. In ihrer Entgegnung bezeichnet sie Meinrad als „Messi". Von den vierzig möglichen Scheidungsgründen, die auf ihrer Homepage angeführt sind, könnte man bei Meinrad bei mehr als die Hälfte ankreuzen. Eheliche Untreue ist nur einer davon. 1:20, 1:21, 1:22 oder mehr? Einer der Scheidungsgründe ist, wenn sich ein Ehepartner in der Freizeit 50 % oder mehr alleine mit einem Hobby beschäftigt. Meinrad lacht: „Na, da bin ich aber VIEL mehr als die Hälfte im Garten!"

Sophie fühlt sich wie die Hauptperson im Roman „Sophie's Choice", fühlt sich wie die Mutter, die nur ein Kind vor den

Nazis retten kann und im Selbstmord endet. Sie kann das Dilemma nicht lösen. Sie muss die naheliegende Lösung wählen. Da Sabine seit Jahren weg, Max das Haus nicht verlassen will, Sophie die Umgebung ihrer jahrelangen Demütigung und Vernachlässigung nicht länger ertragen kann, will sie nur noch weg, obwohl es ihr Max' wegen fast das Herz bricht. Außerdem fällt ihr keine andere Lösung ein, so sehr sie auch nachdenkt.

Sophie schweigt über Sabines Absichten. Diese ist extrem aufgekratzt, googelt im Unterricht Möbel für die neue Wohnung, statt aufzupassen. (Sie macht dies aber offensichtlich sehr geschickt. Als Sophie später ihre Klassenvorständin fragt, ob ihr aufgefallen sei, dass Sabine mit ganz anderen Dingen als ihrem Unterricht beschäftigt ist, verneint sie.) Ein ausziehbares Sofa für ihren Bruder ist ihr besonders wichtig, damit er jederzeit kommen könne, wenn er es mit dem Vater nicht mehr aushalte. Sie überlegt sogar, ihr Zimmer auf der verbauten Terrasse einzurichten, damit für Max das große für sie vorgesehene Zimmer bleibt. Aber auch sie muss schweigen, damit ihr Vater möglichst spät von ihren Absichten erfährt. Alle machen sich Sorgen um Max, da das Zusammenleben mit Meinrad als unerträglich eingestuft wird. Es ist klar, dass dieser sich trotz aller schönen Reden genauso wenig um Max kümmern wird wie zwanzig Jahre zuvor um seine Frau. Zudem wird Max ein Ansprechpartner fehlen, war dies doch meist seine Mutter, später auch die Schwester.

Sophie schweigt weiter, verschweigt auch der enthusiastisch planenden Sabine, dass der Einzug in die Wohnung keineswegs sicher ist. Sie vermag sich die Unmöglichkeit dessen gar nicht vorzustellen, hat ständig ein entsetzliches Gefühl im Magen, ist nervös, höchst angespannt, über Wochen. Doch sie hat Glück. Ihr Mieter ist zwar nicht begeistert, aber verständnisvoll und höchst kooperativ. Er findet sogar wesentlich früher als vereinbart eine neue Wohnung für seine Frau, seine beiden Kleinkinder und sich. Er wird in der Folge sogar bei Umzug und Einrichtung der neuen Wohnung mithelfen und ist zudem ein lustiger Typ. Sophies Anwältin lässt die vorzeitige Beendigung des Mietvertrags sicherheitshalber gerichtlich „absegnen". Sophie muss wieder einmal einen Gerichtstermin wahrnehmen, für den letztendlich Meinrad verantwortlich ist, und sie ist wütend.

Meinrad würde brennend interessieren, ob sich Sophie anwaltlich vertreten lässt, ob vielleicht sogar Fritz mit ihr vor Gericht erscheint. Sophie lässt ihn im Ungewissen, verrät ihm aber, dass er sich bezüglich Sabine falsche Vorstellungen gemacht hat. Sie will sich nicht auf die gleiche Stufe wie Meinrad stellen, auf die Stufe von Hinterhalt und Verlogenheit. Trotz der Verachtung, die sie ihm entgegenbringt, spielt sie mit offenen Karten. Meinrad bricht zusammen: „Das kann ich mir nicht leisten!" Sophie bricht auch – fast – zusammen ob dieser Reaktion. Ein Vater, der seine Tochter verliert, denkt ausschließlich ans Geld! Er hat damit ein weiteres Mal bestätigt, wie der Plan der „lieben Familie" aussieht, nämlich das Geld, das Meinrad Sophie für ihren Anteil am gemeinsamen Haus zahlen muss, auf dem Weg der Alimente wieder zurückzuholen, ohne Rücksicht auf ihre Gefühle als Mutter, ohne Rücksicht auf die Gefühle der Kinder, ohne Rücksicht auf die berufliche Laufbahn der Jugendlichen, ohne den geringsten Dank für Sophies Leistungen, die zwanzig Jahre unermüdlich für Meinrads und das Wohl der Kinder gesorgt hat, unermüdlich Meinrads Wünsche erfüllend, ihm das (kulinarische) Paradies auf Erden schaffend, obwohl sie während all der Jahre emotional dahinvegetiert und beinahe auch gesundheitlich zugrunde gegangen ist, da ihr Meinrad beharrlich eine gleichberechtigte Partnerschaft verweigert hat. Sie ist angewidert, würde ihm am liebsten ins Gesicht spucken, aber das ist er ihr nicht mehr wert, auch wenn er es tausend Mal verdient hätte!

Sophie informiert einige von Meinrads Freunden, die auch zu ihrem engeren Bekanntenkreis gehören, über ihre gescheiterte Ehe und organisiert etwaige Gesprächsmöglichkeiten für Max.

Der Konservativste von allen bezeichnet Meinrads Vorgehen als „seelische Grausamkeit". So eine Ehe sei ungültig. Sophie solle sie annullieren lassen und Fritz mit großem Pomp heiraten. Er empfiehlt Sophie ein Buch, in dem es um Partnerschaft und Probleme von Jugendlichen bei Trennungen geht. Sophie bestellt es sofort und zitiert wenige Tage später daraus vor Meinrad und Max die Stellen, in denen auf die Bedeutung des Zeitfaktors in Beziehungen hingewiesen wird. Meinrad hört interessiert zu und meint: „Hast recht; ich weiß es eh!" Auch dieses Buch wird Meinrad nie lesen.

Sophie möchte ihr konservatives Gewissen beruhigen. Sie weiß zwar, dass ihre Ehe nur auf dem Papier bestanden hat und nie eine richtige Partnerschaft vorhanden war. Dennoch möchte sie die Meinung eines Priesters einholen, außerdem Hilfe für Max erbitten. Sie schildert einem bekannten Geistlichen ihre Situation. Sie hat den Eindruck, er ist froh, dass dies kein Beichtgespräch ist. Er meint, in manchen Fällen scheint es durchaus sinnvoll, von der prinzipiellen Meinung der katholischen Kirche, der Unauflöslichkeit der Ehe, abzuweichen.

Sophies Verhältnis zu Gott ist derzeit ein zwiespältiges: Warum hat Gott zugelassen, dass ihr in der Ehe die Liebe verweigert worden ist, wo sie sich doch so darum bemüht hat? Oder soll sie Gott dankbar sein, dass er ihr letztendlich Fritz geschickt hat, der all das, was sie sich jahrzehntelang vergeblich erhofft hat, erfüllt?

Dornröschen hat hundert Jahre auf seinen Märchenprinzen warten müssen, sie nur ein Vierteljahrhundert. Allerdings hat Dornröschen angenehm geschlummert und nicht wie Aschenputtel in der Küche arbeiten müssen!

Sophie schreibt einen Brief an Max. Sie will ihm nochmals ihre Lage, ihr jahrzehntelanges Leid erklären, dass ihre Liebe zu einem Mann ihre Liebe zu ihren Kindern nie schmälern könne. Die Formulierungen passen nicht, sooft sie die Zeilen auch umformuliert. Sie übergibt den Brief Max nie.

Meinrad kommt sich weiter als „der Gute" vor. Er bekommt moralische Unterstützung von moralisch hochstehenden Damen aus der Pfarre. Eine, soeben von ihrem Mann verlassen, erklärt ihm, sie hätte Sophie „schon lange im Visier", seit sie vor zehn Jahren ihre chaotische Zeitplanung bei den Erstkommunionsvorbereitungen (sehr höflich) kritisiert hat. So stellt man sich christliche Nächstenliebe vor, oder? Zehn Jahre Hass nachtragend, weil man minimale Kritik nicht einstecken kann. Die andere Verbündete hat ein behindertes Kind zu Hause. Die Damen kennen die Mutter von Fritz' Sohn.

Auf die übliche Frage des Richters bei der ersten Verhandlung, ob die Ehe noch zu retten sei, erklärt Meinrad mit verächtlichem Schnauben. „Nein, das sehen sie ja!" Es geht nur ums Geld. Der Richter empfiehlt wie die Anwälte und wie Sophie mit Meinrad vor Wochen vereinbart hat, Realitätenbüros das Haus schätzen zu lassen. Sophie hat ihre Hausaufgaben auch gemacht. (Meinrad hat keine Zeit dafür gehabt.) Nun erklärt Meinrad: „Meine Mutter hat gesagt, wir holen ein Gutachten ein." Der Richter weist darauf hin, dass ein Gutachter so teuer ist, dass der Betrag, den man sich vielleicht dadurch erspare, im Regelfall der Preis für das Gutachten ist. Meinrad bleibt stur: „Mein Vater zahlt die Scheidung. Ich kann mir das nicht leisten. Also machen wir das so, wie meine Eltern sagen und nicht anders." Verdutzter Blick des Richters zu Meinrads Anwalt. Dann gibt der sonst eher phlegmatische Beamte eine ziemlich heftige Stellungnahme dazu ab, was er von der Einmischung

Dritter hält. Meinrads Anwalt versucht, durch freundlichen Smalltalk die peinliche Situation zu überspielen. Ein Gutachter wird gesucht und gefunden. Meinrads Züge erstarren kurz, als er den Preis erfährt. Er ist mehr als fünf Mal so hoch, als seine Eltern erwartet haben. Aber er stimmt zu. Seine Eltern zahlen ja. ER braucht sich keine Sorgen zu machen. Er hat „Geldscheißer", die sein Leben finanzieren (und bestimmen). Ein Termin vor Weihnachten wird vereinbart.

Meinrads Mutter betreibt in der Folge Telefonterror bei Sophies seit Monaten schwerkrankem Vater: Sophie hätte zu wenig bezahlt und werde daher weniger bekommen. Sophies Eltern sind komplett verunsichert, fragen ständig bei ihr nach. Sophies Viertel ist notariell verbürgt. Was soll das Gequatsche und Gehetzte der Querulantin? Charakter und Praktiken der „Dame" sind bekannt. Das hat sie schon einmal versucht, damals, als Meinrads Vater Sophies Anteil am Haus möglichst gering halten wollte! Sophie will nur, dass es endlich vorbei ist. Ist dieser Psychoterror die Strategie der „lieben Familie"? Dass sie mürbe wird, durchdreht, kapituliert und nach zwanzig erlittenen Jahren der Gefühlskälte, Zurückweisungen und Demütigungen auch finanzielle Verluste hinnimmt? Diese Menschen sind einfach nur abscheulich!

Meinrad will seine Alimentezahlungen möglichst niedrig halten, diejenigen Sophies möglichst hinauftreiben. Er fordert Sophie auf, ihre riesigen Verdienste durch Prüfungsvorsitze anzuführen. Sie hat ihm bereits vor mehreren Monaten erzählt, dass diese nach Änderung der Prüfungsordnung „kein Geschäft" mehr wären. Heuer habe sie 16 Euro daran „verdient". Meinrad wirft ihr nochmals vor, die Auflistung der Prüfungsgelder zu unterschlagen. Sie wiederholt ihre Angaben und schickt ihm die aktuelle Prüfungsordnung. Beim nächsten Mal bittet sie per Mail beide Anwälte, ihren Verdienst von 16 Euro ausdrücklich zu berücksichtigen, damit dadurch kein gravierender finanzieller Nachteil für ihren Noch-Mann entstehe. (Die Verrechnung der Prüfungsgelder erfolgt übrigens über ihren Gehalt, die 16 Euro sind also ohnehin schon längst verzeichnet. Weiß man das als guter Jurist nicht ohnehin?)

Sophie übermittelt ihrer Anwältin ihre aktuellen Gehaltstabellen, Meinrad jene vom Vorjahr.

Einen Tag vor der Scheidung bittet Sophie ein letztes Mal, sich freundschaftlich auf einen Betrag zu einigen. Meinrad lehnt ab. Er ist sogar zu feige, nach Hause zu kommen.

Am angesetzten Scheidungstermin gibt Meinrad noch immer nicht auf. Er ist so geldgierig, dass er die mit seinem Anwalt und Papi – er ist bei der letzten Besprechung im Kaffeehaus dabei, er zahlt ja, also darf er auch bestimmen, wir wissen es – erarbeitete Strategie vollkommen über den Haufen wirft.

Sophie könnte nicht großzügiger sein. Sie verzichtet auf Unterhaltszahlungen, will nichts mehr mit Meinrad zu tun haben. Sie überlässt Meinrad das von ihr gekaufte Auto, da Sabine unbedingt einen Mini haben will. Meinrad erklärt: „Das ist eh nichts mehr wert!" Ja schon, aber was müsste er denn hinlegen, wenn er ein eigenes kaufen müsste? (Sophies Mutter hat Meinrad der Gute wenige Tage zuvor erklärt, er werde Sophie das Auto selbstverständlich ablösen und diese war von seiner Anständigkeit schwer beeindruckt. Später ärgert sich Sophie, dass sie es nicht „behalten" und Max geschenkt hat, aber manche guten Ideen kommen eben zu spät.)

Da Meinrad alle Unterlagen Sophies hinter ihrem Rücken kopiert und vorgelegt hat (auch längst abgelaufene Verträge), hofft er, weniger zahlen zu müssen. Die Strategie, Anwalt böse, Meinrad lieb und gut wie immer, ist gut. Die Geldgier ist nur stärker als Meinrads Verstand. Seine eigene Beamtenpension und sein Sparbuch unterschlägt er. Sophies Anwältin fragt nach: „Sie sind doch auch Beamter?" – „Ja, schon, aber ich habe keine Beamtenpension!" Der Richter meint daraufhin: „So weit ich mich erinnern kann, bekomme ich auch regelmäßig so einen Zettel. Das kriegt jeder Beamte." So geht es weiter. Sophies Anwältin streicht immer mehr von Meinrads Gegenforderungen.

Nun kommen Sophies Joker, die von ihr finanzierte und noch nicht wie bei anderen Urlauben selbstverständlich anteilsmäßig zurückgezahlte Amerikareise und der ebenfalls von ihr gezahlte Dachbodenausbau. Meinrad erklärte, er wollte ja eigentlich gar nicht nach Amerika.

„Aber dort warn's schon, oder?", fragt der Richter schmunzelnd. Betrag gestrichen. Auch den Dachbodenausbau wollte Meinrad natürlich in keinster Weise. Sophie erinnert an ein Gespräch in Anwesenheit ihres Vaters, in dem Meinrad ein konkretes Angebot für eine Dachbodenstiege einholen wollte, da eine Zeit lang überlegt worden ist, für den sozial unverträglichen Meinrad dort ein eigenes Domizil zu schaffen, um ein Zusammenleben zu viert doch halbwegs erträglich zu machen. Ihr Vater würde jederzeit als Zeuge aussagen. Betrag gestrichen.

Die absoluten Highlights der Verhandlung bleiben sicherlich „Katzenstöpsel", „Weihnachts-CDs" und „Mühlespiel". Sophie muss die Anekdote später unzählige Male erzählen. Aufmerksame Leser/innen werden nun wohl fragen, was ein „Katzenstöpsel" ist. Nun, selbiges tut auch das Gericht. Weder Richter noch den Anwälten ist der Begriff vertraut, der da auf Sophies von allen sehr gelobten langen Liste der Dinge, die sie mitnehmen werde, aufgelistet steht. Da Meinrad mehrmals den Einwurf gemacht hat, dass Sophie bösartigerweise alle

Weihnachts-CDs mitnehmen wolle, von seinem Anwalt mehrmals böse Blicke dafür geerntet hatte und schließlich mit der Bemerkung: „Weißt was, Meinrad, ich schenk dir ein paar zu Weihnachten!" ruhiggestellt worden ist, meinen alle, dass auch der „Katzenstöpsel" Streitobjekt sei. Hier muss man Meinrad zugute halten, dass er an dem „Katzenstöpsel" gar nicht interessiert ist. Er ist ihm so gleichgültig wie seine Frau. Er erklärt ihn nur so langatmig und umständlich, dass alle vermeinen, er wolle auch diesen UNBEDINGT haben. – Der Katzenstöpsel" ist übrigens ein harmloser kleiner Abflussstöpsel mit Katzenbild im Gästewaschbecken im WC! Anders beim Mühlespiel. Meinrad führt klagend an, dass sein Sohn bedauert habe, dass er nie wieder mit ihm Mühle spielen könne, da die gierige Mutter sich das schöne wertvolle Spiel mitnehmen wolle. Sophie hat die Spielesammlung in ihrer vorehelichen Zeit um eigenes Geld selbst erworben und Meinrad hat nie, aber auch wirklich nie mit Max Mühle gespielt, vermutlich weiß er gar nicht, wie man Mühle spielt und er hat auch nie mit Sophie Mühler gespielt, obwohl diese sehr, sehr gerne mit ihm Mühle oder auch anderes gespielt hätte und das in den ersten Jahren ihrer Beziehung oft vorgeschlagen hat. „Katzenstöpsel", „Weihnachts-CDs" UND „Mühlespiel" werden Sophie zugesprochen.

Meinrad unternimmt noch einen letzten Versuch, seiner mehr als zwanzigjährigen Ehefrau und Köchin Geld wegzunehmen. Man müsse unbedingt die horrenden Mieteinnahmen aus Sophies Wohnung berücksichtigen. Sophies Anwältin wirft mit Augenaufschlag ein: „Also eigentlich müsste man diesen Betrag vom Vermögen meiner Mandantin ja abziehen, da diese Einnahmen eindeutig aus vorehelichem Besitz stammen." Diesmal nimmt Meinrads Anwalt keinen Blickkontakt zu seinem Mandanten mehr auf. Er macht ein Angebot, das Sophie erstaunt, das um genau den Betrag geringer ist als Sabines Motorrad, welches Meinrad bezahlt hat. (War das gar ein

Bestechungsversuch seiner Tochter?), also hat er den Betrag eigentlich schon gezahlt. Sie nickt ihrer Anwältin zu und die Scheidungspapiere werden ausgedruckt. 23-1/2 Jahre Streit um Zeit und Geld sind vorbei.

Sophie drängt ein wenig, da sie noch einen Termin beim Standesamt habe. Meinrad wird kurz panisch und beginnt zu fragen: „A willst du den Herrn Mag. ...", als er von seinem Anwalt ziemlich brüsk unterbrochen wird: „Meinrad, das geht dich jetzt nichts mehr an!" Später checkt Meinrad dann doch, warum es am Standesamt eigentlich gehen soll und verabschiedet seine Exfrau süffisant mit ihrem Mädchennamen.

Wenige Tage vor der Scheidung hat Sophie Meinrads Rosen, die Zeichen seiner verlogenen Versprechungen, zerstört. Sie hat sie im Vorzimmer auf den Boden geworfen und ist darauf herumgetrampelt. Nach der Scheidung überreicht sie Meinrad ein Kuvert mit einem Gedicht und zwei Fotos der früheren Blumenpracht. Meinrads Anwalt rät diesem, das Kuvert erst zu Hause zu öffnen. Sophie hängt einen Ausdruck an die Küchenwand, wo es bis zu ihrem Auszug hängen bleibt:

### 20 Jahre Ehe

*DU gabst MIR aus schlechtem Gewissen Rosen
und leere Versprechen.
MIR warst DU Zeit wert für Liebe und Kosen.
Die Nachwelt wird's an dir rächen:
Wie die Blumenknospen zerdrückt jeder Schritt,
so 20 Jahr' ich an deiner Gefühllosigkeit litt.*

Die Verse sind schlecht, aber die Aussage zutreffend.

Während des Ausdrucks der Scheidungspapiere hat Sophie Fritz, Sabine, ihre Eltern und Freundinnen per WhatsApp vom

Erfolg informiert. Sie holt Sophie von der Schule ab, platzt gleichzeitig mit dem Feueralarm in die Mathematikstunde. Hat sie diesen in ihrer Euphorie unbewusst ausgelöst oder schreien alle Sirenen ihre Freude gleichzeitig mit ihr heraus?

Eine Stunde nach der Scheidung haben Sabine und Sophie deren Mädchennamen angenommen. Eineinhalb Stunden später macht Sophie einen Termin beim Annullierungsgericht der Erzdiözese Wien aus. Die Heilige Mutter Kirche leitet ohne Zögern das Verfahren gegen die Ehe ein, als Sophie diese „Ehe" schildert.

Mittags gehen Mutter und Tochter gemeinsam speisen. Abends gibt es von Fritz rote Rosen und die beiden besorgen in einem exklusiven Geschäft der Wiener Innenstadt zwei Flaschen Champagner. Eine wird feierlich geleert.

Alles, was von Sophies Ehe bleibt, sind Listen ihrer zu Meinrads Zufriedenheit erfüllten hausfraulichen Aufgaben, mehrere von ihr abgerechnete Kassabücher und mehr als zwanzig Jahre sinnlos gestohlener Lebenszeit mit immer größer werdender Verzweiflung und immer kleiner werdender Hoffnung.

Warum hat der redliche Meinrad ihr nicht gesagt, dass er sie nicht heiraten kann, da er sie nicht liebt? Das wäre wahrscheinlich kurz schmerzhaft, aber ehrlich gewesen, hätte ihr enormes Leiden erspart.

Meinrad steht in ihrer Achtung nun tief unter seinem Vater. Hat dieser zwar seine Ziele immer brutal mit Drohungen und mithilfe seines Geldes, das er durch sein hohes Beamtengehalt und zahlreiche, teils dubiose Nebengeschäfte verdient hat, durchgesetzt, so kann Meinrad ohne fremde Hilfe nicht überleben und hat sich freiwillig in finanzielle Abhängigkeit begeben, für die nun Tribut und ewige Dankbarkeit erwartet werden.
Er hat sie nie fest umarmt. Er hat ihr nie das Gefühl gegeben,

dass sie für ihn das Wichtigste ist. Er hat ihr nie das Gefühl gegeben, dass er sie liebt. Aber er hat ihr nie gesagt, dass ihm das Essen nicht schmeckt.

Was bleibt? Zwei Tabellen, in denen Sophie zu Meinrads großer Zufriedenheit vom Jahr 2000 bis 2018 jedes Glas Marmelade verzeichnet hat, das sie eingekocht hat, und jedes Stück Weihnachtsbäckerei, das sie gebacken hat. Die Ergebnisse sind beachtlich: 21 Marmeladesorten (837 Gläser) und 61 Sorten Weihnachtsbäckerei (20.899 Stück)!

Was bleibt noch? Max' Unverständnis. Es schmerzt Sophie tief. Sie hat 19 Jahre alles getan, um ihm eine Kindheit in einer heilen, schönen Welt zu ermöglichen. Warum versteht er nicht, dass Sophie nur aus Liebe zu IHM Unglück und Verzweiflung ertragen hat? Sabine hat ihr schon Jahre vor ihrer näheren Bekanntschaft mit Fritz vehement zur Trennung von Meinrad geraten. Dass Sophie es nur Max' wegen ausgehalten hat, nutzt ihr gar nichts. Der will es nämlich nicht verstehen, ist auf Vater und Mutter genauso grantig. Man kann mit ihm nicht einmal über „das Thema" sprechen. Das stört Sophie sehr. Warum versteht er sie nicht?!!! Warum versteht Max nicht, dass nicht Fritz, sondern einzig und allein die Gleichgültigkeit seines Vaters am Scheitern der Ehe schuld ist?

Es bleibt auch ein schlechtes Gewissen ihrer Katze gegenüber. Sie hätte ihren Platz nicht unbedacht an jemand Unwürdigen verschenken sollen. Sie wäre im Vergleich zu Meinrad der weitaus kuscheligere Bettgenosse gewesen und hätte außerdem noch dankbar geschnurrt.

Zwanzig Jahre sind in Österreich ungefähr die Höchststrafe für Mord. Wer gibt Sophie die 23 ½ verlorenen Jahre zurück, die ihr Meinrad gestohlen hat? Die meisten Mörderinnen und

Mörder werden früher begnadigt. Sie hat bis zum Ende durchgehalten, ohne Gnade, betrogen von falschen Hoffnungen und Versprechungen. Bekommt sie Schadenersatz wie unschuldig Verurteilte? Gibt ihr Meinrad die zwanzig Jahre ihrer Jugend zurück, die sie sich für ihn von früh bis spät aufgeopfert hat, in der Hoffnung, zumindest einen winzigen Teil davon zurückzubekommen? Kein Mensch kann sie ihr zurückgeben. Sie sind unwiderruflich zerstört, verloren. Alle diese Gedanken sind Sophie schon hunderte Male durch den Kopf gegangen und werden sie auch Monate später noch beschäftigen. Sie machen sie unglaublich wütend.

Einen Tag nach der Scheidung verschickt Sophie folgendes Mail an Freunde und Bekannte:

*Liebe Freund/innen, Verwandte und Bekannte!*
*Mit großer Freude darf ich das offizielle Ende einer Beziehung mitteilen, die eigentlich nie stattgefunden hat.*
*Während mehr als zwanzigjährigem Kochen und Putzen habe ich auf Zeit und Liebe gewartet, es aber zu nicht mehr als zur „feindlichen Geschäftspartnerin" und perfekt funktionierenden Haushälterin gebracht.*
*Eine Stunde nach der Ehescheidung habe ich meinen Mädchennamen wieder angenommen.*
*Ich danke allen für ihr Verständnis, fürs lange Zuhören, für alle guten Ratschläge und fürs mitfühlende Nachfragen, ohne dem ich die vergangenen Wochen nicht durchgehalten hätte.*
*Ich wünsche allen ein frohes, friedliches Weihnachtsfest und ein wunderschönes Jahr 2019!*
*Sophie*

Einige Näherstehende und Verwandte bekommen einen Brief:

*Liebe/r N.!*

*Da sich die Ereignisse der letzten Wochen und Monate nicht auf einer kleinen Weihnachtskarte beschreiben lassen und vermutlich überraschend klingen, fällt der „Zusatz" zum heurigen Weihnachtsschreiben etwas unpersönlicher – computergetippt aus. – Es tut mir leid, wenn dadurch das Bild einer jahrzehntelangen Scheinfassade von der glücklichen Familie zerstört wird. Ich habe mehr als zwanzig Jahre geschwiegen, was von engen Freundinnen (durchaus zurecht) kritisiert wurde. Jetzt tue ich es nicht mehr und habe mittlerweile keine Hemmungen mehr, über Privates zu sprechen/schreiben, was ich vermutlich schon vor mehr als zwanzig Jahren hätte tun sollen!*

*Ich habe einen 23-jährigen Kampf gegen Meinrads Garten und seine Gleichgültigkeit verloren, einen „Kampf", in den ich während der gesamten Zeit unserer „Ehe" und schon die beiden Jahre davor fast meine gesamte Energie investiert habe, eine jahrzehntelange Zeit zurückgewiesener Liebe, vergeblicher Hoffnungen auf eine bessere Zukunft und verzweifelter Frustration.*
*Dass unsere Partnerschaft nie richtig funktioniert hat, war mir schon vor der Heirat klar und ich habe unentwegt versucht und gehofft, doch noch eine gute Ehe daraus zu machen.*

*Meinrad hat mir von Beginn an eine gleichberechtigte, intensive, partnerschaftliche Beziehung verweigert und jene als „Zweckgemeinschaft" geführt, wobei er derjenige war, der fast ausschließlich davon „profitiert" hat. Ich habe mehr als zwanzig Jahre unter dem Entzug von Partnerschaft*

*und Liebe gelitten, jedoch 22 Jahre mit allen Mitteln (ver-*
*geblich) darum gekämpft:*

*Am zweiten Tag unserer Beziehung erklärte mir Meinrad,*
*dass ich „nicht seine Traumfrau" sei. (Den „Stich im Her-*
*zen", den es mir damals versetzt hat, spüre ich heute noch!)*
*Mindestens drei Frauen haben ihr Verhältnis zu Meinrad*
*nach wenigen Monaten beendet. Für mich war Meinrad*
*außer ein paar Rendezvous die erste Beziehung. Ich glaubte*
*also ahnungslos Meinrads zwanzigjährigen leeren Verspre-*
*chungen, dass alles besser würde und er mir bald mehr Zeit*
*schenken würde. – Als Ersatz brachte er Rosen, wenn er ein*
*schlechtes Gewissen hatte, und nie eingelöste Zeitgutschei-*
*ne.*

*Schon VOR der Eheschließung litt ich an mangelnder Zu-*
*wendung; wollte das Verhältnis mehrfach beenden, wurde*
*aber von meinen Eltern überredet, dies nicht zu tun. Es kam*
*fast nie zu irgendwelchen Zärtlichkeiten (außer einem sehr*
*steifen rituellen Begrüßungskuss). Körperliche Nähe lehnte*
*er ab. („Leg' dich wieder rüber. Ich will schlafen."). Selbst*
*Fremde greifen mich beim Tanzen fester an! Respektlos kam*
*er regelmäßig zu spät und ließ mich bis zu drei Stunden war-*
*ten („Sei froh, dass ich überhaupt komme!")*

*Meinem Wunsch, eine Ehe zu schließen und gemeinsame*
*Kinder zu haben, stand Meinrad mit vollkommener Gleich-*
*gültigkeit gegenüber. Er kommentierte dies jeweils mit*
*einem gefühllosen „Wenn du meinst!" Der größte Wunsch*
*meines Lebens, eigene Kinder zu haben, bewog mich dazu,*
*Meinrad zu heiraten, obwohl ich mir zum Zeitpunkt der Ehe-*
*schließung bereits sehr unsicher war, ob dieser Wille vor-*
*handen war. Jener war nur insofern gegeben, als man der*

*Gesellschaft Ring und Ehegattin mit „Rang" vorführen, sich damit rühmen konnte, wie gut sie „funktioniert" (perfekter Haushalt, täglich Essen „auf Abruf", Anzahl der jährlich hergestellten Weihnachtsbäckereisorten und Marmeladegläser). Dann wurde ich „abgestellt" und er widmete sich spannenderen Tätigkeiten (Garten, Kirchenbesuchen, Seppi Forcher und wieder Garten, dazwischen Alkohol/Kaffee). Eine spätere Aussage Meinrads bestätigt seine Auffassung von Partnerschaft. Meine Kochkünste hätten seine Entscheidung, ein Verhältnis einzugehen, begünstigt (regelmäßiges warmes Essen, oft telefonisch Ankunft von Heiligenstadt angekündigt „kannst schon wärmen!"; mindestens zwei Mal jährliche Partys mit 15-30 Gästen, usw.)*

*Mindestens zwei Mal war ich VOR der Eheschließung vor das Tribunal der Familie Meinrads zitiert worden, wo von der späteren Schwiegermutter attestiert wurde, ich „solle a Ruh geben, kochen und putzen und zufrieden sein, einen Akademiker eingefangen zu haben."*

*Meinrad war mit dem gemeinsamen Essen und Trinken am Wochenende, dem sonntäglichen Kirchbesuch, später einigen Ausflügen mit den gemeinsamen Kindern (in deren Volksschulzeit) sowie ein bis zwei Mal monatlichen Veranstaltungsbesuchen (Theater, Studentenverbindung) auch völlig zufrieden. Den Rest seiner Freizeit verbrachte er fast ausschließlich im Garten. Am Ende der Beziehung gab er sogar offen zu, dass ich es ihm nicht wert sei, einen Gartenarbeiter zu engagieren, um mehr Zeit mit mir verbringen zu können.*

*Mehr als 20 Jahre bemühte ich mich darum, Meinrad für mich zu gewinnen, mit Bitten und Betteln, Heulen, Drohen,*

Granteln und Schimpfen, was von meinen Eltern aufs Heftigste kritisiert wurde, da sie die Hintergründe nicht kannten. Ich empfahl ihm Fachliteratur zur Partnerschaft, die jahrelang unberührt auf seinem Nachtkästchen lag, druckte ihm Adressen von Ärzten aus, die auf Burn-out-Behandlung spezialisiert sind. Er lehnte ab (und steht seit Jahren unter dem Einfluss von Psychopharmaka, nachdem er in seiner Dienststelle Gläser durch die Gegend geschleudert und gedroht hatte, den Personalchef zu erwürgen.)

Ich versuchte dennoch weiterhin, ihn zu erobern, war frustriert mit allen gesundheitlichen Nebenwirkungen (Verdauungs-, Schlafstörungen, Bulimie – Letztere kommentierte Meinrad bloß mit „Schade ums Essen, was das Geld kostet, was du rausspeibst!"), tat alles, was er gerne hatte, kochen, putzen, backen, Riesenfeste organisieren, bei denen er sich als der tolle Hausbesitzer präsentieren konnte … die perfekte HAUSHÄLTERIN! Ich versuchte sogar, ihn mit Geld zu ködern (Finanzierung des Familienautos, zahlreicher Möbelstücke, des Dachbodenausbaus, Mailänder Scala, USA, Salzburger Festspiele jeweils für vier Personen), versöhnte mich ihm zuliebe sogar anlässlich seines 50. Geburtstages mit seinen Eltern, obwohl ich wusste, dass sie mich immer hassen würden, da ich nicht nach ihrer Pfeife tanzte … alles in der Hoffnung, nur ein bisschen (gemeinsame Zeit) zurückzubekommen.

ER war zufrieden. ICH bekam dafür leere Versprechungen, Rosen und Zettelchen, auf denen „mehr Zeit" stand, billige Geschenke, die nie eingelöst wurden …
Unsere Ehe bestand seit Jahren nur mehr auf dem Papier und wir hatten spätestens ein Jahr VOR unserem Amerikaurlaub ernsthaft überlegt, uns scheiden zu lassen. (Meinen

Eltern gegenüber erklärte Meinrad nach einem von mir angeregten Urologenbesuch. „Ich habe zwei Kinder in die Welt gesetzt, das reicht!" Sabines Alter ist, denke ich, jedem bekannt.) Vor allem Max' wegen schob ich die längst notwendige Trennung hinaus, damit seine gewohnte geborgene Umgebung nicht gestört wird. (Sabine drängte schon seit Jahren zur Scheidung. Ihr Zimmer liegt über dem Schlafzimmer. Sie hatte mein Weinen gehört, meine Verzweiflung mitbekommen und unter Meinrads Gleichgültigkeit vermutlich genauso gelitten.)

Sowohl die staatliche als auch die kirchliche Ehegesetzgebung sieht den Willen zu einem partnerschaftlichen Verhältnis (die Kirche auch zu Kindern) vor.

Ist es nicht bezeichnend, dass im beschränkten Kleinkinderwortschatz des kleinen Max zuerst „Papa Ga" vorkam? Die meiste Zeit des Urlaubs/der Freizeit wurde von Meinrad über mehr als 20 Jahre hindurch im Garten, im Büro oder, wenn er die Wahl hatte, sich mit MIR zu beschäftigen, so doch lieber bei Partei, Sternsingen oder sogar Taizé-Gebet verbracht. (Ich war mit den Kleinkindern stets alleine zu Hause.)
Der Wunsch, eigene Zeit überwiegend mit eigenen Aktivitäten zu verbringen, ist übrigens ein anerkannter Scheidungsgrund!
Seine Vorstellungen sind und werden von den Vorgaben seiner Eltern geprägt (bis hin zum den Richter sehr verwundernden Auftritt vor Gericht „Meine Mutter hat gesagt, wir machen das so …").

Nach 22 Jahren war keine Änderung eingetreten. Absolute Resistenz und Uneinsichtigkeit Meinrads herrschten vor. Er

*gab gönnerhaft von oben herab vor, Verständnis für meine
Sehnsucht nach menschlicher Nähe und partnerschaftlicher
Freizeitgestaltung zu haben, sie sei jedoch psychisch gestört
ebenso wie unser aller „zwanghafter" Drang aufzuräumen
(10 Jahre alte Plastikflaschen und -dosen, 5 Jahre altes
verknittertes Geschenkpapier und 20 Jahre alte Zeitungen
zu horten, sodass diese stößeweise mehrere Zimmer „bevöl-
kern" und man das Gefühl hat, in einer Müllhalde zu leben,
sei hingegen normal. Unterhosen mit 15 Löchern werden
ebenso wie kaputtes Babyspielzeug und verdorbene Lebensmittel mehrmals aus dem Müll gefischt, Letztere sogar vor
den Augen der Mitbewohner mit dem Biomüllkübel in der
Hand verspeist, während die anderen essen und diese laut
wegen ihrer „Verschwendungssucht" beschimpft werden.
Der Garten, in dem sich außer Meinrad keiner mehr auf-
halten will – von Unkraut verwachsen, der Sitzbereich auf
der Terrasse mit Töpfen und Gartengeräten verstellt, Max'
Fußballtor mit abgeschnittenen Ästen vollgestopft, wird als
„wunderschöner Naturgarten" bezeichnet.)*

*In dieser Situation wurde ich nach erfolgter „Präsentation"
wieder einmal „abgestellt", weil sich Meinrad spannenderen Menschen widmen wollte. Er war sehr stolz, diesmal
einen auch für mich unterhaltsamen Gesprächspartner
gefunden zu haben.*

*Irgendwann merkte ich im Laufe der Zeit, wie sehr mir an
diesen Unterhaltungen lag, mehr als „normal", mehr als
sein „darf". Dies verwunderte und verwirrte mich zunächst
sehr. Da war jemand, der am Gespräch mit mir interessiert
war, an dem, was ich arbeite, denke usw., nicht nur am Ser-
vice von Essen und Trinken!*

*Zunächst blieb es bei Gedankenspielen. Als ich nach Monaten der Unsicherheit wusste, dass ich eine Entscheidung treffen musste zwischen meinen konservativen Prinzipien, die ich meinen Kindern voller Überzeugung vermittelt hatte und zu denen ich noch heute stehe, einem Leben, das aus Warten auf nie erfüllte Zweisamkeit, Frustration, Langeweile und ½ neun Uhr Schlafengehen besteht, und MEINEM Leben, machte ich es mir nicht leicht:*

*Ich war an einem Zeitpunkt angelangt, wo ich wusste, dass ich ALLE Mittel vergeblich ausgeschöpft hatte, um Meinrad zu einem partnerschaftlichen Eheleben zu bewegen – und verloren hatte. Ich war gesundheitlich und emotional am Ende, innerlich komplett leer. In dieser bereits angespannten Situation schlug ich ihm daher ein „Parallelleben" vor. Er solle tun, was er wolle, mir nur „Ordnung und Ruhe" ermöglichen. Dass ich Meinrad nicht einmal das wert war, gab mir den „letzten Rest". Ein halbes Jahr war ich ihm nicht einmal wert, den Dachboden ein einziges Mal zu betreten und zu versuchen, aufzuräumen. Dies erleichterte meine Entscheidung!*

*Die Entscheidung, die Familie zu zerstören, traf also eigentlich Meinrad mit seinen Eltern unter der Voraussetzung der Finanzoptimierung („Aus den Augen, aus dem Sinn und doppelte Alimente zahlen!") und der Angst vor dem Tod des Vaters, der einen Großteil der Scheidung finanzieren sollte. Sabine hatte mich schon, bevor Meinrad hinter meinem Rücken und ohne Absprache die Scheidungsklage eingereicht hatte, gebeten, mit mir endlich wegziehen zu dürfen. Sie bombardierte mich seitdem täglich mit Möbelvorschlägen und würde am liebsten nur mit einer Matratze ausziehen, um vom Vater wegzukommen!*

*Meinrad wird nur die Putzfrau und Köchin fehlen, Max die Ansprechperson, denn diejenige, die täglich vom Büro nach Hause hetzte, um für die Kinder da zu sein, war ICH. Meinrad kam zum Essen und verschwand dann meist im Garten. Ich kann mir nicht vorstellen, dass sich das ändern wird.*

*Wie Max und Sabine mit der Tatsache umgehen, dass ihr Vater es fertigbrachte, eine Frau vor Gericht anzuklagen, die ihm mehr als zwanzig Jahre jeden Wunsch von den Augen abgelesen und erfüllt hat neben großteils 40-stündiger beruflicher akademischer Tätigkeit und, glaube ich, ziemlich guter Kinderbetreuung, weiß ich nicht. (Max, der die Scheidungsklage gegen die eigene Mutter von der Post entgegen nehmen musste, hat sich jedenfalls an den folgenden Wochen bis zur Besinnungslosigkeit betrunken und die unterschiedlich interpretierbare Aussage von sich gegeben: „Vielleicht bin ich auch bald nicht mehr da!" Er ist seitdem nicht mehr fähig, mehr als eine Stunde für sein Studium zu lernen. Sophie googelt Möbel, statt ihre Matura vorzubereiten. Ein herzliches Dankeschön dem fürsorglichen Vater und seinen Einflüsterern für den gut gewählten Zeitpunkt!)*

*Dass Meinrad diese Klage unter Vorbringung von mindestens zwei nachweislich falschen Tatsachen eingebracht und seinem Anwalt sein eigenes Verhalten in der mehr als zwanzigjährigen Ehe verschwiegen hat, zeugt überdies für extreme Rücksichtslosigkeit und Infamie. Wie sehr ihm das Wohl seiner Kinder am Herzen liegt, kann man an Alltagshandlungen, jahrelangem Desinteresse an Lehrer/innen und Freunden, Geldgier (Er fürchtet beispielsweise, dass ihm von mir verdiente Prüfungsgebühren von ca. 16 € jährlich, die möglicherweise nicht im Scheidungsvergleich berück-*

sichtigt werden, erheblichen finanziellen Nachteil bringen könnte!) und dem Umstand erkennen, dass er die Klage im Maturajahr Sabines/erstem Studienjahr Max' durchgeführt hat, obwohl ich ihn kurz zuvor gebeten hatte, bis zum Abschluss von Sabines Ausbildung abzuwarten, dann wäre ich fort, „so schnell könne er gar nicht schauen!" (Die Klage wurde übrigens genau so eingebracht, dass ich sie während einer Dienstreise nicht erhalten konnte, also deutlichen Nachteil bei den Prozessvorbereitungen erhalten sollte. Der Richter hat den Plan allerdings durchschaut und beim ersten Gerichtstermin lächelnd erklärt, dass er die Gemeinheit abgewendet und die Zustelladresse persönlich hätte ändern lassen! Meinrad war sehr enttäuscht, als er erfahren hat, dass der Brief RSB – und nicht wie er erwartet hatte als RSA – zugestellt wurde und überdies so feig, dass er es eine Woche nicht gewagt hat, mich darauf anzusprechen. Schlechtes Gewissen oder wollte er noch weiter verzögern, der Edle, der Gute?). Dass diese Verhaltensweisen meine Achtung vor ihm, die ich trotz jahrelanger Missachtung, bewahrt hatte, völlig zerstört haben, ist vermutlich nachvollziehbar.

Die erste Reaktion Meinrads, als er von Sabines dringlichem Wunsch mit mir auszuziehen erfuhr, war nicht Trauer über den Verlust der Tochter, sondern „Da kann ich mir das Haus ja nicht mehr leisten!" (ohne die Alimente, die ich für beide Kinder zahlen sollte, die er fix einkalkuliert hatte!).

Wie wenig ihm das Wohl seiner Kinder am Herzen liegt, zeigt auch die Tatsache, dass er regelmäßig darauf hinweist, sein Haus und Vermögen der Caritas und nicht den Kindern zu hinterlassen, wenn es ihm beliebt!

Meine Eltern können bestätigen, dass er über Jahre hindurch durch bewusste Fehlinformation und Lügen sich als den Armen und mich als die Böse dargestellt hat und so

*unser Verhältnis fast zwanzig Jahre permanent gestört hatte,*
*was mich sehr belastet hatte, weil ich mich von meinen El-*
*tern deshalb immer im Stich gelassen gefühlt habe. Wenige*
*Besuche während meines Sommerurlaubs mit Sabine reich-*
*ten, dass sie zu der Erkenntnis gelangten: „Wir verstehen*
*dich völlig. JEDER ist besser als DER!"*

*Ich hoffe, es ist verständlich, wie groß meine Enttäuschung*
*ist, vor allem auch in menschlicher Hinsicht, und wie groß*
*meine Frustration über mehr als zwanzig Jahre vergeblich*
*investierte Energie in eine richtige Partnerschaft, die offen-*
*sichtlich nur von meiner Seite erwünscht war.*

*Ich wünsche ein schönes, friedliches Weihnachtsfest, alles*
*Gute fürs Neue Jahr, Gesundheit, Glück, Zufriedenheit und*
*was man sonst so alles wünscht!*
*Alles Liebe!*
*Sophie*

Die Löcher in den Unterhosen hat Sophie übrigens extra abge-
zählt, damit ihr keiner vorwerfen kann, sie schreibe Unwahres!

Die Rückmeldungen sind überwältigend und positiv, sogar
von Kolleg/innen, mit denen sie sonst gar nicht so viel zu tun
hat. Eine frühere Kollegin (mit Doppel-Minus) grüßt Sophie
wieder freundlich und plaudert ungezwungen mit ihr. Ein Bekannter, dessen Tochter mit Sophie die Unterstufe besucht hat,
fragt Sophies Eltern beim Einkaufen: „War er ihr zu dumm?"

Meinrads Onkel meldet sie wenige Tage später. Er ist tief betroffen, bietet Sophie seine Hilfe an, bittet aber aus Angst vor
seinem Bruder, das Telefonat geheim zu halten.

Meinrads Tante (die mit dem Blümchenbett) ruft sie kurz vor
Weihnachten an und bemerkt: „Ihr hättet nie heiraten dürfen,

ihr habt ja nie zusammengepasst! Das habe ich immer schon gesagt" (Wer sich nicht mehr erinnern kann, dem sei zu Vergleichszwecken Nachlesen im Kapitel des Jahres 1995 empfohlen, wo eben dieselbe Tante ausruft. „Na endlich! Ihr passt ja soooo gut zusammen!") In ihrem Redefluss vernimmt Sophie sehr deutlichen den Satz „Na mit dem Meinrad hätte ich es ja auch nie ausgehalten." Sabine sei von Sophie bestochen worden, sonst würde sie ja nie bei ihr bleiben. (Womit? Mit einem Motorradkauf oder dem Angebot, das zu essen, was Sabine kocht? Oder hat Sophie in der Aufregung etwas verpasst?) Sophie lächelt still den Telefonhörer an und wünscht abschließend Frohe Weihnachten.

Das Weihnachtsfest wird Sophie von ihren Eltern gezwungen, „wie immer" zu feiern. Sie seien eine Familie, also müssen sie gemeinsam feiern. Was sagen sonst „die Leute"? Nachdem was ihr Meinrad angetan hat, empfindet Sophie dies als Zumutung. Übliches Schema, übliche Drohung: „Wenn du das nicht so machst, kommen wir nicht! Dann feiern wir alleine mit Meinrad und den Kindern!" Es kostet Sophie unendliche Selbstüberwindung. Kalt und nahezu wortlos steht sie noch ein letztes Mal in der Küche und bereitet ein Weihnachtsmenü für den Mann vor, der ihr Leben zerstört hat. Meinrads Eltern können gerne kommen, meint sie, das sei auch schon egal. Wie erwartet lehnen diese hasserfüllt ab. Die Weihnachtsfeier, wie immer von ihr gestaltet, und das mehrgängige Essen lässt sie über sich ergehen. Dann trifft sie sich mit Fritz und feiert mit dem schönsten Weihnachtsbaum, den sie je in ihrem Leben gehabt hat. (Er hat aber auch mehr gekostet als Meinrads Bäume.)

Zwei Wochen nach der Scheidung erklärt Meinrad emotionslos, dass er bei seiner Traumfrau „noch weniger zusammengebracht hätte." Wie bitte? Will er sie veräppeln? Sophie glaubt, irgendein schwarzer Abgrund tut sich auf. Sie fasst es nicht. Und so jemand traut sich, mit gefalteten Händchen und schiefem Köpfchen in der Kirche zu sitzen und eine katholische Ehe zu schließen? Er hat die ganze Zeit über gewusst, dass er nicht in der Lage ist, eine normale Partnerschaft zu führen, lässt sie „ins Messer rennen", vermittelt ihr zwanzig Jahre das Gefühl, SIE sei die Gestörte, die Böse, welche die perfekte Ehe bricht. Sie hat Meinrads despektierliche, polternde, arrogante Art toleriert. Sie hat alles daran gesetzt, dass ihre Kinder nicht so werden wie Meinrads Familie. Ihn selbst hat sie früher immer ausgenommen, gedacht, er sei vielleicht aus der Art geschlagen, zwar ziemlich schrullig, aber zumindest ehrlich. Sie hat sich auch hier geirrt. Sie kann und will es nicht fassen. Wie kann ein Mensch zu so etwas fähig sein? Sie als Haushälterin missbrauchen, ungerührt ihr Leid mit ansehen? Meinrad ist als „Mensch" für sie untragbar geworden.

Sophie ermittelt mithilfe einer Freundin die Telefonnummer von Meinrads Traumfrau. Diese erklärt ihr, sie hätte Meinrad „ausprobieren" wollen, da ihr Freundeskreis ihn als absolut komischen Kauz beschrieben habe. So jemand habe in ihrer „Sammlung" noch gefehlt. Sie sei noch nie an so einen verklemmten Komiker geraten. Seine Eltern seien unmöglich, sie habe sich aber in der kurzen Zeit auf keine Konfrontation mit ihnen eingelassen, da sie ohnehin nie vorgehabt habe, ein ernsthaftes Verhältnis mit Meinrad einzugehen. Nach einigen Monaten habe sie ihn nicht mehr ausgehalten.

Sophie ist so wütend, dass sie Meinrad noch am selben Tag die „beste Auswahl" aus dem Gespräch übermittelt. Meinrad ist tief betroffen – mehr als zwanzig Jahre danach.

Da Sophie neugierig ist, schnappt sie sich eines Tages im Winter ihr altes Handy, welches ja seit einiger Zeit Meinrad benutzt, da er kein Geld für ein eigenes hat. Sie erstarrt, als sie entdeckt, dass Meinrad, der Gute, gemeinsam mit seinem Bruder (späte Revanche? Rache an etwas, was er nicht bekommen hat?) schon Mitte August die Scheidung geplant hat. Geplant hat, wie er Sophie möglichst viel von ihrem gesparten Geld wegnehmen kann, geplant, wie er sich Sophies Wohnung unter den Nagel reißen kann. „Unser Vater hat alle Unterlagen, sei unbesorgt", schreibt Balduin großspurig an Meinrad. Als Sophie brühwarm ihren Eltern davon erzählt, explodiert ihre Mutter. Das geht ihren Eltern nun doch unter die Haut, dass die beiden eiskalt und unverschämt ihre alte Wohnung an sich raffen wollten. Keine Chance natürlich, das ist allen auch im Nachhinein klar, da Sophie die Wohnung ja von ihren Eltern bekommen hat, aber der Grad der Unverfrorenheit wird erst jetzt deutlich. Der arme betrogene Ehemann, der die Schwiegermutter so herzerweichend anjammert, dass er während ihres Urlaubs mit der Tochter von der bösen Ehefrau weder Abendessen noch Jausenpackerl bekommt, dieser (fast) leidtut, weil er ja sooo lieb und sympathisch ist und dabei schon plant, der Tochter Vermögen und Kinder wegzunehmen. Nach seinem Geständnis in den Weihnachtsferien hat Sophie gedacht, das Maß an Unverschämtheit sei nicht mehr zu toppen. Aber Meinrads Familie garantiert offensichtlich wirklich für Qualität in dieser Hinsicht. Widerlich, unmoralisch und verlogen!

Sophie ist wütend! Wütend auf den Diebstahl ihrer Lebenszeit und wütend auf die eigene Dummheit, sich von so jemandem jahrzehntelang hinters Licht führen gelassen zu haben.

Die Restaurierungsarbeiten in der Wohnung schreiten zügig voran. Sabine drängt. Am liebsten würde sie schon Silvester dort feiern. Aber da ist noch Großbaustelle. Nach den Semesterferien ist es so weit. Den Valentinstag verbringen sie das erste Mal gemeinsam mit Fritz in der neu eingerichteten Wohnung.

Sophie übersiedelt ihre Sachen viel schneller als im Scheidungsvertrag vorgesehen. Meinrad bricht auch hier die Vereinbarungen. Er wartet nicht bis zum vertraglich vereinbarten Zeitpunkt. Kaum hat Sophie einen Kastenteil ausgeräumt, stopft er schon seine Sachen hinein, sodass sie bald den Überblick verliert, wo noch Dinge lagern, die ihr gehören. Sophie will nur noch weg, Meinrad nicht mehr sehen müssen. Ihre Bücher bringt sie zu ihren Eltern in bereits im Herbst eigens angefertigte Bücherregale. Sabine will das Wohnzimmer nicht damit vollgeräumt haben. Das ist das Einzige, was Sophie stört. Meinrad hat zwar großzügig angeboten, dass Sophie ihre Bücher und alles, was ihr gehört, zurücklassen kann – schließlich will er keine leeren Regale und weiterhin für Besucher einen gebildeten Eindruck demonstrieren, aber die Freude macht ihm Sophie nicht. Erstens will sie kein Bittgesuch einreichen, wenn sie Zugriff zu ihrem Eigentum haben möchte, außerdem soll er die Lücken sehen. Meinrad beginnt den Kampf um jedes Stück. Er durchwühlt von Sophie fertig gepackte Kisten. Sophie reicht es. Sie kann die raffgierige Visage nicht mehr ertragen. Wie konnte sie sich in einem Menschen nur so täuschen? War ihr Bedürfnis nach einer heilen Familie so groß, dass sich so lange währendes Unglück gelohnt hat?

Sie arbeitet bis zum Umfallen, damit sie dem Widerling so schnell wie möglich entkommt. An manchen Abenden würde sie vor Erschöpfung am liebsten nur noch ins Bett kriechen und heulen. Eines ihrer Knie füllt sich mit blutigem Sekret und muss mehrmals aufgestochen werden. Ein Operationstermin im Spätfrühling wird angedacht, zu einem Zeitpunkt, als mehrere schon geplante Dienstreisen und die meiste Arbeit im Büro anstehen. Sabine meint, zwischen schriftlicher und mündlicher Matura könne sie ihre Mutter problemlos versorgen, wenn diese drei Wochen nicht das Bett verlassen solle, da habe sie eh fast nichts zu tun. Nach Ostern hört die Entzündung ebenso plötzlich auf, wie sie gekommen ist. Fritz hat ihr in der Schlussphase der Übersiedelung geholfen, als er gemerkt hat, dass Sophie ziemlich am Ende ihrer Kräfte ist.

Meinrad füllt die gähnende Leere in den Regalen mit Blumentöpfen sowie Schund- und Frauenliteratur, welche die Blümchenbetttante ausmistet.

Sophies Katzensammlung, bisher im Haus unübersichtlich über mehrere Räume verstreut, bekommt ein eigenes neues Regal im Büro, wo sie bestens zur Geltung kommt.
Ihr teures Hochzeitskleid lässt Sophie zurück im Blümchenbett. Sie will keine Erinnerung an das, was den Namen „Ehe" nicht verdient.

Für ihren Handy-Wecker programmiert sie einen neuen Klingelton, Rossinis „Katzenduett". Bald beherrscht ihn Fritz so gut, dass er ihn regelmäßig fröhlich während des gemeinsamen morgendlichen Duschens miaut.

Vom Fenster ihres früheren Kinderzimmers sieht Sophie auf die großen Nadelbäume, die ihr als Kind schon so gut gefallen haben, vor allem als diese schneebedeckt das baldige Weihnachtsfest verheißen haben. Sie hat ein Himmelbett mit einschaltbarem Sternenhimmel darüber – die großen Spiegel auf beiden Seiten sind Fritz' Idee – und einen Whirlpool, den sie fast täglich benutzt, manchmal auch mit Fritz gemeinsam – und Sabine einen Luxusfernseher. Einen Saugroboter hat Sophie ihren Kindern übrigens schon vor mehr als einem Jahr gekauft. Dieser ist allerdings nie verwendet worden. Keiner hat die Zeit gefunden, die Batterien einzusetzen. Sabine wünscht sich auch schon längst einen anderen Staubsauger, den Fritz und Sophie selbstverständlich besorgen.

Meinrad will unbedingt Sophies neue Wohnung sehen (damit er dann sagen kann, dass sein Haus viel größer, schöner etc. ist?). Sophie verweigert dies zunächst, wird aber von ihren Eltern erpresst, Meinrad gemeinsam mit den Kindern anlässlich ihres Geburtstages einzuladen. Altbekanntes Schema: „Wenn du ihn nicht einlädst, kommen wir auch nicht!" Dieses eine Mal wird sie noch nachgeben. Sie hat keine Kraft mehr zum Widerstand. Aber es wird das letzte Mal sein, nimmt sie sich vor, dass sie sich erpressen, befehlen, von anderen vorschreiben lässt, was sich gehört, was gut für sie, was gut für „die Leute" ist, damit man sich nicht genieren muss. Sie WEISS selbst, was gut für sie ist! Sophies „alle" zeigen sich betroffen, dass ihre Eltern so wenig einfühlsam und rücksichtslos ihrer einzigen Tochter gegenüber handeln.

Meinrad bringt brav ein Geschenk mit, isst tüchtig und schmatzend und plaudert höflich, als ob nichts gewesen wäre, nicht anders als in zwanzig Jahren Ehe, nicht anders als bei guten Bekannten, nicht anders hat er Sophie ja in dieser Zeit behandelt.

Als alle anderen gegangen sind, fragt er mit zusammengepressten verzerrten Lippen nach Sophies „Hapschi". Sophie verbietet sich so eine Ausdrucksweise in ihrer Gegenwart. Sie weiß zwar, wo die inferiore Proletensprache herkommt, hat Meinrads Mutter in einem Telefonat mit Sophies Mutter Ausdrücke wie „Schwanzi-Fritzi" und andere verwendet, die Sophies Mutter dieser aus Schonung gar nicht wiedergeben will, sie ärgert sich aber trotzdem. Eine Bürokollegin rät Sophie zur Klage von Meinrads Mutter. Als sie in der Zeitung eine Berichterstattung über einen ähnlichen Fall und einer Strafe von wenigen hundert Euro liest, denkt sie, dass ihr das jene Person gar nicht wert sei.

Als Sophie ihren Eltern von Meinrads zwei Gesichtern erzählt, erklären diese, sie könnten das nicht beurteilen. Glauben sie noch immer diesem verlogenen Heuchler mehr als ihr, der eigenen Tochter? Wie lange würde es ihm noch gelingen, sie zu täuschen, sie vor ihren Eltern schlecht zu machen, da er ja „der Gute" ist? Ihre Lateinzeit und die Reden Ciceros gegen Catilina fallen ihr ein: „Quo usque tandem …" Sie ist wieder einmal unglaublich wütend und sehr traurig, dass ihre Eltern ihr nicht beistehen. Manchmal glaubt sie, es wäre ihnen doch lieber, sie hätte Selbstmord begangen oder wäre rasch an Krebs verstorben. Warum haben sie sie überhaupt auf die Welt gebracht?

Sophies Mutter bügelt Max' Hemden. Meinrad ruft seine ehemaligen Schwiegereltern öfter an, spielt Liebkind und raunzt: „Ich hätte da auch welche!" Sophies Mutter bügelt seine Hemden NICHT, hat aber (beinahe) ein schlechtes Gewissen. Meinrads „Lieb"-Performance muss gut sein. Sophie ärgert sich. Soll er doch endlich ihre Eltern aus dem Spiel lassen, nachdem was er ihr angetan hat!

Max kommt regelmäßig zu Sophies Eltern essen, da er von Meinrad wie erwartet nichts bekommt. (Hat Meinrad nicht angekündigt, sich bestens um beide Kinder zu kümmern? So „bestens" wie früher um seine Frau?) Meinrad ist mit seiner Kochkunst hochzufrieden, während Max von angebranntem Gulasch berichtet – Meinrad hat keine Zeit zum Umrühren gehabt, weil er während der Kochzeit einkaufen gegangen ist –

und von etwas, das „den Namen Pizza nicht verdient". Meinrad ist in die Grube gefallen, die er Sophie vor wenigen Monaten graben wollte, als er versucht hat, die Jugendlichen gegen die Mutter aufzuhetzen, die „kein ordentliches Essen" herstelle. Seines ist noch weniger ordentlich. Das sagt ihm Sophies Mutter auch manchmal.

Um Max' Verständnis zu verbessern für die Unerträglichkeit ihrer nie erwiderten Liebe zu seinem Vater, ihrer Sehnsucht nach erfüllter Partnerschaft, die sie in der Beziehung zu Fritz gefunden hat, tun Sophies Eltern nichts. Sie wissen genau, wie wichtig Sophie ein „normaler" Umgang der beiden wäre. Sind sie das Sophie nicht schuldig, nachdem wie sie Max monatelang gegen die eigene Mutter und ihr Verhältnis aufgehetzt haben?

Nach einer gemeinsam besuchten Abendveranstaltung unterhalten sich Meinrad, Fritz und dessen Sohn über geplante Aktivitäten in ihrem Verein. Wie gewohnt unterbricht Meinrad die Ausführungen des jungen Mannes mehrmals. Dieser erklärt höflich und bestimmt: „Jetzt lässt du mich bitte einmal ausreden!" Recht hat er! Schade, dass Sophies Eltern nicht dabei sind!

Meinrad gibt nicht auf, den Musterschüler zu spielen. Er übt sich als Bäcker und bringt Sophies Eltern Kostproben seiner Kunst, um zu zeigen, wie sehr er sich bemühe, wie lieb und gut er sei. Seine Bemühungen haben wie immer Erfolg. Sophies Eltern zeigen sich beeindruckt und Sophie ärgert sich wieder einmal. Die ständigen Einschleimversuche bei ihren Eltern erwecken bei ihr Assoziationen zu einer bayrischen Krimiserie, die sie sehr unterhaltsam findet. „Leopold, die Schleimsau" nennt Rita Falk den Bruder der Hauptperson, dem es immer gelingt, durch echt fiese, „schleimige" Aktionen den Bruder auszustechen.

Meinrad versucht es auch bei Sophies Freundinnen und Cousinen. Er hat ihnen zu Weihnachten geschrieben, er wolle das bisher so „gute Verhältnis" alleine weiterführen. Hat er vergessen, dass er früher über ihre Angewohnheiten gelästert hat, ihm ihre Besuche als zu teuer, zu lang, zu häufig erschienen sind? Früher oder später bekommt Sophie Rückmeldungen, verwundert, verärgert bzw. indigniert ob der Frechheit.

Meinrads Rechnung scheint aufgegangen zu sein: Sein Vater stirbt an Krebs – und zwar rechtzeitig, bevor er wegen einem seiner zwielichtigen Nebengeschäfte, mit dem er jahrzehntelang viel Geld lukriert hat, gerichtlich belangt wird. Andere haben nicht so viel Glück. Ihre Prozesse laufen schon.
Meinrad will seine Mutter in das billigste Altersheim im Heimatort stecken. Kann er noch in den Spiegel schauen? Da ihm Sophies Arbeitskraft abhanden gekommen ist, nimmt er sich eine Putzfrau. Sie erfüllt denselben Zweck, kostet allerdings Geld!

Um seine finanziellen Nöte zu mildern, möchte Meinrad das Obergeschoß an eine Familie mit Kleinkindern vermieten. Max zuckt aus, ärger als Sophie vor zwanzig Jahren. Hat er die bösen Gene seiner Mutter geerbt, der Ruhe und Frieden wichtiger sind als Geld? Sophies Eltern drohen, kein Wort mehr mit Meinrad zu sprechen, wenn er sein Vorhaben ausführt und Max die Ruhe nimmt, die dieser fürs Studium braucht. Ausschlaggebend ist aber schließlich die Blümchenbetttante, die Meinrad das Vermieten einfach verbietet. Meinrad pariert. Er beugt sich stets den familiären Autoritäten, hat sich schon vor mehr als dreißig Jahren von der Tante demütig „abwatschn" lassen, als dieser sein Fahrstil nicht gefallen hat.

Dem Bruder gegenüber muss Meinrad sehr bald mit den Tributzahlungen beginnen: Balduin quartiert sich regelmäßig samt Anhang in beiden Stockwerken ein. Max wird nicht gefragt. Er bezeichnet das Unternehmen als „Invasion".

Max möchte ebenso wie seine Mutter ein schönes Zuhause. Er drängt Meinrad zur Entrümpelung. Dieser bezeichnet seinen Sohn als noch ärger „zwanghaft" als seine Mutter. Sophie wünscht Max viel Glück beim Aufräumen. Sie sei trotz zwanzigjähriger intensiver Bemühungen gescheitert. Sie glaubt nicht, dass es Max gelingen wird, auch wenn er wesentlich lauter, als sie schreien kann. Max ist höchst motiviert. Sophies Eltern helfen ihm bei seinen Entrümpelungsversuchen. Einige Male haben sie Müll in der Garage zum Wegwerfen aussortiert. Meinrad holt den Müll aus der Garage zurück. Max droht, alles wegzuwerfen. Meinrad erklärt Sophies Mutter, er habe das alleinige Recht zu entscheiden, was weggeworfen werde und was nicht, denn ER sei der alleinige Hauseigentümer. Das kommt Sophie aber bekannt vor! Vor Kurzem hat sie ihrer Mutter erklärt, sie solle auf diese Argumentation warten, sie käme sicher – und schwupps, da ist sie auch schon! Sophie (nachtragend, wir wissen auch das … oder doch „nur" aufmerksame Zuhörerin mit gutem Gedächtnis?) kann sich erinnern, haargenau dieselbe sympathische Argumentation aus dem Mund von Meinrads Vater gehört zu haben.

Irgendwann beschließt Max, seine Mutter zu besuchen und selbst kochen zu lernen. Er startet das Projekt „Ich möchte mit 20 doch endlich selbstständig sein", kommt Kochen lernen und entdeckt, dass Kochen und Einkaufen doch ziemlich viel Zeit in Anspruch nehmen, macht aber Fortschritte als Küchenmeister. Der erste Termin ist nicht zustande gekommen – Meinrad ist mit dem Auto weggefahren und hat es seinem Sohn einfach nicht zum vereinbarten Zeitpunkt übergeben.

Max war übrigens bereits in den letzten Jahren seiner Schulzeit vermeintlich schwer beschäftigt und bediente sich oft des Standardspruchs seines Vaters: „Ich habe keine Zeit!" Sophie warnt ihn: Man hätte DIE Zeit, die man sich nimmt. Einmal erwidert Max grinsend: „Also jetzt muss ich für die Schule lernen, dann studiere ich, dann arbeite ich und in der Pension, ja da muss ich mich dann erholen von dem ganzen Stress und habe erst recht keine Zeit!"

Als Max seiner Mutter die vergessenen Tagebücher übergibt, die diese von Meinrad dringend erbeten hat, jener aber „nicht gefunden" hat (schwerlich bei Sophies Ordnung. Sie könnte alles in der Nacht im Finstern finden und hat eine genaue Beschreibung abgegeben. Ihre Finanzunterlagen hat Meinrad komischerweise ohne ihre Beschreibung gleich entdeckt!!), räumt sie diese zunächst weg. Als sie später die Stellen nachlesen will, an denen sie über die Geburt ihrer Kinder schreibt, die schönsten Ereignisse der Zeit ihrer Ehe, fällt ihr der Brief in die Hand, den sie im Jahr 1996 geschrieben hat. Würde nicht eine Stelle auf das Jahr verweisen, in dem er verfasst worden ist, hätte er auch zwanzig Jahre später geschrieben worden sein können. Nichts hat sich im Laufe der Zeit verändert. Die alte Wut bricht wieder hervor. Der Kerl hat ihr zwanzig Jahre ihres Lebens als Frau gestohlen! Zwanzig Jahre, in denen sie die Möglichkeit gehabt hätte, mit jemandem wie Fritz glücklich zu sein!

Sabine und Sophies Mutter, denen sie davon erzählt, raten ihr, doch endlich loszulassen, zu vergessen. Kann ein unschuldig zu zwanzig Jahren Haft Verurteilter, wenn man ihn dann freilässt, sagen „Super, bestens, ich hab' nichts verpasst. Im Gefängnis als Schwerverbrecher behandelt zu werden, war zwar nicht so toll, aber – schwupps – ich hab's vergessen!"?

Meinrad ist mittlerweile magenleidend, da er ja arm ist, kein Essen mehr bekommt und laut Max „alles durcheinander isst". Er muss zum Arzt gehen. Ist Sophie ein böser Mensch, weil es ihr gleichgültig ist?

Wiederholt fragt Fritz Sophie, wieso sie das zwanzig Jahre alles für Meinrad gemacht habe. In der Betriebswirtschaft nenne man das „Stranded Investment". Den deutschen Begriff findet Sophie noch passender: „Frustrierte Investition." Liebe könne man nicht kaufen, sagt Fritz.

Als Sophie in einem Telefonat ihrer Mutter andeutet, dass sie ihre Erinnerungen aufschreibe, da nicht viele Frauen so etwas mitgemacht hätten, meint diese, da gäbe es bestimmt welche, die so etwas auch ausgehalten hätten. Sophie erwidert: "Aber nicht zwanzig Jahre!" Ihre Mutter stimmt zu: „Nein, das sicher nicht."

Sophies Eltern fragen, warum sie sich nicht gleich nach der Geburt Sabines scheiden hätte lassen.

Fritz hat eine Fülle an liebevollen Bezeichnungen für Sophie und es fallen ihm immer neue kreative Wortschöpfungen ein. Manchmal meint Sophie nur: „Bitte nicht vor den Bürokollegen. Das könnte meine Autorität untergraben!"

Als sie im Sommer mit Fritz die Eröffnungsvorstellung der Bayreuther Festspiele, „Tannhäuser", besucht, weiß sie: So wie der Regisseur den Venusberg darstellt, ist er nicht! Der Hort der Liebe kann nicht aus Essen (schon gar nicht von „Burgerking") bestehen. Bei Fritz fühlt sie sich wie in einer großen Muschel, hört Meeresrauschen und ist oft einer Ohnmacht nahe. Sie muss nie wieder simulieren. Sie, die immer langfristig plant und alles überdenkt, umarmt Fritz oft spontan und ohne zu denken. Es passiert und es passt einfach.

Wenn Sophie vor Fritz in seine Wohnung kommt – sie hat anfänglich einen eigenen Schlüssel abgelehnt, hat aber mittlerweile einen – findet sie meist irgendeine kleine Aufmerksamkeit, die Fritz für sie vorbereitet hat (und manchmal auch ein bisschen versteckt hat, sodass sie diese nicht gleich entdeckt.) Einmal gibt es sogar eine richtige „Schnitzeljagd" mit buntem

Papier, das liebevoll in Herzen und geometrischen Formen geschnitten ist, von der Küche über das Wohnzimmer bis in den Schlafbereich, der von Sophie im Sommer als orientalisches Zelt, vor Weihnachten als „Winter Wonderland" dekoriert worden ist. An der Wand gegenüber hängt ein Teppich und schon einige Male hat Sophie zu Fritz gesagt, sie komme sich vor wie am Fliegenden Teppich in „1001 Nacht".

Fritz füllt den Kühlschrank regelmäßig mit Joghurt und gesundem Obst, da er Sophies Ernährungsgewohnheiten kennt. Die grünen Äpfel fehlen nie.

Im Sommer macht Sophie den Segelschein, um mit Fritz segeln gehen zu können und neben ihm, der alle Scheine besitzt, nicht ganz „blöd" zu wirken.

Ihr Leben ist erfüllt. Außer Max fehlt nichts. Fritz überrascht Sophie stets mit neuen Ideen und ist anders als der stets grantige Meinrad meist heiter, außer er steckt im Stau. Da muss Sophie SOFORT den Verkehrsfunk anrufen.

Sie liest noch immer viel, am Hometrainer, in der Wärmekabine, auf der Fahrt zu Fritz oder während sie abends auf ihn wartet. Ist er da, schaltet sie den Tolino ab – ohne die Seite fertig gelesen zu haben. Fritz ist spannender! Manchmal liest sie zur Entspannung auch noch Kitschromane. Sie wird nicht mehr neidisch auf die wundervollen Liebesbeziehungen anderer. Sie hat das jetzt auch, viel mehr noch!

Sophies Prosecco-Konsum ist gestiegen. Sie genießt die Zeit mit Fritz. Das Leben mit Fritz kommt ihr vor wie ein Traum, wie ein Märchen, viel schöner als jeder Rosamunde-Pilcher-Roman. Bei Meinrad wäre sie mit einem winzigen Bruchteil dessen, was sie von Fritz bekommt, zufrieden gewesen.

Bei der Feier zu ihrem 50. Geburtstag – es ist noch mehr als ein Jahr Zeit bis dahin – fände sie es lustig und befreiend, auf eine Ansammlung der ihr zur Qual gewordenen Daturatöpfe als Schießbudenfiguren zu schießen.

Sie sammelt und trocknet jetzt Fritz' Rosen in ihrem Zimmer im Büro. Die Sammlung wächst.

Nach ihrer Übersiedelung hat Sophie bei allen abonnierten Mode- und Küchenzeitschriften Namen und Adresse ändern lassen. Sie tauscht regelmäßig alte und aktuelle aus, bestellt hat sie seit Monaten nichts mehr.

Sophies Schlafstörungen sind weg. Wenn der Wecker an Wochentagen um 6.00 Uhr (oder manchmal sogar später) zu läuten beginnt, würde sie oft noch gerne weiterschlafen, in Fritz' Umarmungen liegen bleiben. Ihre Verdauung funktioniert hervorragend, auch wenn sie manchmal zu viel Süßes isst. Nur auf Reisen muss Fritz in Supermärkten manchmal helfen, eine Papaya zu suchen, Sophies verdauungsfördernde „Geheimwaffe".

Sabine wundert sich, als ihre Mutter auf einem Jahrmarkt ein ganzes Langos alleine isst. Sie hat angenommen, dass Sophie wie früher „nur zwei Mal abbeißt". Fritz erklärt ihr: „Du wirst sehen, die Mama isst ganz normal." Bei einem gemeinsamen Ausflug tuscheln Sabine und Fritz. Sophie merkt, dass über sie gesprochen wird. Später erzählt ihr Fritz, dass ihm Sabine zugeflüstert hat: „Du musst der Mama noch viel lernen!"
Sabine hat übrigens bereits im Frühling den Motorradführerschein gemacht, ist mit Motorrad zur mündlichen Reifeprüfung vorgefahren und hat mit gutem Erfolg maturiert.

Würde sich Sophie jetzt eine Geschichte zum Einschlafen vorstellen, hätte der jugendliche Liebhaber Fritz' Gesicht. Aber sie braucht keine erfundenen Storys mehr zum Einschlafen. Bei Fritz schläft es sich gut – und außerdem ist die Realität mit ihm viel, viel schöner als alles, was sie sich je vorgestellt hat.
Ihre Illusion einer harmonischen Familie mit sich liebenden Ehepartnern hat sie sich trotz allem nicht nehmen lassen. Sie bleibt ihr Ideal!

Es ist ein kalter, klarer Wintertag. Fritz und Sophie fahren mit dem Auto auf den Straßen Wiens. Es ist ausnahmsweise kein Stau, also muss sich Fritz auch nicht aufregen. Sophie versucht, ihre Gefühlslage zu beschreiben, findet aber nicht die richtigen Worte: „zufrieden", „angenehm", „glücklich" … es ist mehr als das. Das richtige Adjektiv will ihr nicht einfallen. „Miauig"?

Schnurr!

# Stellenprofil „Märchenprinz" –

## erweitertes Anforderungsprofil II

**groß/klein:** groß

**dick/dünn:** schlank
**Haarfarbe:** dunkelhaarig; es darf auch ein
Dreitagebart sein, wenn's einem passt

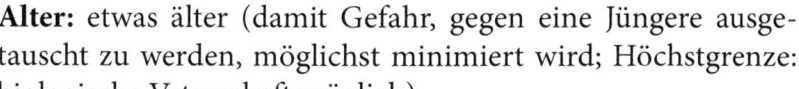

**Alter:** etwas älter (damit Gefahr, gegen eine Jüngere ausgetauscht zu werden, möglichst minimiert wird; Höchstgrenze: biologische Vaterschaft möglich)
**Beruf:** Akademiker, wenn möglich Techniker oder Jurist

**Qualitäten:** Er muss tanzen können.
**weitere Qualitäten:** Nett sein ist zu wenig; er muss mich LIEBEN, das auch zeigen.

**Freizeitgestaltung:** Er muss den überwiegenden Teil der privaten Zeit mit MIR verbringen wollen und dies auch TUN. Wollen und versprechen  reichen NICHT!

**Gefühl:** in Gedanken prickelnd, in der Nähe warm, in noch größerer Nähe ...

Aufgaben im überdurchschnittlichen Ausmaß erfüllt.


**„Sehr Gut!" Danke, setzen!**

# Nachwort

Lieber Fritz!

Seit mittlerweile schon einigen Jahren kommt es mir vor, als hätte ich mein ganzes Leben auf jemanden wie dich gewartet. Die Beziehung mit dir war und ist genau das, was ich mir mehr als 20 Jahre vorgestellt habe, die Bestätigung, dass nicht ICH, die versponnene Germanistin, zu viele Bücher gelesen und in einer Traumwelt gelebt hat, sondern dass es „Liebe" wirklich gibt.

Wenn ich an dich denke, dich treffe, dir auf WhatsApp schreibe oder von dir lese, ist da jedes Mal ein neues, eigenartiges und wunderbares Gefühl, das ich früher nicht gekannt habe. Auf einmal habe ich von der Bibel über die Gedichte des römischen Schriftstellers Catull, die ich in meiner Schulzeit immer furchtbar blöd gefunden hatte, über „Gretchen am Spinnrad" bis hin zu Erich Fried alles verstanden.
   Die Bilder von Magneten, die sich anziehen, von zusammenpassenden Puzzleteilen drängen sich immer wieder auf.

Der Bogen an Musik, Literatur, Sport und unglaublich vielem mehr, was ich mit dir erlebt habe, ist unvergleichlich und so abwechslungsreich, dass ich es hier gar nicht aufzählen kann, ohne dass es zur absoluten Erschöpfung führen würde. Jeder Tag mit dir ist voller Abenteuer, voller Überraschungen, einfach wunderschön. Für mich bist du der Traumprinz, der mich – wenn auch ohne weißes Rösslein – wie Rapunzel aus dem finsteren Turm befreit hat. Dornröschen hat 100 Jahre warten müssen – wenn auch schlafend; ich nur ungefähr 25!

Sogar die mittelalterlichen Lieder von Walther von der Vogelweide, die ich im Laufe meines Studiums brav studiert hatte, hast du mir praktisch näher gebracht, wenn wir auch eine gewisse genaue botanische Zuordnung bis heute nicht restlos klären konnten.

Deutliche Parallelen von deinem zum Lebenslauf Johann Wolfgang von Goethes kann wohl niemand leugnen: Vom Jusstudium, eindeutig dichterischer Begabung, nicht nur beim Verfassen von Limericks, äußerst vielfältigen Interessen und Begabungen bis hin zu einschlägigen Erfahrungen mit Damen. Die „+/- 20" scheint auch der Dichterfürst als sinnvollen Richtwert im Hinterkopf gehabt zu haben, ehe er am 18. Oktober 1806 im Alter von 57 Jahren in den heiligen Stand der Ehe getreten ist. – Deine praktischen Übungen und Vergleichsstudien waren mir immer bekannt und du hast sie mir nie verschwiegen. Es war für mich ein gewisser Denksport, den Überblick über Vollständigkeit und Chronologie zu bewahren, aber ich liebe dich so, wie du bist, mit deiner Vergangenheit, aber vor allem für die Gegenwart.

Das Überwinden mancher Grenzen ist für mich viel schwieriger als für dich. Dennoch war es für mich schnell klar, dass ich für dich aus meinem goldenen Käfig der Konventionen und Scheinmoral ausbrechen würde. Einige waren schockiert und enttäuscht von mir, vor allem aus meiner engeren Umgebung, wo mir keiner so einen Schritt zugetraut hatte, der meine extrem strengen Moralvorstellungen gekannt hatte, welche ich auch jahrelang sehr strikt meinen Kindern vermittelt hatte: Ich habe es nie bereut und werde es hoffentlich auch nie! (Du darfst mich nachher beißen!)

Außer dass du mich immer ins Ohr beißen willst, wenn ich Kontinuität und Stabilität pro futuro infrage stelle, habe ich keine Angst mehr. Absolute Gefahrenminimierung ist angesagt:

- Es besteht KEINE Gefahr, dass du mir nicht oft genug sagst, dass du mich liebst (An dieser Stelle kann ich wieder auf die „catulli carmina" verweisen. VOR „deiner" Zeit habe ich nie verstanden, wie normale Menschen an 1000 Küsse und mehr denken können!)
- Es besteht KEINE Gefahr, dass mir mit dir je wieder langweilig wird (Hier denke ich immer an die Mindmap, die du mir im Februar 2018 geschickt hast. Das Spektrum, was man mit dir alles machen kann, ist aber weitaus größer!)
- Es besteht KEINE Gefahr, dass irgendjemand so schön wie du miaut. Außerdem muss ich, die mehr als 20 Jahre auf Sparsamkeit gedrillt wurde, natürlich deine extrem vorteilhafte Mehrfachfunktion hervorheben, bei der du wieder einmal deine Vielfältigkeit unter Beweis stellst:
- 1. Miaut und schnurrt – wie erwähnt – kein Kater so ergreifend wie du Studentenlieder in allen Lebenslagen, auch wenn deine Konzerthausreife beim Absingen von Rossinis „Katzenduett", das unser Weck- und dein Klingelton auf meinem Handy ist, bisher noch unentdeckt geblieben ist.
- 2. Übertriffst du an Kuschelvolumen jeden ordinären Hauskater.
- 3. Du kratzt nicht (Nur im Straßenverkehr im Stau oder beim Zusammentreffen mit den zahlreichen den Fließverkehr behindernden „Idioten" herrscht absolute Explosionsgefahr),

ABER und nun das Wesentliche:
- 4. Man erspart sich die extremen Kosten des Katzenfutters (Unmengen von Schokolade, Linzerkipferln, Früchteplunder oder Eis reichen vollkommen!).

Die einzige Gefahr, die ich sehe, ist, dass ich mir zukünftig weiterhin wie im Traum, wie in einem Märchen aus 1001 Nacht vorkommen könnte. Aber dieser Gefahr werde ich mutig trotzen und sie sehr gerne auf mich nehmen. Es lässt sich mit dir wunderschön durch die Weltgeschichte spuken.

**„Dixi et semper te amabo"!**

# Fünf Sprachen der Liebe

Die Fünf Sprachen der Liebe ist ein Begriff der Paartherapie, den der amerikanische Paar- und Beziehungsberater Gary Chapman prägte. Er bezieht sich auf fünf verschiedene Beziehungssprachen, die in Partnerschaften gelebt werden und die für ein „Sich-geliebt-Fühlen" verantwortlich sind.

**Ursprung**
Chapman schrieb mehrere Bücher über die Liebessprachen der Menschen. Seit Anfang der 1990er Jahre wurden diese Bücher ins Deutsche übersetzt. Mit dem Psychiater Ross Campbell erweiterte er die Interpretation der Liebessprachen in verschiedene Lebensentwicklungsbereiche. Neben dem Basiswerk Die fünf Sprachen der Liebe (The five love languages) erschienen weitere Bücher und Hörbücher zur persönlichen Liebessprache.

**Inhalte**
Chapman vergleicht die persönliche Liebessprache auch mit einer Fremdsprache. Wenn zwei Menschen mit unterschiedlicher Muttersprache aufeinandertreffen, wird eine Kommunikation miteinander schwierig bis unmöglich werden. Wenn einer der beiden Partner die andere Sprache erlernt, dann wird Kommunikation möglich sein, jedoch eben nur in einer Sprache. In schwierigen Situationen kann dann die Fremdsprache nicht die eigene Sprache ersetzen. Das bedeutet, dass im Sinne

einer optimalen Kommunikation, beide Partner auch die Muttersprache des Anderen erlernen. Die Verständlichkeit wird gefördert. Nach seiner Theorie werden beide sich dadurch nahezu immer gut verstanden fühlen.

## Die fünf Sprachen gliedern sich in:

**Lob und Anerkennung**
Menschen mit dieser Beziehungssprache loben die Menschen in ihrem Umfeld für alle möglichen und unmöglichen Dinge. Sie sehen oft besondere Leistungen, Gefälligkeiten, Gesten und Freundlichkeiten bei anderen und haben auch die Gabe, dies in den richtigen Worten, die vom Herzen kommen, auszusprechen. Mit lobenden und anerkennenden Worten, ehrlichen Komplimenten, Anerkennung, Dank zeigen sie den Menschen, die sie schätzen, ihren Respekt, ihre ehrliche Wertschätzung, ihre Liebe und ihre Dankbarkeit. Sehr oft fällt es diesen Menschen gar nicht auf, dass sie loben. Für sie ist es absolut selbstverständlich, dass sie nicht nur Erfolge oder Leistungen mit Lob belohnen, sondern selbst auch kleinste Aufmerksamkeiten und Gesten wertschätzen und dies zum Ausdruck bringen.

**Zweisamkeit – die Zeit nur für euch**
Menschen dieser Sprache bringen ihre Liebe und Wertschätzung durch Zeiten exklusiver, aufmerksamer, offener und präsenter Zweisamkeit (gemeinsames Abendessen, Gespräche, körperliche Zuwendung, Morgen- oder Abendrituale, ganzes Wochenende ohne Störung etc.) zum Ausdruck („Quality Time") „Es geht ihnen um die Zeit, die man bewusst und aufmerksam, einander zugewandt miteinander verbringt (bewusst gelebte Zweisamkeit). Darin liegt für sie eine hohe Qualität. Diese uneingeschränkte Aufmerksamkeit ist eine Beziehungsqualität, die sie in hohem Maße schätzen.

## Geschenke, die von Herzen kommen

„Kleine Geschenke erhalten die Freundschaft" ist das Motto dieser Menschen. Sie zeigen durch kleine Geschenke oder Aufmerksamkeiten den Menschen, die sie lieben, ihre Wertschätzung. Dabei spielt der materielle Wert keine Rolle (wichtiger: Gedanken, Kreativität, Überraschung, ausgefallene Ideen, Bezug zu oft unausgesprochenen Wünschen und Bedürfnissen des Beschenkten). Gerade bei heranwachsenden Kindern, die erst ihre Liebessprache finden müssen, kann die Phase oft beobachtet werden. Der Geschenk-Typ schätzt es, wenn ein passendes Geschenk liebevoll ausgesucht wird. Für ihn ist es ein Zeichen der Wertschätzung, wenn sich jemand schon bei der Auswahl des Geschenkes Gedanken über die Wünsche und Bedürfnissen des Beschenkten macht und Zeit für eine gelungene Überraschung nimmt oder seine Zeit und ungeteilte Aufmerksamkeit verschenkt.

## Hilfsbereitschaft

Der Grundsatz „Wenn Du etwas benötigst, sage es einfach, ich tue gerne etwas für dich", „Was kann ich dir Gutes tun?", „Womit kann ich dich erfreuen?", „Kann ich dich unterstützen?", zählt zu den Aussagen der Menschen in der Liebessprache der Hilfsbereitschaft. Sie helfen aus Leidenschaft, helfen ist für sie eine Selbstverständlichkeit und ein Liebesdienst. Sie zeigen ihrem Umfeld und ihren Lieben auf diese Art, dass sie sie lieben. Dabei geht es nicht um die Größe einer Hilfeleistung. In der Partnerschaft können das scheinbar unwichtige Dienstleistungen oder kleine Gesten sein.

## Zärtlichkeit

Umarmungen und Streicheleinheiten für den Partner geben diesen Menschen ein sehr gutes Gefühl. Über Berührungen fühlen sie die Qualität der Beziehung und sie zeigen auch über

Zärtlichkeiten ihre Liebe. Für sie zählt eine zärtliche Berührung mehr als die gesprochenen Worte „ich liebe dich". Der Liebesakt ist nur eine Form vom Austausch der Zärtlichkeiten. Wenn sie einen Partner mit der gleichen Berührungs-Sprache haben, dann finden sie tausend Wege, um ihre Liebe auch in der Öffentlichkeit mittels kleiner Zärtlichkeiten zu zeigen. Für diesen Typ ist jede dieser Berührungen ein Bekenntnis und ein Liebesbeweis.

# ANHANG

## 10 Tipps für Prinzessinnen

1. Heirate nie jemanden, der dir während der ersten Tage eurer Beziehung sagt, dass du nicht seine Traumfrau bist.
2. Heirate nie jemanden, dem seine Eltern wichtiger sind als du, der sich in Konfrontationen mit ihnen nicht eindeutig auf deine Seite stellt.
3. Heirate nie jemanden, der nicht den überwiegenden Teil seiner Freizeit mit dir verbringen will.
4. Heirate nie jemanden, der dir (ziemlich oft) in der Öffentlichkeit und im Freundeskreis peinlich ist. Er soll DIR gefallen! Wenn ihn auch deine Freund/innen und Eltern mögen, ist das ein schönes Plus.
5. Heirate nie jemanden, dem du nicht die Mühe wert bist, sich für dich „schön zu machen".
6. Heirate nie jemanden, der seelenruhig zuschauen kann, wenn dich seine Bekannten belästigen und begrapschen.
7. Heirate nie jemanden, bei dem du nicht absolut Kribbeln im Bauch bekommst und Wärme deinen ganzen Körper durchflutet, wenn er dich umarmt.
8. Heirate nie jemanden, dem (dein) Geld wichtiger ist als du.
9. Heirate nie jemanden, wenn das Verhältnis von „Geben" und „Nehmen" in eurer Beziehung nicht halbwegs ausgewogen ist.
10. Heirate nie jemanden, der nicht genau den Vorstellungen entspricht, die du dir in deinen Wunschträumen vom idealen Partner gemacht hast. Probiere aus! Du nimmst ja auch nicht das erste Parfum oder die erste Hautcreme, bevor du dich für einen als deinen Lieblingsduft bzw. deine ideale Creme entscheidest. Ausprobieren ist definitiv NICHT unmoralisch! Wer es nicht tut, ist ganz schön blöd!

Für Katzenfreunde:
Heirate nie jemanden, der
deine Katze nicht mag und
dich wie einen Hund
behandelt!

# 10 Tipps für Prinzen

1. Heirate nur diejenige, die den Vorstellungen deiner Traumfrau entspricht.
2. Heirate nur die, der du jeden Tag sagen kannst, dass sie deinen Vorstellungen deiner Traumfrau entspricht.
3. Heirate nie eine Frau, die du in Konfrontationen mit deinen Eltern oder Freunden nicht ohne Zögern unterstützen würdest. Vergleiche sie NIE mit deiner Mutter! (Und wenn du es trotzdem tust, lasse es dir auf keinen Fall anmerken.)
4. Heirate nie eine Frau, wenn du nicht den überwiegenden Teil deiner Freizeit mit ihr verbringen willst und dir andere Dinge wichtiger sind.
5. Heirate keine, die dir (ziemlich oft) in der Öffentlichkeit und im Freundeskreis peinlich ist.
6. Heirate keine, der du nicht die Mühe wert bist, sich für dich „schön zu machen".
7. Heirate keine, die seelenruhig zuschauen kann, wenn du mit anderen Frauen flirtest, die keine Angst hat, dich zu verlieren und sich nicht ständig um dich bemüht.
8. Heirate keine, bei der du nicht absolut Kribbeln im Bauch bekommst und Wärme deinen ganzen Körper durchflutet, wenn sie dich umarmt.
9. Heirate keine, der (dein) Geld wichtiger ist als du.
10. Heirate keine, wenn das Verhältnis von „Geben" und „Nehmen" in eurer Beziehung nicht halbwegs ausgewogen ist. Gib ihr die Liebe und die Zeit zurück, die du von ihr bekommst. Wenn sie dir das nicht wert ist, dann sage es ihr so bald als möglich. Sonst vergeudest du deine und ihre Zeit. Andere Menschen hinzuhalten und vergeblich hoffen zu lassen, ist grausam und brutal!

Für Freunde der Kulinarik: Heirate nie eine Frau nur wegen ihrer Kochkünste! Sie soll deine gleichwertige Partnerin sein, nicht deine Köchin und Haushälterin!